独り剣客 山辺久弥 おやこ見習い帖

笹目いく子 Ikuko Sasame

アルファポリス文庫

JN089713

https://www.alphapolis.co.jp/

一

灰《はい》が音もなく、雪のように降りしきっていた。

焦土《しょうど》と化した町のあちらこちらで焼け落ちた町家の残骸《ざんがい》が燻《くすぶ》り、狼煙《のろし》に似た細い煙が幾筋も立ち上っているのがそれを透かして見える。

無音の世界に灰が降る。黒焦げの大地を慰撫《いぶ》するかのごとく、すべてを覆っていく。とうに日は昇っているはずだ。けれども、空は墨《すみ》を流したように黒煙で覆われ、辺りはきな臭く薄暗い。

静かだ。

江戸下町の大半を焼き払い、破壊の限りを尽くした炎は、ようやく満足して気怠《けだる》い眠りについたらしかった。

生きるものの姿の絶《た》えた、この世の果てを思わせる景色の中を、久弥《ひさや》は一人黙々と歩いていた。右手の浜町堀《はまちょうぼり》の対岸には日本橋《にほんばし》の焼け野原が広がり、左手には燃え残った武家屋敷の黒ずんだ塀《へい》が延びている。大川《おおかわ》目指して重い足を運んでいた久弥は、ふと灰の間に目を凝《こ》らした。

行く手に見える組合橋《くみあいばし》の上に、ぽつんと佇《たたず》む人影がある。

大人数を相手に斬《き》り合ってきたばかりだった。極度に神経が張り詰めていて、敵か、と思わず身構える。しかし刀に手を伸ばしかけたところで、小さな子供だと覚《さと》った。

死に覆われた風景の中に忽然《こつぜん》と現れた童子《どうじ》の姿は、現《うつつ》のものとは思われず、幻《まぼろし》でも見ているのかと一瞬我が目を疑った。だが夢でも幻でもないらしい。何をするでもなく、欄干《らんかん》の側で濁《にご》った川面《かわも》をぼんやりと見下ろしている。灰の積もった橋板を踏んで近づいていくと、少年はやおら久弥に顔を向けた。

こぼれそうに大きな目をした子供だった。十《とお》かそこらという年頃だろうか。煤《すす》に汚れ憔悴《しょうすい》した顔に、炎熱に晒《さら》され充血した双眸《そうぼう》だけが無防備に光っている。後頭部で一つに縛った髪は灰まみれで、あちこち焦げて縮《ちぢ》れていた。真っ黒に汚れた単《ひとえ》は元の色も判然とせず、黒ずんだ裸足《はだし》の足元が痛々しい。

総髪に黒ずくめの小袖袴《こそでばかま》、腰に二刀を差す長身の青年を見て、少年が身を硬くした。

「……こんなところで、どうした？　おとっつぁんかおっかさんは一緒じゃないのか」

少年はどこか虚ろな目で見上げたまま、答えない。

「家族とはぐれたか。名は？　家はどこだ」

重ねて訊ねてもやはり答えようとしない。警戒するように着物を握り締めるのを見て、久弥は腰を屈めて笑みを浮かべた。

「別に取って食いやしない。私は岡安《おかやす》久弥という。本所《ほんじょ》の松坂町《まつざかちょう》で三味線を教えている三味線弾きだ」

　少年が驚いたように凝視してくる。久弥のはっきりとした眉目《びもく》と鼻筋の通った容貌《ようぼう》は、端整だがどこか厳しく近寄りがたい。長身の体は無駄《むだ》がなく引き締まり、静かな佇《たたず》まいには隙《すき》がない。しかし、静謐《せいひつ》な双眸は笑うと意外なほど柔和な光を浮かべ、研《と》ぎ澄《す》まされた面《おもて》の印象がたちまち和らいだ。

　三味線弾きという言葉に意表を突かれたのか、穏やかな笑みに安堵《あんど》したのか、子供の肩からわずかに力が抜けた。

「家を捜《さが》してやりたいが、今すぐには難しいようだ。ひとまず私と来るか。落ち着いたら捜してやろう」

　黒目がちの大きな両目が久弥を見詰める。心の内まで見通すかのような眼差しに、体から滲《にじ》み出す殺気の名残《なごり》と、返り血を浴びた着物に気づくのではないかとひやりとする。少年は、納得したのかしないのか、やがて生気に乏《とぼ》しい顔を頷《うなず》かせた。

「……では、行くとしようか」

　妙《みょう》な道行きになったなと思いながら、踵《きびす》を返して歩き出す。

　途端、ごとり、と背後で物音がした。

悪い予感に振り向けば、今の今まで立っていた子供が欄干の足元に頽《くずお》れている。

「どうした……！」

慌てて抱き起こし、人形のようにだらんと脱力した感触に、死んでしまったのかと肝《きも》を冷やした。だが目を閉じてはいるものの、息が止まったわけではないようだ。この大火の中を逃げ惑《まど》い、精も根《こん》も尽き果てたのだろう。

――早く連れ帰らねば。

少年を腕に抱え、気合を入れて立ち上がった久弥は、次の瞬間はっとした。

意識のない体というのは、子供であっても驚くほどに重いものだ。しかしこの少年は、あっけないほど軽かった。着物の下の体はひどく薄くて頼りない。当年二十四で独り身の久弥であっても、十あまりの子供にしては痩《や》せすぎているとわかるほどだ。

少年は久弥の腕に体を預け、肩に頭をもたせかけてぴくりとも動かない。あまりにも非力でちっぽけな姿に、胸の奥が軋《きし》んだ。

それでも、あるかなきかの呼吸はかすかに、けれども確かに久弥の顎《あご》の先に触れている。ぐにゃりとした体はか細いが、仄《ほの》かな体温を伝えてくる。久弥はしっかりと子供を抱え直すと、大川へ向かって大股《おおまた》に歩き出した。

「――頑張れよ」

つい先刻、大勢の血で汚した手が、今は見知らぬ子供を固く抱いている。名前もわからぬ衝動が体を突き動かすのを感じながら、久弥は灰色の雪の中を一心不乱に歩いていた。

江戸下町の中心部を丸ごと灰燼《かいじん》と化す未曽有《みぞう》の大火が起きたのは、文政十二年（一八二九年）三月二十一日午前のことだった。神田佐久間町《かんださくまちょう》二丁目の材木小屋から出火した炎は、強い北西風により瞬《また》く間に燃え広がり、外神田《そとかんだ》の一部と内神田《うちかんだ》の大部分をたちまち火の海に変えた。夜になっても火勢は衰《おとろ》えず、丸一日が過ぎた今朝、両国《りょうごく》から日本橋、さらに京橋《きょうばし》と芝《しば》までもを焼失させてようやく鎮火《ちんか》を見たのだった。

渡し船で大川を渡り本所に辿《たど》り着いた頃には、日はすっかり昇りきって磨いたような晴天が広がっていた。いつも通りの町並みには鶯《うぐいす》の声が時折響き、家々の庭を覗《のぞ》けば白く愛らしい小手毬《こでまり》や、薄紅色の乙女椿《おとめつばき》が今を盛りと花を咲かせている。しかし、そののどかな春の情景を裏切るように、大川に近い本所・深川《ふかがわ》の一帯は、焼け出されて避難してくる疲れきった様子の人々や、慌ただしく救援に向かう火消したちでごった返していた。

その混乱の中を、子供を抱き無我夢中で歩いていた久弥は、松坂町二丁目の自邸の生垣《いけがき》が目に入るとようよう気を緩《ゆる》めた。

久弥の家は武家の隠居住まいであったところで、玄関土間の正面に四畳の稽古部屋《けいこべや》、その右隣に六畳の寝間と八畳の居間が庭を向いて並び、居間の続きに台所の板敷と納《なん》戸《ど》と厠《かわや》、そして風呂がついている。本所には珍しく、真水の湧《わ》く井戸もあった。

久弥は半分眠り込んでいる子を居間の縁側にそうっと寝かせ、通り向かいの町人を訪ねて医者のところへ使いを頼んだ。

「火事場で子供を拾ったと、亀沢町《かめざわちょう》の橋倉《はしくら》先生に伝えてくれるか。えらく弱ってるんだ」

「そいつはてぇへんだ。お師匠も煤だらけじゃねぇか。すぐ行ってきまさぁ」

隣人は魂消《たまげ》ながらそう言うと、尻《しり》をからげて二町《ちょう》先の亀沢町へとすっとんでいく。

家へとんぼ返りした久弥は、慌ただしく手足を洗い、着流しに着替えてから、手桶《ておけ》と手ぬぐいを掴んで少年の許へ取って返した。顔を少し拭《ぬぐ》っただけで、手ぬぐいと手桶の水が真っ黒になる。ようやく白い顔が汚れの下から現れた頃、子供はゆっくりと両目を開けた。

「わかるか。水が欲しくないか？」

久弥の問いかけに、子供の喉《のど》がごくりと鳴る。土瓶《どびん》の水を湯飲みに注いで抱え起こすと、少年は思わぬ力でそれを掴んだ。顎《あご》を濡らしながらがぶりがぶりと貪《むさぼ》って、息も継がずに必死に飲み干す。水を足してやるが早いか、あっという間に空《から》にする。それを幾度か繰り返すと、人心地ついたのか深い息を吐《つ》き、初めて家の中に視線をゆらゆら巡らせた。

「……ここは私の家だ。今お医者が来るからな。どこか苦しくはないか」

充血した赤い目が、あどけない眼差《まなざ》しを向けてくる。この年格好にはそぐわぬ、幼子のように無垢《むく》な表情を浮かべる子だった。しかし声を出そうとする気配はなく、そのまま瞼《まぶた》を閉じるなり、またくたりと眠り込んでしまった。

疲れ果ててはいるが、見える範囲に大怪我《おおけが》を負っている様子はなさそうだ。そう安堵しながら右手の汚れを拭っていると、突然少年が苦しげに呻《うめ》いた。腕を庇《かば》う仕草を不審に思い、右の袖を慎重に捲《まく》り上げる。

途端、肘《ひじ》のすぐ上辺りが青紫色に腫《は》れ上がっているのが目に入り、久弥は鋭く息を呑《の》んだ。よく見ると、無残な腫れの真ん中に、青黒い打撲《だぼく》の痕《あと》がある。

――何だ、これは。

異様な傷に頬《ほお》が強張《こわば》る。火に追われて転んだり、ぶつけたりしてできた傷には見えない。

だが、こんな痣をつくるものに覚えがあった。杖《つえ》か、あるいは木刀《ぼくとう》だ。頭を守ろうと腕を上げ、二の腕を打たれたのに違いない。

頭に血が上る。年端《としは》もいかぬ子供をそんなもので殴《なぐ》りつけるなど、正気の沙汰《さた》ではない。胸騒ぎに襲われながら袖をさらにたくし上げ、久弥は険しい表情で唇を引き結んだ。少年の右肩と上腕には、いくつもの痣や傷があった。古いものもあれば新しいものもある。

——なんてことだ。

縁側を照らすうらうらとした春の日が、急にぬくもりを失った気がした。

「お師匠、子供の怪我人だって？　どんな具合だい」

息せき切った声が近づき、薬箱を提《さ》げた男が枝折戸《しおりど》を開けて庭に入ってくる。

「——先生」

久弥の顔色を見て、浅黒い顔を汗だくにした橋倉は眉を曇らせた。

無言で近づいてきた医者に、目で少年の腕を指す。はっと両目を見開いた橋倉は、しばしの間、声もなくその場に立ち尽くした。


「どこのどいつか知らねぇが、子供相手に鬼みてぇな真似しやがる」

寝間の蒲団《ふとん》に寝かせた子供の傷を検《あらた》めながら、医者が呻いた。

元御家人で、橋倉林乃介《りんのすけ》という。三十そこそこの若さだが、本道《ほんどう》と外科のどちらも腕が立つうえ、子供の診療も専門にする腕利《うでき》きだ。久弥とは旧知の仲でもある。

恐れていた通り、少年の体は傷痕だらけだった。それも大火による火傷《やけど》よりも、殴《おう》打《だ》の痕の方がよほど多いのだからひどいものだ。背中にも重い打撲の痕跡があり、肋《ろっ》骨《こつ》が折れたか、ひびが入っていたのではないかと医者が言うのを、石を呑んだような心地で聞いた。

腕に薬を塗布《とふ》して晒《さらし》を巻いている最中、少年が顔をしかめて瞼を開いた。

「気づいたか。こちらの方は橋倉先生といって、腕のいいお医者様だ。安心してお任せして大丈夫だ」

子供は少し不安げに久弥を見上げ、こっくりと頷く。

「よく頑張ったな、坊主《ぼうず》。いい人に拾ってもらってよかったよ。このお師匠は三絃《さんげん》の名手でな、糸もいいが喉《のど》もいいいときてる。三座にも招かれるお人なんだぜ、えれぇもんだろう？」

二児の父でもある橋倉が、子供の扱いに慣れた様子で朗《ほが》らかに言う。

「おっと、眠いだろうがちっと我慢してくれるか。今、薬を煎《せん》じているんでな」

橋倉の言葉に、少年は落ちかけた瞼を持ち上げて、また小さく首肯《しゅこう》した。

手当てを終えると、焦げ跡と煤だらけの着物の替わりに、久弥の細縞《ほそじま》の半纏《はんてん》を着せて角帯で縛ってやった。大きすぎるが、ぼろ切れ同然の着物よりはましだろう。大急ぎで拵《こしら》えた玉子雑炊《ぞうすい》を食べさせ、煎じた薬を飲ませる頃には、警戒心が緩んだのか少年は目をとろんとさせていた。そして、眠っていいぞ、と橋倉が言うが早いか、もぞもぞと夜着《よぎ》にくるまって瞼を閉じてしまった。

飯と薬のお陰か、先ほどよりも血色がよくなり、寝息も安らかになった気がする。

汚れの取れた顔は整っていて、長い睫毛《まつげ》が人形を思わせた。

「……先生、この子は口がきけないのだと思いますか」

火のついていない煙管《キセル》を噛《か》んで物思いに耽《ふけ》っていた橋倉は、久弥の問いかけに、あ、と薄い唇《くちびる》を歪《ゆが》めた。

「お師匠も気になったかい。いいや、俺の見たところ話せるはずだぜ。だが……」

話したくないのだ。

久弥は膝《ひざ》の上で強く拳《こぶし》を握り締める。

何があったのかも、どこから来たのかも。身内の名も、己《おのれ》の名さえも。

帰りたい場所があるなら、頼りたい人があるなら、とうにそう告げているはずだ。

しかし、この少年にはそれがない。あの凄惨《せいさん》な傷痕には、背筋のうそ寒くなるような冷血な悪意があった。

――身内の仕業《しわざ》なのだろうか。

陰鬱《いんうつ》な気分で橋倉を見遣り、同じことを考えているらしいと表情から察する。

「……どうするね、お師匠。町方《まちかた》へ届けるかい？」

重苦しい沈黙の後、橋倉が躊躇《ためら》いがちに口を開いた。

返答に迷った。本来であれば、迷子《まいご》は自身番に届け出て、町役人の預かりとしたうえで身内を捜すことが定められている。とはいえ、事情を話したがらない子供を、問《もん》答無用《どうむよう》で役人に引き渡すのが最善なのだろうか。

だが、行きがかり上拾ったとはいえ赤の他人だ。まして自分は独り身で、あまりにも血腥《ちなまぐさ》い人生を生きている。久弥がしてやれることはここまでだ。後は役人に託す他にない。少年の顎の下まで夜着を引き上げてやりながら、

「そうですね……」

と言いかけた時、右手に違和感を覚えた。手元を見てどきりとする。少年の手が、いつの間にか久弥の袖の端を握っていた。

細い指には大した力もない。袖を引けばすぐに解けてしまうだろう。それなのに、なぜかそうすることが躊躇われた。少年にしては白すぎる寝顔に、ちらちらと瞬《また》く春の光が躍《おど》っている。久弥に預けてきた体の頼りなさが、妙にはっきりと両腕に蘇《よみがえ》った。

「……少し、様子を見ます。自身番へ届けるのは簡単ですが、あまりいいことはなさそうな気がしますしね。まぁ、子供一人食べさせるくらいは何とでもなりますから、そのうち口をきいてくれたら話をしてみましょう」

らしくもないと思いつつ、気づけばそう言っていた。

灰が吹雪《ふぶき》のように躍り狂《くる》っている。

まだ明けきらぬ藍色《あいいろ》の空の底が、炎に炙られ血の色に染まっていた。その空の下を、久弥は脇目《わきめ》も振らず、通りに積もった灰を蹴散《けち》らしながら小走りに進む。

浜町堀左岸にある、下総小槇山辺家《しもうさこまきやまべ》上屋敷の表門が朧《おぼろ》げに見えてきた。長大な白い海鼠壁《なまこかべ》は黒く煤け、邸内の建物からも黒煙が上がっているのが見て取れるものの、どうにか焼失を免《まぬか》れたようだ。

怒声と悲鳴、それに鏘然《しょうぜん》とした剣戟《けんげき》の音が、吹きつける熱風に乗って聞こえてくる。無数の刃がちかちかと薄闇に閃《ひらめ》く。表門の前で、鉢金《はちがね》に鎖手甲《くさりてっこう》、襷掛《たすきが》けという装束《しょうぞく》の一団を相手に、小袖袴の小槇藩士たちがはげしく斬り結んでいるのを灰の吹雪の中に見る。

刹那《せつな》、久弥は飛ぶように疾走していた。

潮のうねりに似た戦いの音がたちまち迫る。久弥は襷掛けの男の背後で体を沈め、次の瞬間すさまじい勢いで抜刀《ばっとう》した。

瞬速の抜き打ちが、男の背を真っ二つに斬り上げる。

あっ、と周囲の男たちが息を呑む間に、返す刀で隣にいた男の肩口を深々と斬り下げた。上段から唸《うな》りを上げて落ちかかる敵の剣を体を開いて躱《かわ》し、踏み込みながら一瞬で胴を抜く。中に鎖襦袢《くさりじゅばん》を着込んでいるらしいが、久弥の斬撃《ざんげき》は紙を断つように易々《やすやす》とそれを切り裂いた。そのまま霜髪《そうはつ》の老侍《おいざむらい》と切り結んでいた男に駆け寄り、すれ違いざまの一閃《いっせん》で首根を薙《な》ぐ。血煙が巻き上がり、瞬く間に四人が斃《たお》れた。

鉢金姿の男たちが唖然《あぜん》として死体を見下ろし、次いで殺気を漲《みなぎ》らせて血走った目を一斉にこちらへ向ける。一方の藩士たちも、突如《とつじょ》躍り込んできた若い浪人の修羅《しゅら》のごとき技に顔を強張らせ、喜ぶべきか恐れるべきか迷っている。

「おお、かたじけない！」

老侍が驚喜の声を上げ藩士を見回した。

「こちらはお味方ぞ！　者ども怯《ひる》むな！」

藩士たちの間に、おお、という安堵と興奮の入り交じった歓声が広がっていく。

「久弥様、ご助勢まことに恐縮至極《しごく》」

肩で喘ぎつつ老侍が囁《ささや》く。

「頼母《たのも》、舟か？」

鋒《きっさき》で目の前の男たちを牽制《けんせい》しながら低く応じると、江戸家老の諏訪《すわ》頼母は血走った目を見開いて頷いた。

やはり。舟で脱出するつもりなのだ。

味方はすでに多数が討《う》たれ、四十名ばかりと少ないうえに、実戦の経験など皆無に等しいはずだ。対する鉢金に襷掛けの男たちはざっと倍以上はおり、腕においても圧倒しているのが見て取れる。追撃を振り切るには、舟を使って浜町堀から大川に逃れ

せぬ」

「小川橋《おがわばし》が燃え落ち川を塞《ふさ》いでおります。牧野豊前守《ぶぜんのかみ》様の下屋敷まで下らねばなりませぬ」

諏訪の声を背中で聞きながら地を蹴ると、久弥は目の前の男と刃を噛み合わせた。

刀を引いて相手の体が泳いだところを袈裟懸《けさが》けに斬り倒す。血しぶきを上げて斃れる男の向こうに、見覚えのある人影を捉えた。側近の輪の中心に佇むその人は、小槇藩主の山辺伊豆守《いずのかみ》彰久《あきひさ》に違いなかった。

――父上。

門前から大川へ向かう浜町河岸《はまちょうがし》に、次々と敵味方の骸《むくろ》が転がった。

執拗《しつよう》に追いすがる敵を斬り伏せ、苦戦する藩士を見れば助太刀《すけだち》に走る。斬って捨て、また切り結ぶ間に、何人斃したかもわからなくなっていた。

「逆賊《ぎゃくぞく》どもめが！」

諏訪家老の吼《ほ》える声が、熱を帯びた大気を震わせる。

「御前《ごぜん》をお乗せしろ！」

「早《はよ》う！」

河岸の舟に至った手勢が叫び交わすのを聞き、敵が色めき立った。焦《あせ》りと怒気《どき》を膨《ふく》れ上がらせ、狂気のごとく斬り込んでくる。

はげしい戦闘に消耗し、藩士の動きが鈍《にぶ》っていた。視界の隅で、打ち下ろされた剣を受けきれず、侍がぐらりと膝を崩すのが見える。久弥は猛然と走り寄るなり、侍の脳天を拝み打ちにしようとしている男の両腕を一刀の下に叩き斬った。

わっと叫《さけ》ぶ男には目もくれず反転し、倒れた侍にとどめを刺そうとしている男に食らいつく。片手突きで相手の脇腹を鍔元《つばもと》まで貫いた次の瞬間、ぱっと柄《つか》から手を離して身を反《そ》らすと、新手《あらて》の斬撃が鼻先をかすめた。

素早く左手を伸ばして相手の腕をむずと捉え、右手で脇差《わきざし》を抜きながら一瞬で喉笛を掻《か》き斬る。吹き上がった血が雨のごとく降り注ぎ、灰色の道を真紅の斑《まだら》に染める。返り血を浴びながら腰を落とし、脇差を中段に構えると、男たちが気魄《きはく》に呑まれたように後退《あとずさ》った。

猪牙舟《ちょきぶね》が水を蹴立てて進む音が背後に起こり、速《すみ》やかに遠ざかっていく。

「御前はご無事じゃ」

「ようやった！」

響いてきた声に、藩士たちの活気が戻った。気力を奮い起こして襷掛けの男たちに相対し、両者は降りかかる灰を透《す》かして睨《にら》み合う。

やがて、敵は忌々《いまいま》しげにじりじりと後退すると、申し合わせたかのごとく無言で身を翻《ひるがえ》し、次々に薄闇の中へと走り去っていった。

――雪のように灰が降る。

戦いの後、人目を避けて上屋敷を去った久弥は、灰色の景色の中を一人歩いていた。耳が痛くなるほどの静寂が、体を押し包んでいる。

大勢の血を吸った腰の刀がひどく重かった。己へのえも言われぬおぞましさを呑み込んで、三味線に触れることばかりを考える。早く糸の音を聴きたい。ここはあまりにも静かすぎる。それだけを思って歩《ほ》を運んでいた久弥は、つと足を止めた。

訝《いぶか》しげに細めた目に、橋の上にぽつんと立つ、幻かと見紛う子供の姿が映《うつ》った。

やわらかな葉音がやさしく耳をくすぐっていた。瞼を開けば、斜陽に染まった障《しょう》子《じ》と、飛び立つ雀《すずめ》の影が視界に入る。畳《たたみ》に延べた蒲団の上で、久弥は大きく嘆息した。体を休めているうちに眠り込んでいたらしい。

体を起こすと、衣桁《いこう》の後ろに置いた三味線箱に視線が留《と》まった。慎《つつ》ましい稽古部屋には不釣り合いな、最高級の総桐《そうぎり》で作られた仄かに白く輝く箱だ。蓋《ふた》を飾る丸に剣片《けんかた》喰紋《ばみもん》の彫金と、見事な細工《さいく》を施された隅金具《すみかなぐ》が、繊細で眩《まばゆ》い黄金色《こがねいろ》を放っている。久弥は物憂《ものう》い眼差しをそれに注《そそ》いだ。

昨夜、小槙藩江戸家老である諏訪頼母から文《ふみ》を受け取った時のことが思い出された。

十五万石《ごく》を誇る小槇藩主の山辺彰久は、次席家老家木陣右衛門《やぎじんえもん》の謀反《むほん》によって、数日前から上屋敷の奥に軟禁されていた。諏訪は大火の混乱に乗じて藩主を救出すべく、断腸の思いで久弥の一刀流《いっとうりゅう》の腕を頼ってきたのだった。……だが、久弥は即答を躊躇った。

そんないきさつは知ったことではない。己は三味線弾きなのだ。山辺家の争いに巻き込まれるのはまっぴらだと叫びたかった。

――しかし、彰久は実《じつ》の父だ。

父子《おやこ》とはいえ、彰久と庶子《しょし》である久弥の縁など薄いものでしかない。顔を合わせたことさえ数えるほどしかなかった。それでも、父の危機とあらば力を貸さぬわけにはいかない。迷った末に腹を決めた久弥は、未明に深川側の新大橋《しんおおはし》の袂《たもと》で猪牙舟を雇い、熱風が吹きすさぶ大川を渡り、密《ひそ》かに対岸の菖蒲河岸《しょうぶがし》に上がったのだった。

騒動の原因は跡目争いである。

彰久と正室の実子である彰則《あきのり》と、支藩からの養子である宗靖《むねやす》のどちらを世子《せいし》とするかをめぐって、藩主である父と次席家老が対立し、家中を二分《にぶん》する泥沼の政争が続いていた。

昨年まで大坂城代《おおさかじょうだい》を務めていた彰久は、今年若年寄《わかどしより》を拝命し、大名小路《だいみょうこうじ》に拝領屋敷を与えられることとなっていた。浜町に位置する上屋敷は屋敷替えの準備に追われていて、浮き足立っていた隙を突かれた。

百人近い番士が反旗を翻し、上屋敷は突如占拠された。そして彼らは、宗靖を世子に指名するよう武力で父に迫ったのだった。

久弥と藩士たちの必死の働きにより、彰久は浜町堀を舟で下り、無事大川へと逃《のが》れたはずだ。その後は筋違御門《すじかいごもん》前の、青山下野守忠裕《あおやましもつけのかみただやす》の上屋敷に保護を求める手筈《てはず》だという。老中首座《ろうじゅうしゅざ》として辣腕《らつわん》をふるう下野守は縁戚でもあり、野心家の彰久を若年寄の地位へと押し上げるために便宜《べんぎ》をはかってきたと聞くから、ここで見捨てることはすまい。

――……だが、ことはこれで収まらんだろうな。

物思いに沈んでいた久弥は、耳を澄ました。少年が眠っているはずの隣の寝間に物音が立つ。ごそごそと夜着の下で身じろぎしているらしい。

こんなふうに、己以外の気配を家の内で感じるのは久しぶりだ。それも幼い子供がいるというのは、何だか奇妙でくすぐったい心地がする。

向島《むこうじま》に暮らしていた十八の時以来、本所のこの屋敷へ居《きょ》を移して六年になるが、門人やわずかな友人が出入りする他は、女中《じょちゅう》も下男《げなん》も置かなかった。まして、家族を持つことなど考えもしなかった。望まなかったと言えば嘘《うそ》になる。だが、いつ討たれるかもわからぬ身でそんなことができるものか。思いを寄せてくれる人に、同じものを返してやることもできない。誰かと共に生きることなど、望めない人生だ。

……それなのに、死に覆われた焼け跡で寄る辺《よべ》なく佇む子供を抱え上げたら、何かが心を急《せ》き立てた。

「……目が覚めたのか。気分はどうだ」

唐紙《からかみ》越しに声をかけた途端、物音が止《や》んだ。そのまま息を殺しているらしい。相変わらずの反応に苦笑《にがわら》いを浮かべ、久弥は唐紙を大きく開いた。

「腹が減っただろう。飯にするか」

夜着の下にこんもりしたふくらみができていて、小さな顔が半分ばかり覗いていた。困り顔で目を瞬《またた》かせている様子は、悪戯《いたずら》がばれた子犬か何かのようだ。視線がうろうろと宙をさまよう。その目が、不意に何かの上に留まった。

少年の視線を辿り、立箱に収まった三味線を見ているらしいと察した。

表情の乏しかった瞳が強い好奇心を浮かべている。久弥は少し思料すると、箱に歩み寄り紫檀《したん》の三味線と撥《ばち》を取り上げた。そのまま寝間の縁側の近くに座る様子を、少年が目で追っている。

三味線を膝に乗せ、左手で糸巻を調整し三下《さんさが》りに合わせた。背筋を伸ばして撥を構え、すっと息を吸う。

空気が鋭く引き締まった。

チャン、と鮮《あざ》やかな糸の音が冴《さ》え渡り、少年が息を呑む。力強く艶《つや》のある声で空気を震わせながら、久弥は唄《うた》い出した。

黒髪の結ぼれたる思いには
解《と》けて寝た夜の枕とて　ひとり寝る夜の仇《あだ》枕
袖は片敷く妻じゃと云うて　愚痴な女子の心も知らず
しんと更《ふ》けたる鐘の声　夕べの夢の今朝覚めて
床し懐かしやるせなや
積もるとしらで積もる白雪

次第に影を濃くする庭に、哀調に満ちた唄と旋律が切々と染みていく。長唄のめりやす、『黒髪』である。めりやすとは唄方《うたかた》一人に三味線一挺《ちょう》で合わせる短い下座《げざ》音楽をいい、ゆったりとした曲調に手も単純だが、それでいて胸に迫る叙《じょ》情《じょう》がある。

少年が微動だにせずこちらを見ている。白々《しらじら》としていた顔に血が上り、大きな双眸が稲妻《いなずま》に打たれたかのように見開かれていた。侘《わび》しく湿った余韻《よいん》を引く糸の音が、唄を追って消えていくのに耳を傾け、久弥はゆっくりと口を開いた。

「……父は武家だったが、母は三味線の師匠をしていてな。子供の時分から三味線ばかり弾いてきた。幸い才があったようで、こうして芸で身を立てている」

そう語って、小さな白い顔を眺める。

「三味線は初めてか？」

子供がわずかに頷くのを見て、驚くよりも、やはり、という暗い気持ちが勝った。普通の育ち方をしているとは思えなかったが、三味線の音も知らないというのはいよいよ尋常ではない。

「……もっと聴きたいか」

そう言った途端、みるみる頬を赤らめ忙《せわ》しく頷くので、久弥は思わず破顔した。人形のように無反応であったとは思えぬほど、円《つぶ》らな瞳が輝いている。

久弥は再び三味線を構え、一挙一動を見詰める視線を感じながら、撥を糸に打ち付けた。

もみじ葉の　青葉に茂る夏木立《こだち》　春は昔になりけらし

世渡るなかの品々に　われは親同胞《はらから》の為に沈みし恋の淵……

めりやす『もみじ葉』の悲哀に満ちた美しい調べに、少年が息をするのも忘れて聴き入っている。久弥はそっと目を瞠《みは》った。なんという表情を浮かべているのだろうか。三味線という未知との邂逅《かいこう》に、おののきながら魅了されている。体と心のすべてで旋律に没入している。年端《としは》もいかぬ子供とは思われぬほど、心を震わせている。

まるで、今目覚めたばかりの赤子のようだ。世界がそこにあることを初めて知ったかのように、あどけない両目を見開いている。そしておずおずと、胸を躍らせて、その世界を見回している。

不思議な子供だ。撥を翻しながら、久弥はその顔にじっと見入っていた。

翌日になっても、少年は相変わらず夜着にくるまっていて、おっかなびっくり風呂に入り、飯を食べる他は、久弥の演奏を聴いて過ごした。

門人への稽古も休みにして、久弥は少年の求めるまま三味線を奏《かな》で続けた。楽しかった。三味線のことなどまるでわからぬ子供に、弾いてくれと求められるのが無性《むしょう》に嬉しかった。

入相《いりあい》の鐘《かね》が鳴る。開いた障子から見上げた空に雲が広がり、夕闇《ゆうやみ》が濃さを増していた。行灯《あんどん》に灯りを入れるのも忘れて奏でていた久弥は、段切りの余韻を聴きながらようやく手を止めた。己でも呆《あき》れるほどよく弾いたものだ。心地よい疲労を感じながら、驚くべき集中力を見せて聴き入っていた子供に笑いかける。

「腹が減っただろう。夕餉《ゆうげ》にしようか」

そう言いながら、三味線を稽古部屋へ戻そうと膝を立てた時。

「……三味線」

掠《かす》れた細い声が耳を撫《な》で、久弥は動きを止めた。――喋《しゃべ》った。心ノ臓《しんのぞう》が弾《はず》むのを覚えながら子供を凝視《ぎょうし》する。

「……三味線、俺にも……弾けるでしょうか。稽古をすれば、お師匠さんみたいに、弾けるように、なりますか……？」

自分を抑えきれぬように、ぎこちなく、しかし懸命に言葉を紡《つむ》ぐ。

少年の茹《ゆ》だったように赤い顔が、薄闇越しでも見て取れる。思いがけない言葉に久弥が戸惑っていると、子供は蒲団を出て膝を揃《そろ》えた。

「三味線が、好きです。……必死にやります。教えて、もらえますか……？」

今にも気を失いそうな風情《ふぜい》で答えを待っている少年を、静かに見詰めた。どこの誰とも知れぬ子供であるし、いつまで導いてやれるか、才があるかどうかも判然とはしない。

――だが……。

小刻《こきざ》みに揺れる瞳が、胸に食い入る心地がする。無下《むげ》にはできない切実さがあった。

これほど音曲《おんぎょく》に心震わせる少年を、三味線から引き離すことが躊躇われた。

三味線は、死や孤独のつきまとう人生を強《し》いられてきた久弥のすべてだった。芸の道は果てしない。けれども生きるに値《あたい》するものだ。その思いが己を支えてきた。

同じ道を求める少年の気持ちが、わかる気がする。

「才があるかどうかは稽古してみないことにはわからない。だが、弾きたいのなら教えよう。芸の道は長い。……精進《しょうじん》することだ」

少年が両目を瞠り、息を止める。そのまま硬直しているのでやわらかく目で頷くと、喘《あえ》ぐように息を吸った。かちかちと歯が鳴り出す。勇気をかき集めて、決死の覚悟で言ったのだろう。

「——あ……ありがとう存じます……」

少年はぶるぶる震えながら、がばと畳に額《ひたい》をつけた。

「お前、名は何という？　どこから来た」

もう訊ねてもいいだろうと思って口にした途端、子供はぎくりとして顔を上げた。

それきり凍《こお》りついたかのごとく固まっている。

「……言いたくないのなら、いい。気にするな」

安心させるように言うと、

「ないんです」

と軋んだ声が返ってきた。

「な……ないのです。名は、ありません。あ、相《あい》すみません……」

久弥は答えの異様さに絶句した。耳朶《みみたぶ》まで真っ赤にした子供が、つっかえつっかえ言う。

「家ではいつも、おい、とか、餓鬼《がき》とか、与三郎《よさぶろう》とか、そういうふうに呼ばれていたので」

与三郎が自分の名前かとも思ったが違うらしい、と付け加える。

久弥は呆気《あっけ》に取られてから唇を歪めた。歌舞伎《かぶき》の『与話情浮名横櫛《よわなさけうきなのよこぐし》』の、切られ与三郎か。やくざの親分、赤間源左衛門《あかまげんざえもん》の妾《めかけ》のお富《とみ》と惚《ほ》れあって、源左衛門に三十四カ所もなます斬りにされ、体中傷だらけになった若旦那《わかだんな》のことだ。そんな渾名《あだな》で痣だらけの子を呼ぶなど悪趣味にもほどがある。

「在所は、室町《むろまち》二丁目の呉服商の、『春日《かすが》』といいます」

一度たどたどしく話しはじめると、少年の喉に詰まっていたものが取れたかのように、次々言葉が溢《あふ》れ出した。

『春日』の内儀《ないぎ》が正吉《しょうきち》という若い手代《てだい》と密通してできた子で、十になるのだという。

少年が生まれると、乳飲《ちの》み子《ご》の間のみ女中が最低限の世話をしただけで、母である内儀は何の関心も示さなかった。店主夫婦にはもう二人の息子がいて、少年は厄介者《やっかいもの》でしかなかったのだ。幼い頃から奉公人たちに下働き同然に扱われ、店の外へは出してもらえず、誰かの勘気《かんき》を被《こうむ》れば食事を抜かれ、冬でも井戸端《いどばた》で水をかぶって体を清める生活だった。

それで済めばまだいいものの、店主と手代からの陰惨《いんさん》な折檻《せっかん》にも晒《さら》された。内儀は美しい女だったが勝気で気位《きぐらい》が高く、店の番頭《ばんとう》から婿養子《むこようし》となった店主は何かと鬱屈《うっくつ》を溜めていた。そこに、妻が奉公人と不義を働いたうえに身籠《みご》もったのだから、店主の怨念《おんねん》がすさまじかったのも当然の成り行きだった。父である手代は奉公を解かれることこそなかったが、店主から罵詈雑言《ばりぞうごん》を投げつけられ、あるいは当てつけのようにこき使われた。その鬱憤《うっぷん》を晴らすかのごとく、正吉は店主から庇《かば》うどころか同じくらいに容赦なく少年をいたぶったという。

ここ数年酒癖《さけぐせ》が悪くなっていた店主は、折檻が度を越すことが多くなっていた。木刀で腰や腿《もも》を手酷《てひど》く打たれて、翌日足を引きずって過ごすこともあった。昨年末に背中を打ち据えられた後は、あまりの痛みに息をするのにも難儀したという。

「腕を打たれた時はすごく腫れたのでびっくりして、今度殴られたら死ぬのかな、と思いました。次の日に、火事が起きたんです。昼頃には半鐘《はんしょう》が鳴って、真っ黒い煙がどんどん近づくのが見えました。みんな逃げる支度に追われていて、俺のことなんて誰も気にしてなくて。それで……」

唐突に、まったく突然に、逃げよう、と思った。

そう思ったら、重い足枷《あしかせ》が外れたかのように体が軽くなった。

混乱した店と屋敷を忍び出て、庭の木戸から外へ出た。戸に手をかけた瞬間、誰かが飛んできて殴りつけるかと思ったが、誰にも咎《とが》められることなく、あっさりと戸は開いた。

店の敷地の外へ出たのは初めてのことで、何だか気持ちがふわふわする。

近火を知らせる擦《す》り半鐘《ばんしょう》に混じって、隣近所から殺気立った喧騒が聞こえてくるのが物珍しく、胸がどきどきと高鳴り、掌には汗が滲んだ。店主や手代たちに見つかったら、きっとひどく叱《しか》られる。ただの折檻ではすまないかもしれない。

けれど、木戸を出た裏道は静かで、誰も追ってくる気配はなかった。

誰も己がここにいることに気づかない。咎めないし、止めない。

切羽詰《せっぱつ》まった半鐘の音が狂ったように鳴り響き、遠くの悲鳴を乗せたきな臭い風が顔を撫でる。

恐怖はなかった。心は、ただ穏やかだった。

青空を覆い尽くそうとする禍々《まがまが》しい煙を見上げながら、伸び伸びと深呼吸をした。

「嬉しくなって、どんどん店から離れて歩いていました」

万が一にも店の者が追ってこないように、方角を変えながら逃げた。

炎と煙が押し寄せる中を、逃げ惑う人々の波を避けるようにして、歩いて、走って、また歩く。天水桶《てんすいおけ》や井戸を見つけては水をかぶり、夕刻なのか夜なのかも定かではない闇の中、燃え残った稲荷神社の木の下で蹲《うずくま》って過ごした。そして早朝にまた歩き出し、気がつくと灰燼と化した町跡にぽつんと佇んでいた。

無数の灰が花びらのように舞っている。

自由で、空虚で、時が止まったかのごとく感じられた。

お江戸の町は全部燃えてしまったのだろうか。店も燃えたかな、とぼんやり考える。

それでも構わない気がした。

足が疲れて棒のようだ。目も腕も痛くて、喉もひりひりして腹も減ったけれど、店にいても大差ない暮らしなのだ。もう怖い思いをしなくてすむのだから、別にいい。

そんなことを考えつつ、どこともわからぬ橋の上で濁った川面を眺めていると、花吹雪のような灰の向こうから、黒ずくめの着物に二本差しの青年が音もなく現れた。

藍を溶かしたような闇が、寝間に満ちていた。

少年がどんな表情を浮かべているのか、もう朧《おぼろ》にしか見て取れない。ただ、半纏に埋もれる華奢《きゃしゃ》な影が、青い闇の中に辛うじて見て取れるばかりだ。ともすれば見失いそうなその影に、久弥はぽつりと言った。

「……名前がないのは不便だな。まずは名を考えよう。どう呼ばれたい」

「名前……」

戸惑ったように少年が首を傾《かし》げる。

「あの……よくわかりません。名前って……どうやって付けるのですか。自分で付けるものなのですか」

久弥はものの形も判別できない暗い庭に目を遣《や》って、しばらく考えた。

「そうだな、私も子供の名付けなぞしたことはないし……私の知己《ちき》の幼名で良ければ使うか。もっと成長した時に変えたくなったら、好きに変えたらいい」

「はい、そうします。何という名ですか」

「青い馬と書いて青馬《そうま》という。白い馬のことを青馬《あおうま》と呼ぶんだがね。青馬を見ると吉兆を呼ぶという故事から取ったそうだ」

「……そうま」

少年はゆっくり繰り返した。

それから、そうま、そうま、と大事そうに、言葉を覚えたての幼子のように幾度も唱《とな》える。

その顔が、不意に月明かりに淡く浮かび上がった。雲が切れたらしい。明るいと思ったら、今夜は満月であったはずだ。白い綾《あや》に似た月光が、縁側をつやつやしく濡らしている。

たった今、青馬と名付けられた少年は、そうま、と一心に呟《つぶや》いていた。ほんのり白く輝く頬が新雪を思わせる。青く見えるほど澄んだ双眸には、月光を映し込んだ清らかな光が躍っている。人形が生身の子供となったと見紛うばかりに、それは鮮やかな変化に思えた。

「青馬」

呼びかけると、一呼吸置いて少年がぱっと顔を上げた。

両目を瞠り、頬をじわりと赤くする。躊躇うように唇を動かすのを見下ろしながら、久弥は静かに待った。束の間浅い呼吸を繰り返した少年は、こくりと喉を動かすと、

「……はい」

そうっと返事をして、笑った。

月明かりを宿した目を綻《ほころ》ばせ、青馬は初めて、はにかみながら笑っていた。

二

格子窓《こうしまど》から差し込む幾筋もの朝日が、煮炊《にた》きの湯気に淡く浮かび上がる。

納豆売りやしじみ売りの威勢のいい声が松坂町に谺《こだま》している。それを聞きながら、襷掛けをした久弥は熱々の釜《かま》の飯をお櫃《ひつ》へ移していた。頭の中では、青馬と名付けた少年をどう世話しようかと考えを巡らせている。まずは体を治《なお》して、少しずつ三味線に慣れさせせよう。『春日』がどうなったのかも確かめねば……などと思料するうち、廊下の奥から慌てふためいた足音が聞こえてきた。

「お師匠様」

半纏を引きずるようにして現れるなり、青馬が板敷に両手をつく。

「お、おはようございます。寝過ごして相すみません」

切羽詰まった顔で言うので、久弥はしゃもじを持ったままぽかんとした。

「朝餉《あさげ》なら俺が拵えます。水汲《みずく》みも掃除も洗濯もやります。教えていただければ、使いにも出ます。本当に申し訳ありません……」

「待て、待て」

片手を上げて遮《さえぎ》ると、久弥は苦笑いした。

「謝ることなんぞない。ここは商家ではないし、お前は奉公人でもないんだから、そんなふうに働く必要もない。傷だってまだ痛むだろう」

「このくらい平気です。腕は動きます」

平然として答える少年に、久弥の胸が強張った。『春日』では這《は》ってでも働くよう強いられていたのだろう。

「いいんだ。子供がそんな無理をするものじゃない」

低く言うと、ですが、と青馬がもどかしげに身を乗り出す。

「助けていただいたお礼もまだ……稽古の束脩《そくしゅう》も払えないので……」

「そんなことは気にするな。お前から金を取ろうなんて思っちゃいないよ」

「……でも……それじゃあ、何をしたらいいんでしょうか……？」

途方に暮れて口籠もるので、久弥はおかしいような哀れなような気持ちで眉を下げた。

「他の子供がすることをしていたらいいさ。飯を食って、手習いをして、表で友達と遊んで、三味線の稽古をすればいい」

とんでもない無理難題を言いつけられたといわんばかりに、青馬が目を剝《む》く。

「……だけど、あのう、そんなわけには……」

しじみが口を開いた鍋に味噌《みそ》を溶きながら、久弥は肩越しに振り返った。

「とりあえず、体が辛《つら》くなければ外で遊んできたらどうだ。天気もいいしな」

「はい。わかりました。遊んできます」

悲愴な顔つきで頷いた後、青馬は所在なげに目を瞬かせ、おずおずと言う。

「……お師匠様、遊ぶって、何をしたらいいのですか」

久弥は思わず、ふ、と笑った。毎日働き詰めに働かされ、遊んだことなどないのだろう。笑うことではないのだが、青馬の言動は妙に人の心を和《なご》ませる。外の世界から隔絶されていたせいなのか、もともとの美質なのか、この少年には早熟な琴線《きんせん》がある一方で、幼子のように無邪気《むじゃき》で素直なところがあるらしい。

笑みを含んだ目で己を眺める久弥を、青馬は不思議そうにちらちらと見上げていた。


「お師匠、邪魔するよ」

居間で朝餉を食べ終えた頃、庭から声がかかった。

はい、と応じて障子を開くと、憂い顔の医者が縁側の前に立っている。

「お師匠、あの坊主……」

言いかけた橋倉の両目が、青馬を見て丸くなった。

「えっ、お前……あの坊主か？」

大きすぎる半纏にくるまったままだが、風呂に入り小ざっぱりとした少年を穴が開くほど見詰め、

「へぇ、こいつは魂消た。まるで別人だぜ」

と笑み崩れる。

青馬は顔を火照《ほて》らせて膝を揃えると、両手をついて口を開いた。

「あ、あのう……手当てしていただきありがとう存じます。お礼が遅くなり相すみません」

細く澄んだ声を聞いた途端、橋倉は手にしていた薬箱を取り落とさんばかりに仰天し、

「なんだ、喋ったじゃねぇか！」

と素《す》っ頓狂《とんきょう》な声を上げて呵々大笑《かかたいしょう》したのだった。

縁側にかけた橋倉に、青馬の出自を手短に打ち明けた。橋倉は痛ましげな視線を青馬へ向けていたが、

「……青馬か。うん、粋《いき》な名前だ。いい名前をもらってよかったな、青馬」

鼻をすりながら明るく言い、そうだ、と傍《かたわ》らの風呂敷包《ふろしきづつ》みを手にした。

「こいつはお前さんに持ってきたんだよ。お師匠は子供の着物なんぞ用意がなかろうと思ってな」

内儀のお三津《みつ》が、七つの息子の着物を仕立て直したのだという。

「ありがとうございます。勝手がわからないもので、助かります」

久弥がありがたく受け取る横で、青馬も慌てて頭を下げるのを、橋倉はにこにこしながら眺めていた。

青地に亀甲文様《きっこうもんよう》の子供らしい袷《あわせ》に着替えると、青馬は金魚のように頬を赤くして、ありがとう存じます、と言いながらうっとりと着物を見下ろした。

が、どういうわけか半纏を手放すのは気が進まぬらしく、

「……着ていてもいいですか」

と小声で訴えてきた。

この家に来てからずっと着ていたので安心するのかもしれない。いいよ、と久弥が言うが早いかいそいそと半纏を羽織り、袖を引きずりながら満足そうにする。その様子に、二人は肩を揺らして小さく笑った。

橋倉が去った後、三人の門人が稽古に訪れた。その間、青馬は隣の寝間で息をひそめて稽古を聴いていた。ことりとも音がしないので、眠くなったのだろうかと唐紙を開けてみると、青馬は唐紙の前で膝を揃えて座ったままだった。

「ずっとそうしていたのか」

半《なか》ば呆れて訊ねると、少年は白い頬を紅潮させてこっくりと頷く。

「三味線は難しいんですね。みんなお師匠様のように唄ったり弾いたりできるのかと思っていました。お師匠様はとても上手《じょうず》なんですね」

久弥は横を向いて笑いを堪《こら》えた。師匠と比べられたら弟子《でし》たちが気の毒な話である。

「まぁ、教える人間が上手《うま》くなくては話にならんからな。それに、あの三人がさらっている曲は、どれもなかなか難しいんだよ」

どの曲が好きだったかと訊ねると、

「どれも好きですが、最後の人の曲は特に好きです」

と言って耳朶を赤くする。

『越後獅子《えちごじし》』だ。『越後獅子』は『遅桜手爾波七字《おそざくらてにはのななもじ》』のうちの舞踏曲の一つで、三下りの旋律が美しく、唄も華やかで調子がいい。

なるほど、あの曲は初めて聴いても面白いだろうと思いながら、ふと悪戯心が湧いた。

「そうか。どういう曲だったか唄えるか？」

虚を衝《つ》かれたように目を瞬かせた青馬は、袂を弄《もてあそ》びながら俯《うつむ》いた。初めて聴いたのだから土台無理な話ではある。いや、気にするな、と久弥が口を開こうとした途端。

青馬が唄い出した。

打つや太鼓の音も澄み渡り　角兵衛《かくべえ》角兵衛と招かれて
居ながら見する石橋《しゃっきょう》の　浮世を渡る風雅者
うたふも舞ふも囃《はや》すのも　一人旅寝の草枕……

肌が粟立《あわだ》った。身を乗り出し、息を詰めて耳を澄ませる。子供ゆえ声は伸びないが、音にも調子にもほとんど狂いがない。唐紙を隔てた隣の部屋で、久弥が唄うのを聴きながら覚えたというのか。
久弥はさっと稽古部屋の三味線に手を伸ばし、音を抑えて合わせはじめた。青馬はびっくりしたように一瞬声を小さくしたが、すぐに笑顔になって唄い続ける。

おらが女房をほめるぢゃないが　飯も炊いたり水仕事
麻撚《よ》るたびの楽しみを　独り笑みして来りける
越路潟《こしじがた》　お国名物は様々あれど　田舎訛《いなかなまり》の片言まじり
しらうさになる言の葉を　雁の便りに届けてほしや……

初段の晒《さらし》の合方《あいかた》を奏でていた手が、止まっていた。
もう弾かないのだろうか、というように、軽く息を弾ませた青馬が目を輝かせてこちらを見る。

——すべて頭に入っている。完全に、覚えている。

「お前、もしや」

久弥はごくりと喉を鳴らした。

「一昨日《おととい》から弾いて聴かせた曲も、同じように覚えているのか？」

はい、と青馬が当然のごとく首肯するのを見て、軽い眩暈《めまい》を覚えた。

三味線は、唄も絃《げん》も耳で聴き、体で覚える口伝《くでん》によって習得する。つまり見取り稽古が基本だ。そのためめりやす一曲でも、三味線の初心者が覚えるのは相当に苦労する。正確で繊細な耳と覚えのよさがなければ、技倆《ぎりょう》以前の問題で三味線を弾くことは覚束《おぼつか》ないのだ。

六つで岡安派《おかやすは》の母に弟子入りした時から、久弥にはそれが苦にもならなかった。三味線の師匠がしばしば弟子に言う言葉に「調子三年、勘八年」というものがあるが、これは三味線演奏の基礎である調弦と勘所の習得にさえ、かように長い年月を要することを表したものだ。しかし久弥は、七つを待たずに調子合わせも勘所も完全に習得して母を驚愕させた。

十五の時に杵屋《きねや》派に師事して頭角を現し、唄方の芳村《よしむら》派にも弟子入りして名を上げ、十七の年に中村座《なかむらざ》で最年少のタテ三味線となった頃には、久弥はすでに名手の名を恣《ほしいまま》にしていた。

見取りに長《た》けていることは、芸事において重要な素養である。そのうえで、ずば抜けた技術を備え、絃と唄の間を自在にし、音曲に命を吹き込む境地に至る者が名手と呼ばれる。指使いや撥捌《ばちさば》きは、多少器用ならどうにかなる。だが耳のよさと勘のよさ、これだけは天稟《てんびん》だ。

「あの……」

凝然《ぎょうぜん》として黙り込んだ久弥を、青馬が訝しげに見上げている。

久弥はふっと肩を下げて嘆息してから、

「……腕が辛くなければ、弾いてみるか」

と三味線を差し出した。青馬は弾《はじ》かれたように腰を浮かせ、おろおろしながら三味線と久弥を見比べていたが、やがて頰を上気させて頷いた。

「はい。はい、弾いてみたいです」

三味線を持たせ、胴《どう》と棹《さお》の構え方、撥の持ち方、本調子・二上《にあが》り・三下りといった基本的な調絃を教える。さらに勘所の押さえ方と奏法も一通りさらった。呑み込みが早いのにはいまさら驚かなかった。雲を掴むかのごとく覚束なかった調弦と勘所の押さえ方も、繰り返し合わせるたびにみるみる精度が上がっていく。手首がやわらかく、指先の力が強く切れがあるうえに、実に細《こま》やかに動く。子供とは思えぬ集中力で、少しも気が逸《そ》れない。何より、三味線が生み出す音色と旋律の美しさを、魂《たましい》を震わすようにして楽しんでいる。

——これは、ものになる。

夢中で手を動かす少年を見詰めながら、久弥は胸が高鳴るのを感じた。


「まぁ、あの火事で。さぞ怖かったことでしょうね。迷子だなんてかわいそうに」

中食《ちゅうじき》の後、稽古に訪れた真澄《ますみ》はそう言って嘆息した。

「柳橋《やなぎばし》の芸者仲間の家や、お世話になっている置屋さんも焼けてしまいました。むごいこと……」

真澄は弟子入りして三年目になる門人で、名妓《めいぎ》と名高い柳橋芸者だ。置屋の者や芸者衆は幸い無事で、浅草千束《あさくさせんぞく》の寮へ避難したのだという。娘の滑《なめ》らかな白い頬が心なしかやつれて見え、久弥は眉を曇らせた。

「真澄さん、大丈夫ですか。今日の稽古は休みにしては……」

思わず小声で言うと、真澄の濡れたように艶やかな双眸が、慕わしげな色を浮かべた。

「ありがとうございます。でも、いつも通りにしていた方が気が休まるんです。それに……お師匠のお顔が見たかったし」

やわらかな丸い声が耳を撫でる。久弥は娘の顔を直視できず目を伏せた。小さな稽古部屋に二人でいるのが、急に息苦しくなる。自分も会いたかったのだと、そう返してやれない己が歯痒《はがゆ》かった。

真澄は自身の父親を、生まれた年に起きた丙寅《ひのえとら》の大火で亡くしている。以来、三味線師匠の母親は女手ひとつで真澄を育てた。柳橋の花街《かがい》で稽古を乞《こ》われることも多くあり、真澄が柳橋芸者となったのもその縁からだと聞いていた。その母も、左褄《ひだりづま》を取った十九の年に病没している。天涯孤独となった真澄は柳橋芸者でありながら同朋町《どうぼうちょう》には住まず、両親が残した松井町《まついちょう》の小さな家に独り暮らしているのだった。

柳橋芸者は吉原《よしわら》や深川に比べると現れて日も浅く、数も少ない。だが、色ではなく芸を売ることを矜持《きょうじ》とする気位と品格は、すでに花柳界での評判が高かった。

真澄は柳橋芸者らしく芯の強い娘だ。けれども、火事と聞けば父を思い出してつい心が乱れると、以前久弥にこぼしたことがあった。

三日前の午前、佐久間町から出た火が神田川《かんだがわ》沿いに柳橋へも襲いかかっていると耳にした時、娘の顔と同時にそのことが頭に浮かんだ。いても立ってもいられなかった。気がつけば打刀を腰に差すのももどかしく、息せき切って松井町へと走っていた。

「――お師匠？　まぁ、どうなさったんですか」

家の土間で息を弾ませている久弥を見て、娘は嬉しげに目元を染めながらも、不思議そうに小首を傾げた。

「佐久間町から火が出て、柳橋の方へも広がっているようです。聞きましたか。今日は家にいてください」

切迫した声で告げた途端、常にはやわらかく繊細な光を浮かべている瞳が強張った。家の外から、おい、神田が大火事だ、両国の火が見えるぜ、と騒ぐ声が、不穏な狼煙のように聞こえてくる。取り繕《つくろ》うこともできずに青ざめて震え出す娘の姿に、胸が詰まった。

真澄が久弥にどんな思いを寄せているのか、気づかないほど野暮《やぼ》ではない。手を差し伸べて、震える体を強く抱き締めてやりたい。安心しろと言いたい。思いが込み上げるほど、それができないことに身がよじれそうな憤《いきどお》りを覚えた。

「お師匠のお顔を見たら、ほっとしました」

真澄は唇を綻《ほころ》ばせると、気を取り直したように背筋を伸ばした。

「まぁ、湿っぽくていけませんねぇ、私としたことが。……それで、その子のお家《うち》を捜していらっしゃるんですか？　でしたら私にもお手伝いをさせてください」

「ありがとうございます。ですが、それには及びません。このまま私が預かろうと思っているんです。三味線に才がありそうな子供でしてね。……会ってやってもらえますか」

えっ、と長い睫毛を瞬かせている娘に微笑《ほほえ》んだ。今となっては青馬を手放す気がますます失せている。才があることはもちろんだが、それだけではない。無邪気な青馬の姿を見ていると、久弥の心はあたたまるのだ。役人に預けることを思うと、どうにもいたたまれない心地になる。

青馬を見たら、真澄は何と言うだろうかと考えていた。驚くだろうが、きっと好いてくれるのではないか。そうであればいい。そう期待する気持ちが生まれていた。

「ええ、もちろんですとも。ぜひ」

驚きながらも身を乗り出す娘に頷いて、隣室とを隔てる唐紙の前に膝行《いざ》った。

「青馬、いるか」

しばしの沈黙があり、はい、と返事がくる。唐紙を細く引くと、近くに正座した青馬と目が合った。

「こちらのお人にご挨拶《あいさつ》できるか。真澄さんといって、とても三味線が上手だ」

三味線が上手いと聞いて、不安げだった青馬の表情が変わる。好奇心に抗《あらが》えぬ様子で、そろそろと稽古部屋に入ってきた。久弥の半纏を着たままであるのに気づき、慌てて畳んで膝の脇に置くと、

「……青馬と申します」

頭を下げてたどたどしく言う。

少年がぎこちなく顔を上げた途端、真澄は目を和ませた。

「あら、まぁ、なんて可愛《かわい》らしいんでしょう」

こぼれんばかりの笑みを浮かべるのを見て、久弥も面映《おもは》ゆい気分で笑みを返す。

一方、真澄を見上げた青馬は、ぽかんとして固まっていた。

「……お師匠様。真澄さんは天女なんですか？　すごく綺麗《きれい》ですね」

久弥の袂を引いて、恍惚《こうこつ》とした口調で言う。

「まぁ、ありがとう」

艶然《えんぜん》と真澄が微笑むと、青馬はますます茫然《ぼうぜん》として頬を染めた。

「こんなに綺麗な女の人は見たことがありません。ほら、見てください。お師匠様はそう思いませんか？」

「――ですって。お師匠はそう思いませんこと？」

真澄がからかうように青馬を真似《まね》るので、勘弁してくれ、と顔に血が上る。

「……はぁ、その。まぁ……」

「まぁ？　何ですの、それ」

優雅に柳眉《りゅうび》を引き上げてから、娘はくすりと笑った。

「お師匠も、青馬さんくらい気の利いたことを言ってくださるといいんですけれど。

女心のわからない方で、憎らしい」

憎らしい、と聞いた青馬の顔が強張ったのを見て、真澄は悪戯っぽく目を細くした。

「あ、違うの。本当に憎らしいなんて思ってやしないんですよ。その反対。私はね、そりゃあもうお師匠のことが……」

「真澄さん、真澄さん。稽古の前に茶を出しましょう。先ほど稽古に来た門人が、桜《さくら》餅《もち》を差し入れてくれたので……」

久弥はしどろもどろに遮って立ち上がると、一目散《いちもくさん》に台所へ向かった。うなじが湯を浴びたように熱い。

背後で、鈴《すず》を振るような真澄の笑い声が聞こえていた。

およそ生けるを放つこと　人皇四十四代《にんのうしじゅうよだい》の帝　元正《げんしょう》天皇の御宇《ぎょう》かとよ
養老四年の末の秋　宇佐八幡の託宣《たくせん》にて　諸国に始まる放生会《ほうじょうえ》
浮寝の鳥にあらねども　今も恋しき一人住み　小夜の枕に片思ひ
可愛心と汲みもせで　何ぢゃやら憎らしい……

久弥と真澄の二挺の三味線が、稽古部屋に鳴り響く。

タテ三味線の大薩摩《おおざつま》風の前弾で鮮やかに始まる『吉原雀《よしわらすずめ》』である。タテ三味線を弾く真澄の撥が翻り、棹の上を細い指がめまぐるしく躍っている。

真澄は自前の芸者だ。置屋に前借金がある芸者とは異なり、年季奉公に縛られることもないし、世話を受ける旦那も持たない。その分後《うし》ろ盾《だて》はないから、自らの芸を磨くことに余念がなかった。

名妓と呼ばれるだけあって、真澄の音色は粋と情感に溢れ、それでいて抑制と品格を失わない。互いの音を聴きながら音曲に没入し、響き合うかのごとく旋律を紡いでいくのは至福の時間だった。

実に花ならば初桜　月ならば十三夜
いずれ劣らぬ粋同士の　あなたへ云ひ抜けこなたの伊達《だて》
いずれ丸かれそろかしく

ノリを落とさず最後まで疾走すると、三味線の鮮やかな余韻が、稽古部屋の空気を震わせながら消えていく。

半眼にしていた目を見開くなり、真澄が抗議の声を上げた。

「お師匠、少しは手加減してくださいな。あんな替手《かえて》を弾かれたらついていかれやしません。それも唄いながらするんだから嫌になる」

「いや、よく弾けていましたよ。あなたはあのくらい問題なく弾けるでしょう」

にこりとして応じると、

「三味線のこととなると、こうだから」

と娘が恨《うら》めしげに言う。

「……青馬、どうだった」

青馬に目を転じると、身じろぎもせずに聴き入っていた少年はひゅっと息を吸った。みるみる白い頬に血が上り、両目に生き生きとした光が躍る。

「何と言っていいかわかりません。すごかったです」

「まぁ、ありがとう。青馬さんは三味線は初めて？」

「はい。今日から稽古をはじめました」

すぐにでも練習をしたいのか、そわそわと視線が立箱の三味線へ向く。

「前弾の最初のテテテンまで弾いてみるか」

久弥が撥と三味線を差し出しながら言うと、真澄が耳を疑うようにこちらを見た。はい、といそいそと受け取って構える青馬を見て、さらに困惑した顔つきになる。すっと背筋を伸ばすなり、ドン、と重々しく絃が鳴る。娘がぎょっとして身を硬くした。細身なのに上腕に力があるのか、音に力強さがある。だが力《りき》んではいない。手首が柔軟で、テテテテテテン、と軽やかに、楽しそうに弾く。

技巧が甘い部分は当然多いが、やはり筋がいい。何より、子供らしからぬ気品と、荘厳《そうごん》さのある音色、そして間の取り方がよかった。

「……たくさん間違えました。難しいですね」

「いや、よく聴いていた。力んでいないのもいい」

がっかりした様子の少年に言ってから、真澄に向き直る。

「……稽古の途中で失礼しました。えらく見取りが得意な子なんですよ。面白いでしょう」

言いかけて言葉を呑んだ。驚愕が去った後の真澄の顔に、一瞬ひどく寂しげなものが過《よぎ》った気がしたのだ。

「そう、才があるのね。稽古をはじめたばかりなのに、とても上手で驚いたわ」

青馬にやさしく話しかけると、真澄はちらりと久弥を横目で見る。

「……お師匠は残酷ですねぇ。見せつけるなんて、ひどいことをなさいますこと」

えっ、と久弥は狼狽《うろた》えた。冗談めかした口調にもかかわらず、娘の声に籠もった切実さにぎくりとする。何か無礼を働いただろうか。真澄ならば青馬の才がわかるであろうと思ったのだが。

「いや、真澄さんも才がおありですよ」

「……でも、きっと青馬さんほどではないのですよね。私もあなたのような天稟があれば、拾っていただけるのかしらねぇ」

冗談とも本気ともつかない口ぶりだったが、そこに滲む孤独の気配を感じて胸を衝かれた。

そうではない、違うんだ、という言葉が喉まで出かかる。真澄の気持ちを知りながら応えないのは、才のせいなどではない。……けれども、沸騰《ふっとう》するように湧き上がった言葉はたちまち冷たく凍りついた。そんなことを告げて何になる。何もしてやれないことに変わりはないのだと、苦《にが》いものが胸に広がった。

「あの……真澄さんには、お家がないのですか。迷子なんですか？」

心配そうに青馬が訊ねると、真澄の頬が緩んだ。

「いいえ、ありますとも。青馬さんはやさしいのね。おかしなことを言ってごめんなさい。……さ、お師匠、お稽古を続けてくださいな」

穏やかに答え、娘が静かに座り直す。

ええ、と呟くと、久弥は波立つ心を押し殺しながら三味線を構えた。

真澄が稽古を終えて出ていったのと入れ違いに、日本橋『近江屋《おうみや》』の隠居、文《ぶん》右衛門《えもん》が現れた。近江屋は三代前に日本橋に構えた呉服商にはじまり、現在は浅草御《お》蔵前《くらまえ》に札差《ふださし》も営むまでになった富商だ。この文右衛門は久弥の噂を聞きつけて以来弟子となり、同時に熱心な後援者ともなっていた。

「そこで真澄さんとすれ違いましたよ。いや、立てば芍薬《しゃくやく》、座れば牡丹《ぼたん》。相変わらず観音様のような美しさですねぇ」

文右衛門の向かいに座りながら、はぁ、と久弥は曖昧《あいまい》に頷いた。

「もうお弟子になって三年目でしたか。若い娘さんはたいていお師匠が目当てで、つれなくされるとすぐにやめてしまうのに、よく続けているものだ。健気《けなげ》でこちらが切《せつ》なくなる」

「……ご隠居、お戯《たわむ》れは困ります。真澄さんは芸で活計《たつき》を立てている人ですから、志の高さが違う」

先ほどの真澄の寂しげな表情が頭を過り、笑う気にもなれずに応じると、隠居は意味ありげに目尻の皺《しわ》を深くした。

「お師匠こそ、艶歌《つやうた》を弾く人がわからんふりをなさるもんじゃないですよ。お師匠は男盛りだってのに、何でか色恋に頑《かたく》なですなぁ。真澄さんのことだって、ひととおりでなく思っておられるように見えるんだが……」

何とも言えない表情で久弥が怯んだのを見て、愉快そうに笑う。久弥の支援者として力を貸すことを惜しまぬ、人柄の練《ね》れた人物であるが、時折ずばりと核心を突く言葉を発する。日本橋に名を轟《とどろ》かせた大商人のことだから、久弥のごとき若輩の懊悩《おうのう》なぞとうに見透かしているのかもしれない。祖父であるかのような親しみを覚える一方で、どこか底知れぬものを感じさせる老爺《ろうや》だった。

「ま、お師匠を苛《いじ》めすぎて稽古をやめるとおっしゃられたら困りますしね。このへんにしておきましょう」

居心地悪げに座り直すと、久弥は茶を口に含んで喉を湿らせた。

「……一昨日の火事では、日本橋のお店《たな》はいかがでしたか。あの辺《あた》りはひどく焼けましたでしょう。お店の皆さんはご無事ですか」

ええ、と文右衛門が嘆息する。

「倅《せがれ》にもよくよく確かめましたが、店は焼けましたものの奉公人も蔵も無事でした。……が、周りは軒並《のきな》み焼け野原です。人死《ひとじに》も大勢出ています。炎に巻かれた者や、堀や川に逃れて溺《おぼ》れ死んだ者がそこら中に累々《るいるい》折り重なっているとかで、哀れなことです」

隠居が語るのを聞きながら、久弥はつと考え込んだ。

室町二丁目の呉服商か。隣室と稽古部屋を隔てる唐紙にそっと目を遣りながら、束《つか》の間《ま》迷った。

――だが、いつかははっきりさせなければならない問題だ。

「……ご隠居、室町二丁目の『春日』という呉服店をご存じですか」

そう切り出した途端、隣室の気配が動くのを感じた。

「少しかかわりのある弟子がおるのですが、火事で店がどうなったかと思いまして」

「『春日』ですか。存じておりますよ。身代《しんだい》の大きな店です」

茶をすすっていた文右衛門が、襟《えり》に首を埋めるようにして頷く。

「延焼がひどく、店も蔵も焼けました。店主一家は煙にやられて全滅し、奉公人も大勢亡くなったとか。……ああ、手代が一人、生き残っているそうです。正吉といいましたか」

息が止まった。久弥が凍りついたのに気づかず、隠居は考え考え言葉を継ぐ。

「何でも、主筋《しゅすじ》のお子さんが一人行方《ゆきがた》知《し》れずで、その子を血眼《ちまなこ》で捜していると小耳に挟みました。まだ十かそこらだそうですよ。しかし、子供が一人で、果たして生きているものかどうか」

「手代が捜している……」

声を強張らせると、隠居が頷いた。

「おそらく店を再建したいのでしょうな。手形や金銀などの身代が無事だったのかもしれない。しかし手代の一存でそれを掘り返したり、手形を両替商《りょうがえしょう》に持ち込むわけにもいきません。主筋の跡《あと》継《つ》ぎが必要なんでしょう」

何にせよ、焼け出された奉公人は苦労なことです、と文右衛門は付け加えた。

のんびりとしためりやすの稽古を終えた隠居が去った後、久弥は寝間に入っていった。唐紙の側に座り込んだまま、青馬が真っ青になっている。

「……青馬、文右衛門さんの話を聞いていたか？」

向かい合って座した久弥が切り出すと、少しの間を置いてゆっくりと頷いた。まるで身を守ろうとするかのように、久弥の半纏の中で体を縮こめている。

「正吉という人は、お前の父親か。お前を捜しているようだ」

子供らしいやわらかな頬の線が強張り、蝋《ろう》のように生白《なまじろ》くなっていく。

「ここにその人が訪ねてきたとしても、お前を渡す気はない。だが、店の跡継ぎとなればかなりの身代が手に入るだろう。正吉という人の本心はわからないが、そうなれば、以前のようにお前に折檻を加えることもそうそうできんだろう。お前、どう思った。考えていることがあれば言ってごらん」

青馬は下を向いたまま聞いていたが、血の気のない顔をさっと上げると、両目をいっぱいに見開いた。

「戻りたく、ありません。店なんていりません。俺は三味線弾きに、なりたいです」

「……そうか。わかった」

恐怖に引《ひ》き攣《つ》った少年の顔を見下ろして、久弥は静かに頷いた。

——青馬を介して店を我が物にできるとなれば、正吉は草の根を分けてでも息子の行方を捜すかもしれない。ここを突き止めることがなければいいのだが。

春の日差しを透かす明るい障子の外から、胸騒ぎのような葉擦《はず》れの音がざわざわと耳に届いた。

ぽかぽかとあたたかな弥生《やよい》の晦日《みそか》の午後、青馬を伴って絵草紙屋《えぞうしや》へ出かけた。

相生町《あいおいちょう》河岸に沿って歩いていると、材木を満載した船がひっきりなしに左手の竪川《たてがわ》を上っていくのが目に入る。大火の混乱が収まりきらぬ中、両国橋の向こう側では、焼け落ちた町の再建がすでにはじまっているのだ。両国や柳橋に谺《こだま》する無数の槌音《つちおと》が風に乗って大川を渡り、本所の青空にも響いていた。

回向院《えこういん》門前町にある絵草紙屋は赤本を多く扱っている店で、子連れ客で賑《にぎ》わっていた。青馬は生家では手習いなどさせてはもらえず、音読はひどくぎこちないし、字を書くのも難儀する。そこで、まずは簡単な草双紙《くさぞうし》を読ませようと考えたのだった。

美濃紙半截《みのがみはんせつ》二つ折りの体裁に『桃太郎』『舌切り雀《したきりすずめ》』『ぶんぶく茶釜《ちゃがま》』『さるかに合戦《かっせん》』だのと書かれた本がずらりと並ぶ店の棚の前に立つと、青馬はぼうっと頬を上気させた。

「とと様！」

棚を眺めていた青馬は、舌っ足らずな声に横を向いた。すぐ隣で、五つか六つであろう女児に、腰を屈めた父親が読んで聞かせている。

「とと様、これ読んで。次、これね」

愛らしいつまみ簪《かんざし》で髪を飾った童女が囀《さえず》るように言う。

物珍しげにその様子を眺めていた青馬の顔に、ふっと羨望らしきものが過った。

棚に顔を戻すものの、またいつの間にか、慈愛の滲む父親の声に引き込まれ、ぼんやりと親子を見る。えも言われぬ痛みを胸に覚え、

「……青馬。読んでやるから、好きなのを何冊でも選んでおいで」

と言った途端、青馬はさっと久弥を振り仰ぎ、はにかみながら頬を染めた。そして、そわそわと表紙を見回しはじめる。

軒先《のきさき》に退いて、青馬が本に手を伸ばすのを眺めた。『桃太郎』を手に取り、抱えるほど大きな桃から赤子が出てくる挿絵《さしえ》を見て呆気に取られている。さらに鬼の恐ろしげな絵が出てくると、青くなって凍りついているので笑いが湧いた。

そうしてしばらくの間少年を見守っていた久弥は、唇に浮いた笑みをすっと消した。

人が行き交う往来を、久弥目指して近づいてくる気配を感じる。

殺気はない。足の運びから、誰なのか予想はついた。

「過日は……」

影のように少し後ろに立つと、羽織袴に大小《だいしょう》を差した男が、遠慮がちに声をかけて

きた。久弥は視線だけ動かし、かすかに頷いた。

小槇山辺家の上屋敷にて江戸家老の諏訪を補佐する側用人で、浜野隼一郎《はまのしゅんいちろう》という。諏訪が久弥に接触する際に差し向ける男だった。上屋敷に三名いる側用人の内で三十そこそこともっとも若く、番方《ばんかた》から登用されたそうで剣の腕も立つ。上屋敷での騒乱でも、父の側で勇猛に刀を振るう姿を目にした。

青馬を見遣ると、熱心に『さるかに合戦』に見入っている。

そっと嘆息した久弥は、青馬の背中に近づいていった。


回向院の表門を入って右手にある蓮池《はすいけ》の畔《ほとり》に、一本の楠《くすのき》がある。新芽が吹きはじめた木の根元に腰を下ろし、青馬は膝に広げた書物に見入っている。

久弥は浜野と共に数間離れた場所に佇み、傾き出した日を透かしてその姿を見ていた。

絵草紙屋の店先で青馬のことを訊ねられたので、迷《まよ》い子《ご》だと答えると、浜野は何と言えばいいのかわからぬように、戸惑った目で久弥と青馬を見比べた。

「この御仁《ごじん》は私の知己でな。少し話をしたいから待っていてくれるか」

久弥の言葉に、本を抱えた青馬は、はい、と返事をして、それから少し不安げに二本差しの侍を見上げたのだった。

「……御前は無事、下野守様の上屋敷にお入りになられました」

「──それは重畳《ちょうじょう》」

呟くように答えると、浜野が声をひそめた。

「状況はよくございませぬ。家木家老は、此度《こたび》の騒乱は宗靖様や己の与《あずか》り知《し》らぬところで画策されたとし、上屋敷にて討たれた大組頭《おおくみがしら》の大槻助之進《おおつきすけのしん》が首謀者であると訴えております」

大組は、国元の馬廻《うままわ》り組《ぐみ》を江戸屋敷の守備に振り分けたものだ。七組あって一組三十名で編成され、各組の頭を大組頭と呼ぶ。大槻は家木の息のかかった男で、家木と密に連絡を取り合っている節があることは重役にも知れていた。

「しかしながら、大槻にこれほどの反逆を企てる力があるとは、到底思えませぬ。奴に罪を押し付け、切り捨てる了見なのでございましょう」

厳しい表情で黙った久弥に、浜野は寸《すん》の間《ま》迷った後、口を開いた。

「実は……それがしと馬廻り組頭の成瀬《なるせ》に、家木家老の上意討ちが命じられておりました」

久弥はすっと顔を緊張させた。

「国元に戻り次第速やかに家老を除き、宗靖様にご隠居いただくよう密命を帯びておりました。……しかし、叶《かな》いませなんだ」

浜野の顔が、心なしか青くなる。

「君命により上屋敷脱出の翌日舞田《まいた》に入りましたところ、江戸より彰則様の御身《おんみ》に異変ありとの火急の知らせがもたらされました」

「何……」

予想外の言葉が、稲妻のように全身を打った。

「大火の最中、夕御前様と上屋敷より脱出なされた際、重い火傷を負われたそうにございます。たとえ重篤《じゅうとく》な状態を脱せられたとしても火傷は治りが遅うございますので、幾月《いくつき》かは予断を許さぬと……」

「では……」

久弥は絶句した。彰則に万一のことがあれば、世子となるのは養子の宗靖をおいてない。彰則は九つの少年だ。顔を見たこともない腹違いの弟だが、青馬とそう年の変わらぬ子供が命にかかわる火傷を負ったと思うと、氷を呑んだように胸が冷えた。

「手が出せませぬ」

顔を歪めて若い側用人が唸る。眩い夕日にきらめく蓮池の景色が、急に遠くなった気がした。

「……若君。どうか、ご当家へお戻りいただけませぬでしょうか」

「それは、ご上意か」

哀願が滲む声に鋭く切り返すと、男は口籠もった。

「いえ……しかし、諏訪家老や我らの望みでございます。僭越《せんえつ》にございますが、若君がお戻りくだされば、御前もさぞお心強く思われるに相違ありませぬ」

彰則の後釜というわけか、と久弥はきつい目をして黙り込んだ。

「畏《おそ》れながら、あちらのお子がお気にかかるようなら、我《われ》らがお世話をいたしますが」

「いや、それには及ばぬ」

知らずに拳を握りながら、苦労して怒りを呑み下す。浜野にしてみれば、青馬などどこの馬の骨とも知れぬ、塵芥《ちりあくた》同然の子供にしか見えぬだろう。足手まといになるばかりなのだからどこかへ片付ければよいものを、と世話を焼く久弥が不可解でならない様子だった。

池の水面にびっしりと広がる緑の蓮の葉を、気まぐれな風が波打たせて通り過ぎる。風はぱらぱらと紙をめくり、青馬が我に返ったように顔を上げた。何かを探す素振りでさまよう目が、久弥を捉えて無邪気に笑う。ふっくらと肉のついてきた頬が生き生きと血の気を上らせるのを見ると、胸が絞られるような切なさに襲われた。

父や家臣の苦悩はわかっている。それでも、理不尽さを恨む気持ちが腹の底に燻っていた。この侍たちは、このうえどれだけ自分から奪い取ろうというのだ。身内に恨まれ、一途《いちず》に思いを寄せてくれる娘に応えてやることもできず、久弥を慕う迷い子を見守ることさえ許されないのか。

「……彰則どののご回復を、まずは待つべきであろう」

それだけ言うと、久弥は青馬へと歩み寄っていった。

浜野が慌てて、若君、と呼びかけ、

「――ご身辺に、くれぐれもお気をつけくださいませ」

と控えめに言うのが聞こえた。


「昔ゝ、山奥に大ひなる柿の大木あり……」

「むかしむかし、やまおくに、おおいなるかきのたいぼくあり」

夕日の差し込む居間で、青馬がたどたどしく久弥に続く。

買ってきた『さるかに合戦』を畳に広げ、青馬は嬉しげだった。

「その下に、年古き蟹住みけるが、頃しも秋の末っかた、柿は紅の色をなし」

「そのしたに、としふるきかにすみけるが……」

絵草紙を覗き込んでいた青馬が顔を上げる。

「お師匠様、どうして蟹は木に登れないのですか」

不思議そうに訊ねるので、久弥は目を瞬かせた。

「ああ……蟹というのはな、足が脇から生えているので、木登りは不得手なんだよ」

蟹なぞ見たことがないのだろう。青馬は目を丸くして、しげしげと挿絵を見詰めた。

「それは難儀でしょうね。変わった生き物がいるんですね」

「沢にもいるが、浜辺に行けばたくさん見かける。今度洲崎《すさき》にでも連れていってやろう」

そう言った刹那、浜野の苦悩に満ちた目が脳裏に浮かんだ。

……あまり、時は残されていないのかもしれない。

そんなことが頭を過り、腹の底がひやりとする。

「本当ですか」

青馬の大きな瞳が輝いた。

うん、と言って久弥は唇に笑みを浮かべ、絵草紙を閉じる。

「さて、日が落ちる前に三味線をさらうか」

途端に青馬は跳《は》ねるように体を起こし、はい、と返事をした。久弥の半纏の袖をぶらぶらさせながら、稽古部屋へいそいそと向かう。放っておけば一日中三味線を放さず、庭で遊ばせれば長唄を唄いながら過ごす子だ。のめりこんだ時の集中力はすさまじく、耳のよさに加え、久弥の弟子たちの稽古を聴いて己の稽古に生かす賢さもあるから、とにかく上達が目覚ましい。ことに腕の痛みが引いてからは、砂地に水が染み込むような成長ぶりで久弥を驚嘆させた。

数日前からは『越後獅子』もさらいはじめ、夢中で弾いている。いきなり『越後獅子』はどうかと思ったが、どうしても弾きたいというので教えることにした。

「打つや太鼓の音も澄み渡り……」

と家の内や外で口ずさむのが聞こえてくると、久弥は耳を澄まして頬を緩めた。

青馬の表情は、日ごとにやわらかさと明るさを増している。大火の後の焼け爛れた大地のごとく傷を負っていた魂が、少しずつ癒《い》えていくのが見えるようだ。その姿は、見守る久弥の心までもやさしいもので満たしていく。

青馬の成長に思いを馳《は》せている己にふと気づく。教えてやりたいこと、してやりたいことはとめどなく湧いてくる。けれどそう思うにつれて、

――そんな時は残されているのだろうか。

そう疑う声を頭の隅に聞いた。考えすぎだと思っても、それはふとした時に久弥に囁き、決してその存在を忘れさせてはくれなかった。

稽古部屋に入れば、半纏を脱いだ青馬はもう三味線を抱え、今にも唄い出しそうな顔でこちらを見上げている。

己の三味線を立箱から取り、久弥は青馬の前に座った。

「よろしくお願い申し上げます」

青馬が、まだ体に比して大きいような三味線を大事そうに抱え、神妙に頭を下げる。

「では、『雛鶴三番叟《ひなづるさんばそう》』の揉《も》み出しからはじめようか」

丹田《たんでん》に力を入れて撥を構えた。青馬の撥もすっと静止し、久弥の合図を一心に待ち構えている。

できるうちに、してやれることは何でもしてやろう。無邪気な信頼を浮かべる青馬の双眸を見詰めながら、久弥は胸が満ちるようにそう思っていた。


数日後、青馬を伴い浅草へ向かった。

浅草の三絃店に行くと言うと、浅草へも、三絃店なるものへも行ったことのない青馬は、好奇心に胸を膨らませた様子でついてきた。

三絃店『菊岡《きくおか》』は最高級の三絃を扱うことで知られ、江戸に同名の店舗を複数構えている。浅草田町《たまち》一丁目にある『菊岡』もその一つで、還暦《かんれき》過ぎてもなお現役の庄兵衛《しょうべえ》を筆頭に、三人の三絃師が働いていた。

「これは岡安のお師匠、おいでなさいまし」

藍の腹掛けに股引《ももひ》き、腰切り半纏を羽織った庄兵衛が奥から出てくる。物腰はきびきびと当たりがいいが、研ぎ澄まされた眼光を目に浮かべた男だった。

「先日の火事はえれぇことでしたね。お師匠は本所だからご無事だったと思いやすが」

「お陰様で。菊岡さんは亀井町《かめいちょう》にも店がおありでしょう。いかがですか」

「ひどいもんですよ。亀井町は焼け野原でさ。親方たちは、いい皮と木と最高級の三絃だけ抱えて、命からがら逃げたそうで」

「それは難儀なことですね。皆さんご無事でよかったが……」

火事見舞いを差し出した久弥は、三味線を一挺求めたいと告げた。

「そりゃありがたいことです。で、どのようなものをお考えで？」

「紫檀の棹をお願いしたいのですが」

「そいつは豪気だ。腕が鳴りますなぁ。お師匠の舞台用ですかい？」

庄兵衛が嬉しそうに掌を擦《す》り合わせる。

「いや、この子が使います」

そう言って青馬を示した途端、青馬が文字通り跳《と》び上がり、へぇっ、と庄兵衛は目を丸くした。

「青馬、お前の三絃を作るから、奥でいくつか弾かせてもらって、好みの重さや音色を皆さんにお伝えしなさい。最後に私が見定めるから、好きに選んでいい」

稽古で使わせている三味線は、棹が花梨《かりん》の稽古用だ。撥も樫《かし》を使っている。三味線を弾く者は、普通、稽古用とは別に舞台用の上質な三味線を持っている。久弥が演奏の席で使っているのも紫檀の棹で、さらにもう一挺、限られた機会にしか弾かないものもあった。

安価な稽古用の三味線と、舞台用の三味線とでは、材質や重さが異なるのはもちろん、音の響きもまったく異なる。素材を吟味《ぎんみ》し、技の粋を尽くして作られた三味線は、遠音《とおね》が効《き》く力強さと繊細さを併《あわ》せ持ち、乾いていながら甘美《かんび》な、極上の音色を響かせるものだ。

舞台用三味線の棹には、唐木《からき》である紫檀や黒檀《こくたん》などの重い材質を用いる。棹の材木の密度が高いほど三味線はよく鳴る。したがって、良質の三味線は自然重くなる。唐木の中には紫檀や黒檀より重い紅木《こうき》があるのだが、これは稀少なうえにとてつもなく高直《こうじき》であるため、ほとんど出回っていなかった。

棹のみならず、胴に用いられる皮の質と、それを張る職人の技も、音を左右する。絃は最上級の絹糸、駒は象牙《ぞうげ》に水牛、撥も象牙や鼈甲《べっこう》が望ましい。さらに音色には関係のない蒔絵《まきえ》などの装飾を加えていけば、舞台用三味線の費《つい》えは天井知らずだ。

稽古用でない限り、三味線は自分の好みの音や素材、感触に応じて作ってもらうのだ。そう説明すると、青馬は顔を赤くしたり青くしたりしながら肩を上下させた。

「でも、あの……いいです。いりません。お師匠様の稽古用のをお借りすれば……」

弱りきったように言うので、久弥は小さく笑った。

「いや、必要だから言っているんだよ。玄人《くろうと》になるには、稽古用の三味線だけを弾いていては駄目《だめ》だ」

「……だけど、費えが……」

「それはお前が案じなくともいい。まぁ、よほど高直になりそうだったら、我慢してもらうところが出てくると思うが」

久弥が微笑むと、庄兵衛も肩を揺らして笑いながら、青馬を店の奥へと導いていく。奥で働いていた職人たちに庄兵衛が声をかけ、所在なげに立ち竦《すく》んでいる青馬を座らせるのが見えた。久弥は茶を出してもらい、上《あ》がり框《がまち》に腰掛けて明るい戸口に顔を向ける。やがて、躊躇いがちな絃の音が背後から聞こえてきた。

開放弦がぽつりぽつりと鳴った後、『勧進帳《かんじんちょう》』からの寄せの合方《あいかた》が流れはじめる。同じ部分を幾度も弾くうちに、撥が思い切ったように軽々と動き出すのが感じられた。続いて『雛鶴三番叟』の揉み出しが聞こえてきた。「おおさえ、おおさえ」からはじまる三番叟の舞い部分で、古風だが素朴な賑々《にぎにぎ》しさがある。透き通った音で悪くはない。高音が華やかで、しかし気品のある音色がする。

庄兵衛が何か訊ね、青馬が小さな声で答えている。

再び寄せの合方《あいかた》が鳴りはじめた。三味線を変えたらしい。先ほどよりも遠音が弱いようだ。悪いものではないがこれは紫檀ではないな、とちらりと考える。しばらく青馬と職人たちの笑い声交じりの会話が聞こえ、また違う三味線が鳴る。

久弥は瞼を閉じた。乾いた、それでいて甘い音色の底に力強さがある。素晴らしく音が鳴り響き、遠音が効きそうだ。それに、澄んだ高音がことのほか美しかった。

やがて、試し弾きが途絶えたので振り向くと、青馬と庄兵衛が戻ってくるのが見えた。頬を紅潮させた青馬がぴょんと土間に下り、

「お待たせしやした」

と庄兵衛が板敷に膝をつく。

「決まりましたか」

「へぇ。お聞きになりやしたか。最後の三絃の音が気に入ったそうで」

「私も、あれがよさそうだと思いました」

「棹はこれでいいと思いますよ。胴はこれですかね」

と、庄兵衛が組み立て前の棹と胴を差し出す。棹を手に取って思わず見惚《みほ》れた。紫色がかった黒色に繊細な縞模様が浮かび上がり、職人の手で磨きをかけられ輝くようだ。ずしりと詰まった量感も心地よく、最上級の材であることを示していた。胴の花梨も身が締まっており、これも上質だった。

「紫檀はちっと重いですがね、この細さならちょうどいいそうです。……途中で樫の棹も交ぜてみたんですが、これは紫檀じゃあないとすぐ見破られちまいやした」

庄兵衛が感嘆交じりに笑う。

「それに、いい音で弾くんで仰天しやしたよ。弦の太さから駒の高さにまで注文をつ

けるんだから、魂消たのなんの。こういう子は初めて見たよ。こいつは天稟ですねぇ」

庄兵衛の楽しげな声を聞きながら、青馬は土間の隅で俯いていた。赤く染まった耳が、こちらの話を一言も聞き漏らすまいとしている。

「……青馬。何か付け加えることはあるか」

声をかけると少年が一寸《いっすん》も跳び上がり、いいえ、と声を上擦《うわず》らせた。

「では、これでお願いします」

「へぇ。一月《ひとつき》ほどお時間をいただきやす。いい三味線を作らせていただきますんで。お任せくだせえまし」

ぴしりと張った声で庄兵衛が頭を下げた刹那、青馬が息を詰める気配がした。目の前で起こっていることが本当であるのか疑うように、久弥と庄兵衛を交互に見て袂を握り締めている。

手付金を納め、職人たちに見送られながら店を出た。青馬はふわふわと頼りない足取りで数歩歩くと、急に棒立ちになって空恐ろしげに言った。

「お師匠様、あのう、やっぱりいいです。俺には贅沢です。紫檀も象牙も絹糸も、ものすごく高直でしょう?」

久弥は穏やかな目で少年を見下ろし、青馬、と口を開く。

「店で弾いた三味線は、いい音がしたか」

ぽかんとした青馬が、慌てて頷いた。

「はい。大きな音が出て、びっくりしました。それに、すごく綺麗な音でした」

「あれでもっと稽古してみたいと思ったか」

重ねて訊ねると、青馬は目を瞠って身を硬くし、やがて抗えぬ様子で深く頷いた。青ざめた顔に血の気が戻り、切ないような憧憬《しょうけい》の色が瞳に浮かぶ。

青馬の心情が手に取るようにわかる。あの三味線でどんな音を奏でられるのか、それればかりを思って、胸が弾けそうに昂っている。その音色が、焦がれるほどに恋しくて恋しくて片時も頭を離れない……三味線弾きというのは、そういう者なのだ。

「才があるというのは幸運なことだ。だが、才を伸ばしてやれるのも、同じくらい幸運なことだ。それが養い子であれば、尚更《なおさら》だ」

久弥はにこりと微笑んだ。

「その楽しみを奪おうなんてのは、野暮ってもんさ」

そう言って歩き出す背中を、青馬が呆気に取られて見送る。しばしの後、浅い呼吸と乱れた足音が追いついてくるのを、久弥は笑みを浮かべて聞いた。

傍らで顔を赤らめて一心不乱に歩く少年の、早鐘のような鼓動が聞こえてきそうだった。

三

卯月《うづき》に入ると、大火の影響で延期となっていた舞台がぽつりぽつりと開催されはじめたので、幾度か青馬を伴って赴いた。

演奏の席は夕刻から夜までかかることも多いため、家に置いていこうかと思ったが、青馬は久弥から離れるのをひどく嫌がった。ほんの四半時《しはんとき》（三〇分）ほどでも家を留守《るす》にしようものなら、稽古部屋に入り込んでしょんぼりと膝を抱えていたりする。だから演奏に出向く際は、先方の許可を得て楽屋で待たせることにした。青馬はそこで夕餉を出してもらい、演奏を覗き見たり、仮眠したりしながら久弥を待った。

柳橋芸者の真澄は、大火の余波でお座敷が減ったため、頻繁に稽古に姿を見せている。先日の翳《かげ》りのある表情は見間違いであったかと思うほど、黒々と濡れた瞳は美しく澄み、青馬に注ぐ眼差しは朗らかでやわらかい。

「一緒に『越後獅子』をさらいましょうか」

と言う真澄と稽古をして過ごすうちに、青馬はすっかり懐《なつ》いてしまった。真澄と合わせるのだとますます熱心に練習し、娘が数日姿を見せないと、

「今日は来ないんですか」

と残念そうに訊ねて久弥を苦笑させた。

いつの間にか、青馬との暮らしを当たり前のように送っていた。居間には絵草紙や、字を書き散らした反故紙《ほごがみ》が散らばり、子供の足音がぱたぱたと響き、たどたどしい三味線の音が耳に届く。夜、ふと目を覚ませば、隣の寝間からは小さな寝息が聞こえてくる。久弥はそのささやかな気配に耳を傾けながら、また眠りに落ちるのだった。


玄関脇の梅花空木《ばいかうつぎ》がかぐわしい香りの白い花を咲かせはじめたある日、橋倉から夕餉に招かれた。

青馬を連れて亀井町の橋倉家を訪ねると、内儀のお三津が現れて、

「あなたが青馬さん？　まぁ、聞いていた通り可愛らしい子ですねぇ」

と、にこにこしながら出迎えた。

「あっ、お師匠さんだ！」

「お師匠さんとこの迷子がいる！」

二人の息子たちもどどっと飛び出してくる。七歳になる善助《ぜんすけ》と、五歳の勇吉《ゆうきち》は、雀のごとく囀りながら独楽鼠《こまねずみ》のように動き回る子供らだ。青馬は二人の騒々しさに度肝《どぎも》

を抜かれて棒立ちになっていたが、遊ぼうよ、とはしゃぐ兄弟に連れ去られて家の中へ消えた。じきに、足音と喚声《かんせい》が家の奥から響いてきたので、久弥はお三津と顔を見合わせてくすりと笑った。

夕餉の後のひと時、居間で談笑して過ごしていると、細めに開いた障子の外に、キョッ、キョッ、と鳴くほととぎすの声が響いた。表はもう夕闇が深まり、部屋の行灯には灯《ひ》が入れられている。そこに、わっと子供たちの足音と笑い声が湧き上がり、橋倉と二人して耳をそばだてた。

「こう家が揺れちゃあ、酒がこぼれらぁ」

猪口《ちょこ》を手にした橋倉が笑った途端、団子《だんご》になった子供らが転がり込んできた。

「ねぇ、青馬は湯屋へ行ったことないって本当？」

息を弾ませた善助が、父親の背にしがみつくなり言った。

「毎日、風呂を立てるんだってさ。何で？　そんな友達いないよ」

善助の後ろで青馬が頬を強張らせる。橋倉が含みのある視線をさっと送ってきた。

青馬の体は傷痕だらけなのだ。子供のことであるし、成長と共に薄れてはいくだろうが、湯屋へ行けば人目を引くだろう。だから毎日のように内風呂を沸かしている。

だが、毎日湯を立てるなどというのはお大尽《だいじん》や富裕な武家くらいのもので、下級武士や庶民からしてみれば耳を疑う贅沢だ。

「……そりゃお前、お師匠は江戸に名の轟く名手だぜ。風呂だろうが蔵だろうが立て放題よ」

橋倉が威勢よく言うので、へぇ、と魂消た勇吉たちが、畏怖と尊敬を浮かべた目を久弥へ向けた。久弥は肩を揺らして笑い、

「そうとも」

と嘯《うそぶ》く。気にするな、と青馬に目配せをすると、少年は今にも泣き出しそうな顔で瞬《まばた》きをした。

「青馬、かくれんぼしようよ」

「おいらもやる！」

兄弟がそんな話などもう忘れたように口々に言う。青馬は二人に手を引かれ、あたふたと部屋を出ていった。

久弥は橋倉と共に黙ってそれを見送り、実は、と切り出した。

「……ふぅん、青馬の父親か。悪運の強い野郎だな」

近江屋の隠居から聞き及んだ話をおおまかに話すと、橋倉は不快そうに唇を歪めた。

「まぁ、そいつが青馬の生死を調べるのも一苦労だとは思うがね。だが、もし青馬を捜し当ててきたらどうするんだい」

「渡しませんよ。青馬が嫌がっていますからね」

「……法外な手でくるかもしれねぇよ。何しろ、てめぇの子供を苛め抜いて、屁《へ》とも思わねぇ野郎だろ」

「まぁ、どうにかします。お上《かみ》に訴えるなら受けて立ちますし、力ずくでくるなら、痛い目を見るのは向こうだと思いますよ」

橋倉の視線が、久弥の背後の打刀をちらりと撫でる。

「お師匠は何だか変わったねぇ。そこまで即座に腹を据えて親代わりをするとは、正直思わなかったよ。そりゃああの子は性根《しょうね》もまっすぐだし、才もあるんだろうけどさ。独り身を通してたあんたがね」

「……おかしいですか」

久弥がかすかに苦笑いすると、橋倉は、いいや、と答えた。

「よかったよ。あんたは寂しかったんだろう。前から思っちゃいたが、人を遠ざけて暮らすのにお師匠は向いていないんだよ。何かわけがあるんだろうけどさ。青馬を手元に置けるんならいいことだ」

橋倉は飄々《ひょうひょう》とした顔でそう言うと、言葉に詰まる久弥の前で、ちびちびと美味《うま》そうに酒を舐《な》めていた。

長居をして橋倉家を辞《じ》した頃には、とっぷりと日が暮れていた。温《ぬる》んだ空気が心地よい朧月夜《おぼろづきよ》である。武家屋敷の壁が続く通りは静まり返り、久弥と青馬のひそやかな足音だけが滲むように響いていた。どこからか、定家葛《ていかかずら》のむせ返るばかりに甘い香りが漂ってくる。仄白《ほのじろ》い月明かりがやわらかく降り注ぎ、屋敷の甍《いらか》を艶やかに濡らし、漆喰壁《しっくいかべ》と地面とを青白く浮かび上がらせていた。

橋倉に借りた提灯《ちょうちん》で足元を照らしながら歩いていると、青馬が弾んだ声音《こわね》で言った。

「あのう、お師匠様。善助と勇吉が、俺を友達にしてくれるって言いました」

「そいつはよかったな」

はい、と青馬は満足そうに幾度も頷く。頭の後ろで束ねた髪が、子馬の尻尾《しっぽ》のように機嫌よく跳ねた。

「遊ぶのは楽しいですね。三味線を弾くのも楽しいけど、友達と遊ぶのも楽しいです」

笑みを浮かべて聞いていた久弥は、ふと視線を上げて足を止めた。

そのまま歩いていく青馬の肩をそっと掴み、月明かりに朧《おぼろ》に浮かび上がる道の先を透かし見る。

「……青馬、これを頼む」

提灯を差し出しながら前に出ると、はい、と青馬が不思議そうに受け取った。

青馬を壁際に下がらせて数歩前に足を進めると、ほどなくして、武家屋敷の壁が途切れた横道から人影が歩み出てくるのが見えた。

青白い月光に照らされた顔を見て、まだ若いな、と久弥は眉をひそめた。二十《はたち》をいくつか過ぎたくらいに見える。小袖袴に大小を差した男は、切れ長の底光りする両目を久弥に据え、摺《す》るような足運びで近づいた。左手で鍔元を掴み、右手を柄に置くと、そのままぴたりと動かなくなる。

「……山辺久弥だな」

低い声を聞きながら、久弥は微動だにしなかった。

「……やめておけ。抜かぬのなら見逃す」

「ほざけ。臆《おく》したか」

嘲笑《あざわら》うように唇をめくると、若い侍は鋭く刀を抜いた。

ぎらっと不吉に輝く刃に青馬の喉がひゅっと鳴り、手の提灯が大きく揺れて、久弥の足元の影も左右に振れる。

「そこにいろ」

久弥は静かに言うと男に向き直って鯉口《こいぐち》を切り、じわりと腰を落としながら、するすると抜刀した。

白々とした月光が、ぞっとするほどの滑らかさで刀身の油膜の上を這う。

そのまま構えることもせず、無造作《むぞうさ》に数歩進む。長身の久弥を上目遣《うわめづか》いに見上げ、男が一歩下がった。いつの間にか、両目に怯えが浮かんでいた。久弥の体から滲み出る気に、腕の違いを覚っている。静謐な眼差しで久弥が佇んでいると、やがてのしかかる恐怖に耐えかねたように、男は静寂を切り裂く鋭い気合と共に地を蹴った。

二刀が蛍火《ほたるび》のような光の尾を引いて鏘然《しょうぜん》と噛み合う。飛び退りながら小手《こて》を繰り出す男の剣を一瞬で巻き落とすなり、久弥の剣が青白く一閃して額を叩き割る。黒い血しぶきをまき散らしながら、男は物も言わずに崩れ落ちた。

血振《ちぶ》るいをして振り返ってみれば、青馬が背中を壁に押し付けたまま、身動きしなくなった男にいっぱいに瞠った両目を向けていた。

「青馬」

小声で呼ぶと、少年は我に返ってびくりとする。

「行こう。歩けるか」

ぎこちなく頷き、歩き出そうとした途端、青馬の震える膝がかくりと抜ける。慌てて壁に背をつけて途方に暮れている姿を見て、久弥は刀を納めて歩み寄った。

強張った手から提灯を取り膝をつくと、そら、と背に乗るように促す。しかし、青馬は浅く呼吸するばかりで動こうとしない。

少年の恐怖と混乱が背中に伝わってくる。辛抱強く蹲《うずくま》ったまま、久弥は青馬の腕を掴んで引き寄せるのを躊躇った。今、人を斬ったばかりの手だ。何か言葉をかけてやらねばと思うのに、足元に転がる骸《むくろ》を前に、気休めの言葉など無意味に思えた。

ただ息をひそめて、背中に青馬の体温を待っていた。

じりじりと青馬の足が動く。背中に負ぶさるのではなく、壁伝いに離れていく気配に、さっと胸が冷たくなった。たった今、目の前で人を斬り殺した男の背になど、乗りたいわけがないのだ。額が痺《しび》れ、足が萎《な》えていく気がする。青馬の拒絶に動揺する己に狼狽《うろた》えた。

「……歩けます」

不意に、掠れた声が耳に届いた。

「怖くありません。歩けます」

顔を向けると、真っ青になった少年が側に立っている。

精一杯の虚勢を浮かべた瞳が、久弥の目をまっすぐに見る。月明かりを映して震える双眸を見ているうちに、急に喉の奥が詰まった。

「……そうか」

立ち上がり、ゆっくりと歩き出す。覚束なげな足取りで青馬がついてきた。

人気《ひとけ》のない通りを少し歩いたところで、青馬の手が宙を泳いで伸びてきたかと思うと、右の袂をきゅっと掴んだ。

きりきりと鋭く胸が痛む。遠慮がちに袂を掴む小さな手を右手に包むと、しっかりと握り締める。

安堵したように握り返すやわらかな手のぬくもりを感じながら、どうして自分の方が泣きたい気持ちになっているのだろう、と久弥は唇を噛み締めたまま思っていた。

家に帰り着き、いつも通りに家事を片付け戸締りを済ませる間、青馬は居間の行灯の側で半纏にくるまり、膝を抱えていた。やがて久弥が向かいに座ると、もぞもぞと膝を揃えて目を上げた。

「……あの侍がどうして私を討ちにきたのか、知りたいだろう」

静かに切り出すと、疑問と恐れを雄弁に語る瞳が、逡巡《しゅんじゅん》するように揺れる。

「……山辺というのは、お師匠様の名前ですか？　お師匠様は、岡安というのではないのですか」

おずおずとした問いかけに、うん、と応えて言葉を探す。

「岡安は芸名なんだよ。本来は山辺という」

困惑した顔で青馬が目を泳がせるのを見てちらと笑うと、束の間、畳に目を落とした。

「さて、どこから話すか。……お前、総州《そうしゅう》の下総国という場所は知っているか」

しもうさ、と言いにくそうに青馬が呟く。

「江戸がここで、下総というのはその上の、この辺りだな」

畳の上に指を走らせて大まかな地図を描いて見せると、青馬は身を乗り出してきた。

「ここに、小槙という十五万石ほどの国がある。治めている大名家は山辺といって、舞田に居城があるが、当主である御前はそこにはいない。今の御前は山辺伊豆守彰久といって、江戸でご公儀の若年寄を務めている。……この人が私の父だ」

久弥の指先を目で追っていた青馬が、一瞬の間を置いて顔を撥《は》ね上げた。

「……御前、というのは、お大名のことですか？」

「そうだ」

「お師匠様のお父上は……お大名なんですか？」

「そういうことだ」

青馬が絶句する気配を感じながら、久弥は畳の上の見えない地図を見詰める。

一度も足を踏み入れたことのない国だ。実際、畳の上に描かれた絵と大差なかった。

「母は神田の生まれで、岡安志摩緒《しまお》という。見事な三絃の腕でな。鉄火《てっか》でおそろしく肝が据わっていて、子供心にも美しい人だった。三味線の名手に岡安原富《げんぷ》という人がいて……」

遠い目を部屋の暗がりに向け、ぽつりぽつりと続ける。

「九十五まで長生きした方なんだが、母が若い頃手ほどきを受けて、岡安姓をいただいたんだそうだ。――今から二十年以上前になるが、父の正室の夕御前《ゆうごぜん》が母の噂を聞きつけてな。稽古や演奏を頼んで上屋敷に招くようになった。そのうち父は母に目を付けたらしく、在府中に無体《むたい》を働いた」

久弥はかすかに唇を歪めた。

「……父が国元へ戻った後、身籠もったと知った母は身を隠した。母は遠縁を頼って向島の渋江村《しぶえむら》に暮らし、私もそこで生まれた。二十四年前のことだ」

行灯に淡く照らされた青馬の顔が、凝然とこちらを見詰める。

「私が生まれたことを聞きつけて、七つの辺りから父の使者が家を訪ねてくるようになった。母は気の強い人で、最初はそれこそ塩を撒《ま》いて追い払ったがね」

久弥の出生は、筆頭家老の饗庭外記《あえばげき》と江戸上屋敷の重臣にのみ知らされた。公儀への届け出は保留とされ、家譜にも記載はなされなかった。慣例として、長子が庶子であった場合、跡目争いを避けるため、正室に男子が生まれるまでは公儀に届け出るのを控えるのである。

「私は母の身が心配だった。私の出生が知れればご正室の悋気《りんき》を買う。母に危害が及ばぬとも限らないとね。剣術道場に通いはじめたのもその頃で、それこそ三味線と剣術の稽古に明け暮れたものだった。……十になる頃には、恐れていた通り、ご正室が差し向けたらしい胡乱《うろん》な連中が周りをうろつくようになった」

きちんと膝を揃えている青馬の肩が、ぎゅっと強張った。

「だが、ご正室は刺客を放つほど鬼にはなりきれなかったようだ。畑が荒らされたり、庭小屋に火をつけられたり、野良犬《のらいぬ》をけしかけられたりしたことはあったが。私が十三の時、父は支藩の多喜浜《たきはま》藩主の子から養子を迎えた。清野《きよの》宗靖といって、私より二つ年上だったか。その翌年にご正室はご懐妊《かいにん》なさった。以来、私たちへの嫌がらせは止んだ」

そう言いながら、久弥の目には翳《かげ》が差していた。

「九年前に父とご正室との間に彰則が生まれると、実子の若君を世子にと望む声が高まってな。兄を擁する次席家老派と、弟を推《お》す筆頭家老の派閥《はばつ》とで藩政は真っ二つになった。で、とばっちりは私にも向いた。次席家老の家木は、私が兄を脅《おびや》かしかねないと思ったのだろうな。私が元服《げんぷく》した頃から刺客が差し向けられるようになった」

青馬の顔を見ると、一言も聞き漏らさぬという表情で一心に聞き入っている。

「最初に討手《うって》を斬ったのは十六の時だ。それから幾度も手練《てだれ》の剣客《けんかく》が現れたが、一人残らず屠《ほふ》った。だが……十八の時に母が斬られて死んだ」

久弥は茫漠《ぼうばく》とした眼差しを暗い障子に向け、小さく息を吐《つ》いた。

十八の秋の日、出稽古を頼まれて、母と共に浅草へ出掛けた帰りのことだった。向島百花園《むこうじまひゃっかえん》を通り過ぎ、夕日に赤く染まった若宮村《わかみやむら》の田畑の間を歩いていると、菅《すげ》笠《かさ》を目深《まぶか》に被った二本差しの侍が、陽炎《かげろう》のようにゆらりと行く手に現れた。

一切の無駄を削ぎ落としたような痩身《そうしん》を、墨色の小袖と袴に包んだ男だった。刺客であることは聞かなくともわかる。久弥は無言で足を止めると、少し後ろを歩いていた母を振り向いた。

「頼みます」

志摩緒は何も言わずに久弥の目を見返すと、息子が差し出した三味線の長箱を受け取った。

左手で刀の鍔元を握りながら、男に向かって躊躇《ちゅうちょ》なく歩き出す。

涼しい秋風が吹き抜ける。高い空を鳥が舞い、そこここの林は燃え立つ紅葉に色づいている。蔬菜《そさい》や稲の収穫を終えた田畑は茶色く枯《か》れ、あちらこちらに清流が流れる向島の田園は、夕日に照らされるとことのほか風情があった。

その秋たけなわの景色の中に異物のごとく立っている男は、ぽんと笠を放ったきり、久弥が間合いのぎりぎりまで近づいても身動き一つしなかった。

あと半歩で間合いに入ると思われる辺りで、久弥は立ち止まった。滑るように左足を引いて、居合《いあい》の構えを取る。

目を細め、じっと相手の気配に耳を澄ませながら、強いな、と思った。

夕日に照らされてもまだ青白い削げた顔に、表情の読めぬ切れ長の目が鈍く光っている。顎から唇の脇にかけて赤茶色の筋が見えるのは、古傷だろうか。

黒ずくめの体から滲み出す正体の掴めぬ気が、久弥に向かってぞろりと伸びてくる。

静まった心のまま気勢を充実させた。斬るか斬られるかしかないのだから、恐怖することは無意味でしかない。

何の前触れもなしに、久弥の剣が光となって空を翔《と》んだ。

紙一重《かみひとえ》で相手が仰《の》け反《ぞ》って躱《かわ》す。瞬時に剣を返し、斬撃を打ち下ろすと、叩きつけるような剣に撥ね返された。まるで無造作に見えるのにおそろしく刃筋が通っている。

だが、久弥はそれを捌いて刀を擦り上げると、首根目がけて一閃させた。

刹那、予想しなかった位置から繰り出されてきた突きに驚愕した。すでに攻撃に入った後で躱せない。わずかに身を捩《よじ》ると、刃が脇腹を斬り裂いた。

血が迸《ほとばし》るのを感じながら、上段から襲いかかる剣を反射的に受けた。すさまじい重さに左膝をつく。大量のぬるい血が足を伝い落ちる感触と共に、足の力がみるみる萎えた。間髪容れずもう一度打ち落とされる剣を察して、受け切れない、と臍《ほぞ》を噛む。

その時、視界の隅に、短刀を抜いた母が男の背後から走り寄るのが見えた。

男の意識が一瞬逸れる。初動の遅れを逃さず、久弥は渾身《こんしん》の力で斬り上げた。それを身を捻《ひね》って躱しざま、男は刀を逆手に持ち替え母の胸を突いていた。

母が崩れ落ちるのを目に映しながら、吸い付くように懐《ふところ》に入る。はげしい気合と共に鋭く刀を打ち下ろすと、男の首の左の付け根から鎖骨までも叩き斬る手応えがあった。

男は呻きながらたたらを踏むなり、身を翻し、道から畑へと飛び降りた。首の付け根から噴《ふ》き出す血の跡を残しながら、あっという間に畑を横切り、錦《にしき》のごとく紅葉した若宮八幡《わかみやはちまん》の林の中へと飛び込んでいく。それを見届けもせず、がくりと膝をついた久弥は、おびただしい血の跡を引きずりながら、倒れた母の許へ這った。

「おっかさん……おっかさん……！」

引き攣った声で呼びかけながら、仰臥《ぎょうが》した志摩緒の顔を覗き込む。

「……ちくしょう、青侍が。あたしの息子に何するんだ」

瞼を閉じたまま、志摩緒が伝法《でんぽう》に囁いた。

「おっかさん」

震える手で血の気のない頰を撫でると、母は眉をひそめて薄く目を開けた。

「……あんた、大丈夫だね」

「……うん」

傷のことを訊ねたのか、それとも別のことを訊ねたのか、判然としない。頰が濡れるのを感じながら頷くと、久弥は堪えきれずに呻いた。

「ごめん。負けた」

志摩緒は久弥の顔を細めた目で見詰め、噛み締めるように一言ずつ言う。

「あんたが生きてりゃ、いい」

櫛《くし》が飛び、髷《まげ》も乱れているが、それでもやはり母は美しかった。

「ごめん……おっかさん、ごめん」

久弥はすすり泣きを殺しながらただ繰り返した。母の手をきつく握り締め、血と共に命が流れ出ていくのをなす術《すべ》もなく見ていた。

「……精進しな、久弥」

そう囁き、志摩緒は嗚咽《おえつ》を堪える久弥を見上げ、かすかに笑った。そのまま瞼が落ちかかり、顰《しか》めた顔から苦痛が溶けるように失せていく。後は、静寂が残った。

赤黒い夕日に灼《や》かれる田園を、乾いた風が草を鳴らして通り過ぎる。

おっかさん。久弥は凝然と志摩緒を見下ろした。

顎から滴《したた》り落ちる涙を、冷たい木枯《こが》らしが吹き散らす。自分の喉から軋んだ嗚咽が溢れるのを、他人事《ひとごと》のように聞く。

それきり二度と瞼を開けない母を腕に抱いて蹲《うずくま》ると、久弥は声を殺していつまでも泣き続けた。

男は、その後再び久弥の前に現れることはなかった。

重傷を負った久弥が母の遺骸《なきがら》を抱えたまま倒れているのを、近くの村の住人が見つけ大騒ぎになった。偶然、村には知己を訪ねていた橋倉林乃介が滞在していて、久弥に懸命の手当てを施したのだった。橋倉とは、それ以来の付き合いだ。

「……母が死んで少し後に、父が向島の家を密かに訪れてな。母も亡き今、中屋敷か国元の城に住まうかと問われたが、嫌だと言った。私は三味線弾きとして暮らしたいのだと。そうしたら、本所にこの家を用意してくれた。それ以来、どうにか平穏に暮らしてきたんだがね」

久弥はぐるりと居間を見回してから、唇を歪めた。

「今年に入って、国元の情勢がとうとう看過できぬところまで悪化してしまった。家木家老は奸計《かんけい》を弄《ろう》して上屋敷を手勢で囲み、兄の宗靖を世子に指名するよう父に迫ったのだ」

しばらく青馬の顔に見入ると、ゆっくりと言葉を継ぐ。

「私の剣の腕は父の家臣にも知られていたから、上屋敷の包囲を破る助勢を頼まれた。それで私も加勢せざるを得なくなった。それが、あの大火の朝のことだ。……お前に会ったのは、その帰り道だよ」

青馬が声もなく唇を噛んだ。

忙しく瞳が揺れ、必死に久弥の言葉を理解しようと試みているのが見て取れる。

父の身内に疎《うと》まれ、かと思えば離れることは許されず、己の人生が振り回される不条理にただ耐えて暮らしてきた日々だった。三味線の名手として名を上げても、それは変わらなかった。刺客に討ち取られるか、父の意思次第で、いつこの暮らしを捨てさせられるかわからぬ、そういう人生だ。赤の他人の子供なぞを育てる余裕などないし、こんな境遇の人間が親代わりを務めていいわけがない。

だが、大勢を斬って捨てた帰り道、焼け跡に茫然と佇んでいる子供を見たら、手を差し伸べずにはいられなかった。

「……十五で元服するまで」

囁くように言った。

「私の名は青馬といった」

青馬がこぼれんばかりに目を瞠るのを見て、久弥は思わず視線を逸らした。我ながら、馬鹿なことをしたものだ。

「元服してから仮名《けみょう》は久弥、諱《いみな》は胤靖《つぐやす》という」

元服の際、久弥に名と両刀を与えたのは父だった。結局のところ、母が父をどう思っていたのか久弥にはわからず終《じま》いだ。最初こそ母は父を蛇蝎《だかつ》のごとく忌《い》み嫌い、あらゆる干渉に抵抗したものだった。けれども武家の子として元服させることを了承し、大名家の男子として教育を受けさせることも許した。

　大名家の子息は七つの頃から重臣を守役《もりやく》に付け、各分野の教育係から教えを受ける。大名家の礼法にはじまり、四書五経《ししょごきょう》などはもちろん、武術や兵法《ひょうほう》、政《まつりごと》や家の歴史などを徹底して教え込まれるのである。久弥は諏訪家老を守役として、元服するまでの間、向島を訪れる様々な指導者から教育を施された。母はそれを黙って見ていた。侍嫌いの母だったが、相反するものが胸の内には常にあったのかもしれない。

　青馬は頬に血を上らせて、ぼんやりと久弥を見ていたが、不意に弾けるような笑みを浮かべた。

「どうした」

　久弥が首を傾げると、

「お師匠様の名前をもらって、嬉しいです」

　と日向《ひなた》を思わせる明るい表情で、にこにこしながら答える。

「……変えてもいいんだぞ」

「変えません。ずっとこのままがいいです」

　慌てて少年が声を上げるのを見て、こんなに業の深い男の名前が嬉しいものだろうか、と久弥は苦いものを噛み締めた。

「お前が怖い思いをする謂《いわ》れはないのだから、ここに暮らす必要もない。落ち着いて暮らせる場所はいつでも探してやれるぞ」

「い、嫌です」

さらに声を高くして青馬が腰を浮かせる。

「怖くなんてありません。お師匠様は強いから大丈夫です。そうでしょう？　離れて暮らすのなんて嫌です。それとも、お師匠様はお侍に戻ってしまうんですか」

半纏を握り締める小さな両手を見下ろしながら、久弥は押し黙った。

久弥の姿がないと、夜《よ》も日《ひ》も明けぬような子だ。己から離すことは酷だろうと想像がついた。何より久弥自身が、離れて暮らすことを考えるだけで身を切られる思いがする。黙然としていると、少年は不安に駆られたのか頬を強張らせた。

「……お師匠様、あの、俺も剣術を習います。もっと大きくなって、お師匠様みたいに腕を上げたら、お役に立ちます」

いきなり真剣な表情で言うので、久弥は唖然とした。

「……馬鹿を言え」

思わず噴き出すと、青馬が顔を赤らめて下を向く。久弥は小さな頭にぽんと掌を置いた。

「ありがとうよ。だが、お前が大きくなる頃には、すっかり片がついているさ」

誰かが世子に立たねばならないのだ。父たちは嫌でも決着をつけざるを得まい。薄《はく》氷《ひょう》を履《ふ》む思いで待つこと以外に、できることはなかった。……今までもそうであったように。

子馬に似たつぶらな両目で久弥を食い入るように見上げたまま、青馬は膝に置いた両手を強く握り締めていた。

四

翌日、青馬はいつものように起きてきて、門人の稽古を聴き、自分の稽古に没頭して過ごしていたが、時折、思い詰めた顔で何かを考え込んでいた。昨夜の出来事は到底一晩で咀嚼《そしゃく》しきれることでもなかろうから無理もないと、久弥はあえて何も問わなかった。

夕刻、風呂の支度《したく》をしようと襷掛けをして井戸端で水を汲んでいると、青馬がそろそろと近づいてきた。

「お師匠様、あの……」

寸の間言い澱《よど》むと、意を決した表情で息を吸う。

「あのう、怪我はもう治ったし、これからは、湯屋に行きます。もう、大丈夫です」

「……青馬」

手を止めて、まじまじと少年の顔を見下ろす。予想もしなかった言葉に、何と返せばいいのか迷った。

「風呂を沸かす手間だの費えだのを案じているのなら、無用だぞ。こんなものは大したことじゃない」

相当な贅沢をしているのは承知のうえだ。だが、大勢の目に傷痕を晒す青馬の苦痛に比べたら、そんなことは些細《ささい》な問題だった。

しかし、青馬は着物を握り締めてなおも言った。

「いいえ、だ、駄目です。湯屋に行きます。行ってみます」

夕日に照らされ、赤い顔がいっそう赤い。様々な感情が入り交じった、怒っているような、泣き出しそうな顔で繰り返すと、青馬は大きく息を吐いた。

「……でも、行ったことがないので、お師匠様も一緒に、来てくれますか？」

小声で付け加えるのを聞いて、久弥は眉を下げて微笑んだ。

青馬なりに、必死に考えているのだろう。久弥の助けになることはないかと、健気に探しているのだろう。喉の奥がやさしいもので詰まるのを感じながら、久弥はそっと答えた。

「……当たり前だ」

桶に汲んだ水が、黄金を溶かしたように輝きながら揺れていた。

相生町二丁目の湯屋『亀《かめ》の湯《ゆ》』に入ると、仕事帰りの人々の混雑は一段落したらしく、男湯の脱衣場《だついば》に人影は少なかった。

「岡安のお師匠、すっかりお見限りでしたねぇ。どこの湯に浮気なすってたんですよ。あたしはもう、今生《こんじょう》の別れかと思ったよ」

代金を払ってぬか袋を二つ買うと、すきっ歯《ば》の老人が番台から身を乗り出して詰るので、そんなこたないですよ、と笑った。

着物を脱いで洗い場に入ると、青馬は周りの目を気にしておどおどしていたが、久弥を真似て体を洗いはじめた。

頭を洗ってやって、石榴口《ざくろぐち》と呼ばれる出入り口を潜《くぐ》って湯船に入る。外気を入れないようかなり入り口が低いので、久弥のような長身は難儀する。中はもうもうと湯気が立ちこめますます薄暗く、隣の人の顔も容易に判別できないほどだ。青馬にはかえって気楽だろう。

「……何にも見えません」

青馬が拍子抜《ひょうしぬ》けした様子で声を弾ませる。

「そうだな」

久弥も幾分ほっとして、湯の中で息を吐いた。

広いですね、と湯船を見回し、青馬は楽しげだった。

しかし、いくらもしないうちに、

「……あのう、お師匠様、熱いです」

と蚊《か》の鳴くような声が聞こえてきた。茹《ゆ》で蛸《だこ》のように全身真っ赤になった青馬と共に湯船を出て、最後に湯汲みから陸湯《おかゆ》を桶にもらう。これを上がり湯にして体を流すのだ。

洗い場の隅で湯を体にかけていると、三つくらいの子供が湯気の向こうから飛び出してきた。つるりと足を滑らせるのを見て、腕を掴んで立たせてやったところに、父親らしき男が追って現れる。

「おっと、こいつはすんません。目を離すとすぐこれなもんで……」

笑って子供を受け取った父親が、青馬を見るなりぎょっとして目を剝いた。

「坊主、おめぇ、そいつぁどうしたんだい」

しまった、と思った時には男が顔色を変え声を上げている。

「いや、これは……」

こうなることも予想していたはずが、舌が強張り咄嗟《とっさ》に言葉が出なかった。

みみず腫れの痕や痣の痕跡が残る青馬の背中に、男の目が釘付けになっている。

「――古い傷です。何でもありません」

青馬が凍りついたように立ち竦む。久弥はさっと少年の背を押し、その場を離れた。

「古いって、あんた。ちょっと、おいっ」

湯気の向こうから非難めいた声が追いかけてくるのを振り切って、脱衣場に戻った。

「……気にするな」

硬い声で言う久弥の隣で、青馬は湯上がりだというのに青い顔をして、必死に体を拭いている。

着物を着せてやったところで、背後に視線を感じた。振り向けば、四十絡みの男が無遠慮にこちらを眺めている。風呂上がりらしくつやつやとした顔をしているが、底光りする目からは堅気《かたぎ》らしからぬ剣呑《けんのん》さが漂う。

「……あんた、松坂町の三味線のお師匠だったたな？」

久弥は長着《ながぎ》を纏《まと》いながら男の顔を見て、小さく首肯した。

「お師匠さんよ、この子の傷、こりゃあ何だい」

粘っこく冷たい視線に、青馬が後退る。

「……あなたは」

小柄な男は、もったいぶった素振りで久弥を斜めに見上げた。

「俺かい。俺ぁ南町《みなみまち》の久米《くめ》様の手下をしてる、辰次《たつじ》ってもんでね」

同心《どうしん》の御用聞《ごようき》きか。久弥はそっと顔を顰めた。面倒な男に目を付けられた。

「お師匠、あんた確か子供はいねぇよな。こいつはどういうことだい」

「……先日の火事で奉公先が焼けたんです。身寄りがないので引き取ったんですよ」

棒立ちになった青馬の髪を拭いてやりながら答えると、辰次の目が細くなった。

「そいつは若いのに殊勝《しゅしょう》なこった。でも、その傷痕はちっと気になるよなぁ。誰の仕業だ？」

「奉公先が厳しかったそうでしてね。傷が残っているんです」

手短に言った久弥を、男は疑い深そうな目で睨《ね》めつける。

「ふうん。だがよ、あんたみたいに若い男が、おまけに独り身だってのに、突然子供を引き受けるなんてねぇ。ずいぶん思い切ったことをするもんだ」

「……私を疑うのは見当違いですよ」

平静に返すと、男は黙って唇だけで笑った。いつの間にか脱衣場が静まり返り、数人の客が固唾《かたず》を呑んでこちらを見ている。

「坊主、ひでぇ目に遭《あ》ったんだな。かわいそうに。そりゃあ誰にやられたんだい。ちっと教えてくれるかい。え？」

青馬の前にしゃがみこんで訊ねる辰次に、

「親分、お師匠はそんなお人じゃねぇですよ。お弟子さんたちにも慕われててさ、男気《おとこぎ》のあるまっとうなお人なんだから」

見かねたように、番台の老人が声をかけた。

「そういう澄ました真面目《まじめ》そうな奴に限って、えげつねぇ趣味があったりするんだぜ。どうも、あんたは得体《えたい》が知れないとこがあるしねぇ、お師匠。総州のご浪人だって話だが、どういうわけでご浪人なぞになられたんで？」

　せせら笑いながら、辰次は隙あらば食らいつこうとする蛭《ひる》のような目を向けてくる。

御用聞きと関わり合いになったことなどないが、縄張りの住人のことをよく知っているものだ。久弥は薄ら寒い気分で男を見返した。

「亀沢町の橋倉先生に聞いてみてくださいさい。この子の治療をしていただいたんで、詳しく説明してくださると思いますよ」

「ああ……橋倉先生か。じゃあご足労だが、先生にも自身番に来てもらうかねぇ」

自身番へ連れていく気か。久弥は内心憤然とした。だが、御用聞きが不審に思うのも無理からぬ節もある。青馬は怯えるだろうが、辰次が納得するまで付き合う他なかろう、などと考えていると、

「……あ、相すみません」

唐突に、掠れた細い声が脱衣場に響いた。

「こんなことになるなんて、思わなくて」

打ちのめされたような瞳で、がくがくと震えている青馬の顔を、辰次が覗き込む。

「おい、どうしたい、坊主」

「お、お師匠様が」

辰次を遮り、青馬が上擦った声を出した。

「いつも風呂を沸かしてくれるので、人に傷を見られなくていいから、嬉しかったんです。でも費えが大変だし、風呂を沸かすのは手間だし。だけど湯屋は怖くて、い、言い出せなくて。みんな気味悪がるだろうから……」

蒼白な顔に濡れた髪が張り付いて、まるで氷雨《ひさめ》でずぶ濡れになったかに見える。

「……でも、ずっとこのままじゃ駄目だと思って、お師匠様にお願いしたんです。お師匠様が疑われるなんて、思わなかったんです。やめればよかったです。余計なことして、ごめんなさい。お師匠様を、連れていかないでください」

目に涙を溜めながら、相すみません、と震える声で繰り返す姿を、辰次が呆気に取られたように見ている。

「青馬」

言葉に詰まり、久弥は腰を屈めて小さな顔を拭ってやった。青馬がきりきり歯を食い縛る。と、堪えかねた様子で久弥の袂を両手で掴み、顔を押し付けて泣き出した。十の子供の泣き方とは思えぬほど、静かに泣いた。

「お、おいおい。泣くこたねぇだろ、なぁ」

辰次が口籠もってばつの悪そうな顔をする。

「お師匠様は、ぶったりしません」

くぐもった涙声が、袂の陰から小さく響く。

「……おう。そうかい」

口をへの字にして、男が鬢《びん》を掻いた。

「お師匠は、やさしいかい」

「やさしいです。あのう、とてもやさしいです」

涙の張った目を向けて懸命に訴える。御用聞きは歯を見せてちらりと笑った。

「そうかい」

「あと、あのう……それから……」

もどかしげに考え込み、

「それから、三味線がすごく上手です！」

そう口走ってから、馬鹿なことを言った、というように顔を赤らめる。

辰次が噴き出し、周りの客が肩を揺らして笑った。

「わかったよ。ちぇっ、何だよ、俺が苛めたみてぇじゃねぇか」

唇を尖らせてそうぼやきながらも、男の眼光がわずかに緩んで見えた。

「おい、つまらねぇ詮索をして悪かったな。坊主は気味悪くなんざねぇよ。ただ、辛《つれ》ぇ目に遭ってんじゃねぇかと気になったもんでさ。なかなか肝が据わってるじゃねぇか。え？」

横目で久弥を見遣ってから、御用聞きは少し考え、

「なぁ。俺ぁ繁多《はんた》でない限りは、毎日だいたいこのくれぇの時分に湯を浴びにくるんだよ。同じ頃に来るといいぜ。くだらねぇことを言ってくる野郎がいたら、俺が追い払ってやるからよ」

「そりゃあ、親分みたいなのに絡まれたらたまらんですわな」

体を拭いていた客が口さがなく言うのを聞いて、辰次は、おきゃあがれ、ときまり悪そうに怒鳴《どな》る。

青馬は恐ろしげに久弥の袂を握っていたが、男がきつい眉を和らげて顔を覗き込むと、おずおずと頷いた。

「ようし。じゃあ、またな」

辰次は、ぽんと手ぬぐいを肩に掛けて立ち上がった。

「邪魔したな、お師匠。ま、一応、橋倉先生には話を聞いとくよ」

執念深い捨《す》て台詞《ぜりふ》に久弥は苦笑した。久弥を自身番へ引っ張れないのが残念だとでも言いたげな表情を一瞬浮かべ、御用聞きは大股に湯屋を出ていく。青馬は久弥に蝉《せみ》みたいに張り付いて入り口をうかがっていたが、やがてほっと緊張を解いた。

「坊主、辰次の親分に言い返すなんてえれぇもんだな。儂《わし》ならちびってるところさ」

少し離れて着替えていた老人が目を細めて言った。

「まったくよ。俺も肝を冷やしたぜ。あれで意外と面倒見のいいところがあるんだがねぇ。何しろ柄《がら》が悪いからな。破落戸《ごろつき》と見分けがつかねぇよ」

隣で別の男が笑う。

「ま、あの人に気に入られたら悪いようにはなんねぇから、安心しなよ」

「お師匠を庇ってやろうなんざてぇしたもんだ。俺もなんかあったら助けてやるからよ、心配すんな」

また他の客が話しかけてくる。

青馬は慌てて久弥の後ろに隠れたが、見下ろす久弥が微笑んでいるのを見ると、

「……ありがとう存じます」

と消え入るような声で言った。

「おい、さっきの威勢はどうしたんだい」

皆の笑い声が、仄暗《ほのぐら》く湿気を帯びた、あたたかな脱衣場に響いた。


卯月八日はお釈迦《しゃか》様の誕生の日で、どの寺院でも灌仏会《かんぶつえ》という法会《ほうえ》が大々的に営まれる。回向院のそれは特に名高く、毎年大いに賑わった。各寺院では花で飾り立てた花御堂《はなみどう》を作り、そこに置いた誕生仏に甘茶を注ぐ。この甘茶は参拝客にも振る舞われるもので、甘くて美味い。甘茶目当ての子供が大勢集まる法会でもあった。

その灌仏会の日の午前に、吉原の妓楼《ぎろう》『若松屋《わかまつや》』で出稽古を頼まれていた。大見世《おおみせ》の『若松屋』へは、かれこれ七年の間、遊女や芸者に稽古をつけに通っている。しかし、場所が場所だけに青馬を連れていくのは躊躇われた。どうしたものかと考えていると、真澄が稽古に現れて言った。

「それじゃあ、私が預かりましょうか」

最近は稽古に同席するようになっていた青馬が、目を丸くして娘を見る。

「いや、そういうわけには……」

門人にそんな手間をかけさせるのは、と久弥が躊躇っていると、真澄は悪戯っぽく身を乗り出した。

「ただでとは申しませんよ。お願いを聞いてくださいます？」

「……何でしょうか」

咄嗟に頬を引き締めて身構える。

「お師匠がお帰りになったら、みんなで回向院の灌仏会へ行きませんか。甘茶をいただいて帰ったら、青馬さんが喜ぶでしょう」

「……はぁ、そんなことでよかったら」

拍子抜けした心地で、久弥は気安く頷いた。

「本当ですか。行ってくださいます？」

薄紅の花が艶やかに開いたように娘の頬が染まり、射干玉色《ぬばたまいろ》の瞳が笑う。あまりにも嬉しげなので泡を食った。そして、こんなことで、と真澄のいじらしさに胸が苦しくなる。こんなことしかできないというのに、どうしてそんなに嬉しげなのだ。何もしてやれない。返してやれるものなどないというのに。

「……青馬、どうする。明日は、真澄さんにお世話になるか」

無理やり視線を背《そむ》けて訊ねると、青馬は真澄と顔を見合わせ、はい、と頬を赤らめて声を弾ませる。

「三味線もおさらいして、それから一緒に遊びましょう。私、楽しみに待っていますから」

「はい。よろしくお願い申し上げます」

深々と頭を下げた青馬は、真澄と久弥を交互に見てにこりとした。

松井町《ちょう》一丁目の真澄の家は、竪川にかかる一ツ目橋《ひとつめばし》を渡り、一ツ目弁財天《ひとつめべんざいてん》を通り過ぎて二町ほど歩いた町屋の並びにある。竪川河岸の蔵や資材置き場を透かして川面が望める、柴垣《しばがき》に囲まれた小さな庭のある家だった。

出稽古の日、朝餉の後青馬を連れて訪《おとな》うと、待ちかねた様子で娘が出てきた。小紋の表着に赤い花模様の長襦袢《ながじゅばん》を重ね、黒繻子《くろじゅす》と博多《はかた》の昼夜帯《ちゅうやおび》を引っ掛け結びにして装っている。ほんのり紅を差しただけの化粧気のない面は、涼しげだが臈《ろう》たけた美しさが匂《にお》い立つようで、久弥は眩しげに目を細くした。

「青馬さん、いらっしゃい。さ、どうぞ上がってちょうだい」

頬を上気させた青馬が、お邪魔します、と丁寧に頭を下げる。娘に手土産の菓子やら、青馬の稽古用の三味線やらを手渡しながら、久弥は急に浮かない気分になって口を開いた。

「造作をおかけして申し訳ない。……あのう、本当にいいんですか。やっぱり、連れていきましょうか」

土間から板敷に上がった青馬を見ているうちに、置いていって大丈夫なのかと不安が込み上げてくる。そのうち泣き出しはしないか。ひどく落ち込むのではないか。

真澄は逡巡している久弥の顔を見るなり、くすりと笑った。

「たった数刻《すうとき》なんですから、そんな悲愴なお顔をしなくたって大丈夫ですよ。親ばかちゃんりんそば屋の風鈴、ですわねぇ、お師匠」

はぁ、と思わず口籠もると、青馬が板敷に膝を揃えて首を傾げた。ここで「親ばかちゃんりんって何ですか」などと聞かれたら弱ってしまう。

「……では、私が戻るまで粗相のないようにな」

心を鬼にしてそう説けば、青馬は決死の覚悟を目に浮かべ、神妙に頷く。

「お師匠様が帰っていらっしゃるまでちゃんと待てます。行儀よく過ごすように気をつけるので、どうぞ心置きなく稽古に励んできてください」

うん、と眉を下げてやはり心配そうに久弥が唸る姿に、真澄が袂で唇を被い、ほっそりとなだらかな肩をしきりに震わせた。


浅草の葦原《あしはら》の外れに、吉原遊廓《ゆうかく》はある。吉原を南北に貫く仲之町《なかのちょう》には、引手茶屋《ひきてぢゃや》と妓楼が軒《のき》を連ね錚々《そうそう》たる眺めだが、昼見世《ひるみせ》前の今の時刻、張見世《はりみせ》の中に遊女の姿はなく、物売りの姿がちらほらと見える以外閑散としていた。その通りの奥まった位置にある京町《きょうまち》一丁目に『若松屋』はあった。

張見世の前面は紅殻格子《べんがらごうし》で覆われた惣籬《そうまがき》で、最上級の昼三《ちゅうさん》を抱える大見世であることを誇示している。その妓楼の二階の表座敷で、入れ替わり立ち替わりやってくる娘たちに稽古をつけていると、瞬く間に時が過ぎた。時折青馬がどう過ごしているかとつい考えては、真澄がついているのだから、と不安を打ち消す。気を逸らすなと己を叱り、稽古を続けた。

「……お師匠、わちき、日本橋の『但馬《たじま》』の旦那さんに身請《みう》けのお話をちょうだいして、年明けにここを出ることになりりんした」

最後にふらりとやってきた昼三の浮舟《うきふね》が、稽古の終わりに思い出したように切り出した。

三味線を仕舞おうと長箱に手を伸ばしていた久弥は、わずかに目を瞠り座り直した。

「そうですか……」

『但馬』は廻船《かいせん》問屋や薬種問屋を手広く商う大店《おおだな》だ。店主の源右衛門《げんえもん》は四十半ばの男盛りで、内儀と三人の子があったはずだ。

あい、と応じた浮舟は淡々と続ける。

「大火でお店が焼けて、もとは夏のはずがちっと延びいした。けれど、ご身代には障《さわ》りがないから何も案ずることはないと。豪気なお方で、橋場《はしば》にわちき好みの家を建ててくださるそうで」

浮舟には、新造《しんぞう》であった七年前から稽古をつけていた。

花魁《おいらん》の正装は三枚襲の打ち掛けに前帯を結び、前挿し六本、後挿し八本の簪と相場が決まっているが、昼見世前は白粉《おしろい》も刷《は》かず、簪数本に打ち掛けも纏わぬ寛《くつろ》いだ姿で過ごす。それでも、濡れたような切れ長の目はぞくりとするほど美しく、すっきりと通った鼻と牡丹の蕾を思わせる唇は艶やかで、近寄りがたく危うい魅力があった。とはいえ、口を開けば存外ざっくばらんで親しみやすい娘で、久弥が訪れると友人のようにあれやこれやと話をしたがるのだった。

「……『但馬』の旦那さんでしたら私も存じております。立派なお人柄だが、磊落《らいらく》で粋でおられる。よい評判しか耳にしたことがないお方ですな」

おめでとう存じます、と改まって一礼する。

「ありがとうござりんした」

丁寧に礼を返した浮舟は、久弥の顔を見てかすかに笑った。

「お師匠ったら、そんな悲しげなお顔をなさりんすな。わちきも二十四の年増《としま》。こんないいお話はもうござりんせんでしょう。ここでもほんに大事にされて、もったいないことでありいす」

「そんなことは……」

と言いながらも、久弥はさして目出度《めでた》い気分にもなれずにいた。長い付き合いだから、浮舟が妾ではなく、堅気の内儀になりたいと望んでいたことを知っている。今までも身請け話が持ち上がるたび、丁重《ていちょう》に辞退していたことも耳に挟んでいた。

しかし、いかに美しく、気立てがよく賢くとも、花魁を妻にと望む堅気は少ない。浮舟ほど名が知れ渡っていれば余計に腰がひける。よしんば当人はよくとも周りが許さない。そうして妾の誘いを断っているうちに、花魁としては薹《とう》の立つ二十四になっていた。

「お師匠、どうぞ橋場へ遊びにきておくんなんし」

浮舟の言葉に、重苦しい気持ちを呑み込んで、ありがとうございます、と静かに応じた。

実際には、橋場の屋敷を訪ねることなどないだろう。自由の身になるとはいえ、今度は妾として囲われる暮らしになるのだ。若い男が出入りするなどあってはならない話だ。

「きっとでおざんすよ」

浮舟は淡く儚《はかな》い笑みを浮かべて言った。まるで、自分の将来には何の欲も感慨も抱いていないような、透明な笑みだった。

浮舟は自分の出自を詳しく語ったことはなかったが、武州《ぶしゅう》の生まれで、父親の賭博《とばく》の借金のかたに売られたのだと漏らしたことがあった。身請けされずに年季が明けて自由の身になったとしても、遊女として生きてきた女が身を立てていくのは容易ではない。さりとて、自分を売った家族の元に帰れるわけでもない。『但馬』からの身請け話を受け入れた、浮舟の孤独が胸に迫った。

暇乞《いとまご》いをして『若松屋』を出た久弥は、長箱を抱えた箱屋と共に大門《おおもん》へ向かいながら、乾いた真昼の日差しに目を細くした。

表情豊かに笑う真澄の瞳の瑞々しさが、ひどく恋しく思われた。

浮舟は己に似ている。諦念《ていねん》と、侘しさと、渇きに似た空虚さを抱える魂が、どこか似ている。浮舟が久弥に親しみを覚えるのも、そのせいなのかもしれない。凛《りん》としながらも、あたたかい、尽きぬ泉のようなものを内に抱える真澄は、己とはまるで正反対のようだ。だから、渇いた人が水を求めるかのごとく焦がれてしまうのだろう。渇望したところで、手に入ることはないというのに。

久弥は足を止め、『若松屋』の紅殻格子を振り仰いだ。そうして束の間、浮舟の橋場での暮らしが幸福なものであればいいと願った。昼見世前の明るく空虚な仲之町に、乾いた三味線の音がぽつりぽつりと響いていた。

箱屋に送られて本所の家に戻り、一目散に松井町へ向かった。脇目も振らずに歩いて真澄の家の柴垣が目に入った途端、庭の方から屈託のない笑い声が聞こえてきた。庭へ回ると、縁側を向いた茶の間で二人が腹を抱えて笑っている。何をしているのかと目を凝らせば、投扇興《とうせんきょう》をしているらしい。

「――お師匠様！」

ぱっと立ち上がって縁側へ走ってくる青馬を見て、久弥は相好《そうごう》を崩した。

「あら、お師匠。お帰りなさい」

「遅くなりまして……」

にこにこと嫋《たお》やかに微笑む真澄の背後には、三味線やら、字や落書きを書いた反故紙やら、折り紙やらお手玉やらが散乱している。

「いいえちっとも。青馬さんはとってもお利口《りこう》でした。たくさん遊んで楽しかったですよ」

そう言いながら、微妙な表情の久弥に顔を寄せる。

「あの、妙な遊びは教えていませんから、ご安心なさって」

どぎまぎする久弥に、娘が忍び笑いを漏らした。

投扇興は、桐箱の台に立てられた「蝶《ちょう》」と呼ばれる駒に向かって広げた扇《おうぎ》を投げ、点数を競うという知られた遊びだが、これはまた有名なお座敷遊びでもある。真澄が青馬に罰杯《ばっぱい》を飲ませるはずはないと知りつつも、何となく冷や汗が出た。

「よかったな、青馬」

隣の青馬に目を向けると、青馬は、はい、と勢いよく頷いた。

「真澄さんに『越後獅子』をさらっていただきました。字を教えてもらったり、折り紙も習いました。お八《や》つに白玉《しらたま》も作ってくださいました」

お師匠様にあげます、と千代紙《ちよがみ》で折った鶴《つる》を差し出す。

「そうか」

丁寧に折られた鶴を手に取った。いっときも久弥の側を離れなかった子が、成長したものだ。いじらしさと誇らしさで頬が緩み、また真澄に笑われるな、と慌てて表情を引き締める。

「じゃあ、私も土産をやろう」

羽織に包んでいた、片手に乗るほどの大きさの犬張子《いぬはりこ》と、袂から取り出した手車を膝の上に載せてやると、青馬が息を呑んだ。

「浅草で売っているのを見かけてな」

我ながら大した親ばかぶりだ、と笑いが湧く。どんぐり眼《まなこ》に愛らしい丸い体をした犬張子を目にした途端、青馬に留守番の褒美《ほうび》をやりたくなったのだ。青馬は頬を火照らせて張子の犬を撫で、つやつやとした赤い手車に見入って、ありがとうございます、と上擦った声で言う。

「それからな」

腰を屈め、青馬の顔を覗き込んだ。

「『菊岡』に寄ってきた。お前の三味線が月の終わりには仕上がるそうだ」

青馬の大きな目が、みるみる見開かれる。声を詰まらせて久弥を凝視する姿に唇が綻んだ。

「まぁ楽しみだこと。できあがったら一緒に演奏しましょう」

微笑む娘を浅く呼吸しながら見上げると、青馬はぼうっと顔を赤らめて、赤べこのように頷いた。久弥は真澄と視線を交わし、肩を揺らして笑みをこぼした。

両国橋東詰めを向いた回向院の表門が近づくにつれ、子連れの参詣者《さんけいしゃ》が目につくようになった。境内《けいだい》に入れば賑わいは一気に増し、常よりも多い水茶屋や物売りと相まって、客の呼び込みや笑い声がかしましい。先月、上屋敷の側用人の浜野とやってきた時の様子が嘘のようだ。

「青馬さん、花御堂は向こうですよ」

と真澄が青馬の手を取り、するすると人の間を縫っていく。本堂の前の人だかりが花御堂らしい。

ゆっくりと後を追うと、溢れんばかりの色とりどりの花で屋根を葺《ふ》いた小さな御堂と、灌仏盤に安置された小さな金銅《こんどう》の仏像が目に入った。真澄が柄杓《ひしゃく》を手に取り甘茶を注いで見せると、促すように青馬に柄杓を譲った。青馬は花咲き乱れる御堂の屋根をうっとりと見上げ、背伸びして物珍しそうに水盤を覗き込んでから、茶をすくってちょろちょろと御仏《みほとけ》に注いだ。それから二人して合掌《がっしょう》し、目を見合わせて楽しげに笑う。

慕わしげに真澄を見上げる青馬と、唇を引いて美しく微笑む真澄の横顔を見守るうちに、つい夢想している自分に気づく。

もし、このしがらみから自由であったなら。

もし……。

その途端、瞼を閉じたまま動かない母の白い顔と、浜野の苦渋《くじゅう》に満ちた目、そして四肢を投げ出し、血だまりに斃れている刺客の死体が脳裏を過る。

わっ、という子供らの笑い声が耳を打ち、久弥は思料を振り払うように瞬きをした。

二人へ視線を戻そうとして、参道脇に立つ男につと目を留める。

吉原かぶりの手ぬぐいに、着物を尻端折《しりばしょ》りにした、ごくありふれた身なりのその男が、なぜか注意を引いた。花御堂には見向きもせず、男は行き交う人々の顔をじっと見ているらしかった。それも、子供ばかりを睨めつけている。

親から少し離れ、青竹から甘茶をすすっている十かそこらの少年を見て、男はひょこひょこと近づいた。親しげに何か話しかけると、子供の右手を掴む。袖をぐいと捲り上げるのを見た瞬間、血の気が引いた。

——こいつ。

即座に、滑るように人波の間をすり抜けて二人の許へ向かった。

「お師匠？　血相を変えてどうなすったんです」

「……いや、何でも。ちょっと妙な男を見かけたもので……行きましょうか」

真澄と青馬が顔を見合わせる。その時、行き過ぎる人のざわめきの中に、じわじわと近づいてくる足音を聞き分けて、久弥はさっと振り返った。

「おっと、どうも」

一間《けん》ほど後ろにいた吉原かぶりの男が、ぎくりとした様子で足を止めた。

「何か」

二人を背に庇いながら訊ねると、男が、はぁ、と黄色っぽい歯を見せて笑う。一見小綺麗に見えて、どこか荒《すさ》んだ空気を纏った男だ。生気のない目が舐めるように青馬に注がれるのを感じ、久弥は視線を遮る位置へすっと体を移動させた。

「ちっと人捜しをしておりやしてね。十くらいの器量のいい男の子なんですよ。ちなみに、そちらは旦那のお子さんで」

「そうです」

間髪容《かんはつい》れずに答える久弥に、真澄が訝しげな視線を向けてくる。言わないでくれ、と強い視線を素早く返すと、娘はかすかに目を細くした。

「……左様ですか。実はですね、あっしの友人の主《あるじ》が先日の大火事で亡くなったんですが、そのお子さんを捜しておりやしてね。右腕に打ち身を負っていて、まだ痕が残っているんじゃねぇかと言うんですよ」

そう言う男の視線が、青馬の右腕にちらちらと注がれる。

「そうしたら、そちらのお子さんが、聞いた人相によく似ているなぁと、こう思ったもんで、つい」

背後で、青馬の気配がみるみる鋭く張り詰める。

「……それはご心配なことでしょう」

「お気の毒ですこと。早く見つかるといいですね」

久弥が言うと、真澄が静かな声で続いた。賢い娘だ。それに柳橋芸者だけあって、人の感情の機微《きび》を読むのに長けている。感謝の念が胸に湧いた。

男は、へぇ、と腰を屈め、

「ありがとう存じます。お心当たりがございましたら、室町二丁目の自身番まで、『春日』の手代、正吉をお訪ねくだせぇまし」

そう言って踵を返し、ゆるゆると離れていく。

男の背中をうかがいながら見下ろせば、青馬は顔色を失い、棒立ちになったまま瘧《おこり》のように震えていた。

「青馬」

低く囁くと、強張った虚ろな目が久弥の顔をぼんやりと見上げる。額にびっしりと汗が浮いているのを見て、胸が絞られる心地がした。

「青馬さん、どうしたの。顔色が……」

真澄も息を呑み、慌てて青馬の前にしゃがみ込んだ。

「気分が悪いようです。すみませんが、家に戻った方がいいかもしれない」

「ええ、ええ、もちろん。かわいそうに」

視線を感じて久弥は肩越しに背後を見た。さっきの男が、少し離れた場所から人波を透かしてこちらを見ている。体温のない、灰色に澱んだ両目が、獲物を狙うかのごとく青馬を見詰めるのを感じ、うなじの毛が逆立った。

「……青馬、乗れ」

さっと片膝をついて、少年を引き寄せ背に乗せた。真澄を促し、後ろも見ずに歩き出す。

青馬が板のように体を強張らせ、かちかちと歯を鳴らしている。はげしい鼓動が背中に伝わり、久弥は唇を歪めた。

表門を出たところで、

「あら、お師匠」

と呼ぶ誰かの声が耳をかすめた。門人か近所の住人らしかったが、見向きもせずに歩き続ける。

「心配するな。家へ帰ろう」

青馬がおもむろに右手を持ち上げ、真澄に向かって弱々しく差し伸べるのが見えた。

「私ならここにいますよ。大丈夫よ」

娘がすぐさまその手を取って、やわらかい声で励ます。小さく頷いた青馬の体から、徐々に力が抜けていくのを感じた。

茜色《あかねいろ》に染まる通りは、夕餉の買出しに出る人や仕事帰りの人々でいよいよ賑わう。その中を、久弥は少年のあえかな呼吸に耳を澄ませながら、黙々と歩き続けた。

五

久弥の背中で寝入ってしまった青馬は、翌朝になっても寝床《ねどこ》から出てこなかった。

「……青馬」

声をかけても、虚ろな目を夜着から覗かせて、犬張子を抱いて放心している。大火の日、焼け残った橋の上に佇んでいた、抜け殻同然の子供に戻ってしまったかのようだ。

午前中の最後の門人を送り出した久弥は、部屋の隅の衣桁の前で足を止めた。長着の後ろの薄暗がりで仄《ほの》かに輝く、丸に剣片喰紋の金装飾で飾られた桐の長箱に目を落とす。

寝間の方へ視線を向けてから、絹のように滑らかな手触りの箱を引き寄せ、静かに蓋を持ち上げた。艶やかな江戸紫に同じ紋を白く染め抜いた、正絹の長袋を開いていくと、見事な虎斑《とらふ》紅木の棹が覗く。やがて現れた三味線は、八つ乳《やぢ》の皮を張り、贅を尽くした高蒔絵《たかまきえ》と螺鈿象嵌《らでんぞうがん》を施した、美麗極まる一挺だった。

棹は、樫を芯にして紅木の薄材で覆ってある。貴重な紅木ゆえに、心材を樫にして、紅木で包むという手法を編み出したのだろう。名工が技術の粋を尽くして初めて可能となる、精妙このうえない細工だった。

金粉に目にも鮮やかな彩色《さいしき》を施した高蒔絵は、春の野に跳ねる愛らしい若駒を描いている。随所に螺鈿象嵌の蝶や草花がちりばめられ、天神《てんじん》には金漆《きんしつ》で『春駒《はるこま》』の文字が躍る。

同じ長箱から正絹の錦も美しい胴掛けを取り出し胴に着け、象牙の撥を握ると、軽く絃を弾いて状態を確認した。

三下りに合わせ、青馬の寝間に向かって座り直す。

半眼にした目を伏せる。

シャン、と撥を翻した途端、音が鮮やかに奔《はし》るのが見えた。

妄執の雲晴れやらぬ朧夜の　恋に迷ひしわが心
忍山　口舌《くぜつ》の種の恋風が　吹けども傘に雪もつて
積もる思ひは泡雪と　消えて果敢《はか》なき恋路とや……

音と音の間に鋭利な間《ま》が落ちるたび、奈落のような無が耳の奥底で鳴り響く。

宝暦十二年（一七六二年）、市村座で初演された『柳雛諸鳥囀《やなぎにひなしょちょうのさえずり》』の中で使われた『鷺娘《さぎむすめ》』である。白鷺《しらさぎ》の精に娘の恋心を投影し、恋の喜び苦しみを幽遠《ゆうえん》に描き出す名曲だ。

古色蒼然《こしょくそうぜん》とした旋律に複雑な節回しが付く難曲だが、上質の三味線で奏でると水際立った美しさを放つのだった。
隣室で青馬が息を吞むのがわかった。糸を弾くたび、華麗で、それでいて胸を絞るばかりに甘美な音色が体を走り抜けていく。

思ひ重なる胸の闇　せめて哀れと夕暮に
ちらちら雪に濡鷺の　しょんぼりと可愛らし
迷ふ心の細流れ　ちょろちょろ水の一筋に
怨みの外は白鷺の　水に馴れたる足どりも
濡れて雫と消ゆるもの……

からりとしながら、部屋全体を共鳴させるほど遠音《とおね》がさす音と、すすり泣くように繊細でありながら、深みのある余韻を引く音。ほっそりと優美な姿からは想像もできぬほど、豊穣《ほうじょう》に鳴り響く棹だ。『春駒』の銘に相応《ふさわ》しい、躍動に溢れた若駒だった。『春駒』が久弥の情念を吸い上げ、露《あらわ》にし、芳醇《ほうじゅん》に歌い上げる。いつしか久弥は凍える闇の中にあり、しんしんと降り積もる雪を透かし、命を燃やして舞う鷺の精を見詰めている。

白く汚れのない鳥が翼を広げ、可憐に、しかし恋の恨みに絡み取られ、身悶えしながら羽ばたく音を聞く。鳥はやがて、傘を手にした、白無垢《しろむく》に綿帽子《わたぼうし》の寂しい女の姿に変わる。

その後ろ姿に、髪を潰し島田《しまだ》に結《ゆ》い上げ、黒紋付《くろもんつき》に身を包む、優艶な柳橋芸者の面影が重なった。

須磨の浦辺《うらべ》で潮汲《しおく》むよりも　君の心は汲みにくい
さりとは　実に誠と思はんせ
繻子《しゅす》の袴の襞とるよりも　主の心が取りにくい
さりとは　実に誠と思はんせ……

青馬に、初めて三味線を聞かせた日のことを思い出す。傷つき物も言わぬ少年が、渇きを癒やそうとするかのように、弾いてくれと全身で求めていた。

音曲に溺れて生きてきた。しかし、こんなにも小さな存在を慰《なぐさ》めたいと願ったことはなかった。百の観客を前に華々しい大舞台で演奏するよりも、この幼い魂に必要とされることの方が、ひどく大切に思われた。

与えてやれるものがある。それはなんと幸せなことだろうか。

――不意に、がたりと音を立てて唐紙が開いた。瞠目《どうもく》した青馬の顔が覗く。

久弥は少年の瞳にじっと見入り、奏で続けた。

こちらを凝視する双眸が、旋律を浴びて徐々に輝き出すのが見える。

雄弁な瞳が驚くほど豊かな感情を伝えてくる。久弥はそれに応え旋律を紡ぐ。幼い瞳はまた表情を変える。糸のように響き合う。音曲という尽きぬ豊穣が、二人の間に広がっていく。

段切りの音を聞きながら、久弥はゆっくりと撥を下ろした。

生き返ったかのごとく輝く目で、青馬が久弥と『春駒』を見詰めている。

「……お師匠様。それ」

上擦った声が震える。

「それは、何ですか？」

久弥は目元を緩めると、撥と三味線を膝の前に置いた。

「これは『春駒』という。母が死んだ時に、父から譲られたものでな。父は母に与えたかったようだが、見向きもされなかったらしい。母をむざと殺させたのがよほど応《こた》えたのだろうよ。どうしても受け取れと言って残していった」

静かに言うと、青馬が躊躇いながら、しかし衝動に抗えぬ様子で躙《にじ》り寄り、息を詰めて三味線に見入った。

「……三味線というのは、こんな音がするものなんですか」

「この三味線は、石村近江《いしむらおうみ》という名工の一族の、五世の手による逸品だ。サワリがないのだが、素晴らしくよく響くだろう。……だが、腕の未熟な者が弾いても手に負える代物ではない。これは荒馬でな」

久弥はちらりと微笑んだ。

「弾いてみたいだろう」

青馬の頬に血の気が差す。膝に置いた小さな両手が、思わず動くのが見て取れた。

「まだ、駄目だ。お前にこれは扱えない」

恥じるように俯く姿を見下ろしながら、穏やかに続ける。

「まずは技倆を高めて、自分の棹を自在に弾きこなせるようになることだ。お前の紫檀の棹も極上の音で鳴るはずだ。お前の腕次第で、いくらでも音色は豊かになる。精進しさえすればな」

真摯《しんし》な表情で頷く少年に、久弥はやわらかい目を向けた。

「では、お前の棹が仕上がったら受け取りに行くとするか」

「……はい」

紅潮した顔で返事をした青馬は、しかしすぐに頬を強張らせた。父親のことを考えたのか、伏せた目に怯えの色が浮かぶ。

「青馬。連中も馬鹿じゃない。白昼堂々、嫌がるお前を連れていったりはできないし、私がさせないから安心しなさい。腕《うで》っ節《ぷし》は強い方だからな、そこらの破落戸《ごろつき》なんぞに負けたりはしない」

落ち着いた声で語りかけるうち、青馬の緊張が少しずつ緩んでいく。

『春駒』を見下ろす双眸に、憧れと昂りが蘇る。切ないほどに自分を呼ぶ音色が、青馬の耳の奥に鳴り響いているのが聞こえるようだ。

「浅草まで舟で行ってしまおう。山谷堀《さんやぼり》で降りれば『菊岡』は目と鼻の先だ。そうすれば、誰とも行き合うこともない」

「舟、ですか」

少年がぱっと顔を上げ、素っ頓狂な声を上げる。

うん、と頷くと子馬のような双眸が輝いたので、久弥は肩を揺らして小さく笑った。

それから卯月の終わりまで、青馬は憑《つ》かれたように三味線の稽古に打ち込んでいた。父親への恐怖心に負けまいとするかのごとく、鬼気《きき》迫るばかりの勢いで、朝から晩まで三味線をかき鳴らしている。己と格闘しながらすさまじい上達を見せる少年に、久弥は黙って稽古をつけ続けた。

青馬を案じて訪れた真澄は、そんな姿を見ると自ら師匠役を買って出て、久弥が門人らに稽古をつけている最中、手ほどきをしてやってくれていた。

「あらまぁ、すっかり糸道《いとみち》ができてしまって」

ある日二人の様子を見に行くと、耳に心地いい真澄の声が聞こえてきた。廊下から見れば、居間で向き合った青馬の左手を取って、娘が愛おしげに目を細めている。

三味線弾きは左の人差し指の爪《つめ》で糸を押さえることが多いため、爪の先が磨《す》り減って凹《へこ》んでくるのだが、これを糸道と呼ぶ。爪以外にも指先を酷使するから、人差し指をはじめほとんどの指先の皮が分厚くなる。右手には撥だこだってできる。

「三味線弾きの手ね。とても、一生懸命な手よ」

娘は青馬の右手もそこに重ね、小さな手を幾度も撫でる。幾度も幾度も、ゆっくりと、息をひそめて、まるで痛むところをさすってやっているかのように、心を込めて撫でている。

「……真澄さんもそうですか？」

「ええ、もちろん。ほらね」

美しい指先を差し出すと、青馬はまじまじと目を凝らし、やがてぱっと笑顔になった。

「本当だ。一緒ですね」

「ね。一緒でしょう」

「お師匠様も、同じですか」

もちろんそうよ、と慈愛の籠もった声で娘が答える。

――糧《かて》にしろ。そう真澄が教えているのだと思った。

苦しみも、悲しみも、己の芸の糧にしろ。……けれども、見守っている。お前は独りではないのだと、小さな両手を包んでぬくもりを伝えようとしている。

「……精進しな、久弥」

母の声を胸の奥に聞く。母を失う痛苦をも糧にして、歩み続けろと励ます声だ。芸の道にある者は、そうして生きていくのだ。果てしなく、険しい道だ。だが、豊穣な道だ。生きるに値する道だと。あの秋の日から己を支えてきた声を聞きながら、久弥は深い眼差しを二人に注いでいた。

「真澄さんとお師匠様と、同じだ」

頬を染めて嬉しそうに笑う青馬の頑是《がんぜ》ない顔が、少し逞《たくま》しくなったような気がした。


卯月も終わりというある日、猪牙舟で『菊岡』へ向かった。

ゆったりと流れる川の面を、舟は滑るように進む。大川は常に大小の船でひしめいている。青馬は顔を引き攣らせ、行き交う船とすれ違うたびに久弥の袂を掴んだ。

しかし、大川橋《おおかわばし》を過ぎる頃にはその緊張もだいぶ解けて、身を乗り出して川面を覗き込むので、かえって久弥が焦ったほどだ。風と光を受けて、青馬は底抜けに晴れ晴れとした表情を浮かべていた。

山谷堀橋《さんやぼりばし》の袂で舟を降り、日本堤《にほんづつみ》から田町へ向かう。

田町の賑やかな通りに入ると、はしゃいでいた青馬は急に無口になった。『菊岡』の暖簾《のれん》を潜って狭い店の土間に入る頃には、小さな顔はすっかり青ざめ、期待と不安で猪牙舟のことも頭から吹っ飛んでいるのが見て取れる。

二人に気づいた庄兵衛が、待ちかねたように飛んできた。

「岡安様、坊ちゃんも、お待ちしておりやしたよ。お掛けになってくだせぇまし」

即座に職人が三味線袋を捧げて現れる。

「さぁさ、どうぞ」

手渡された袋を膝の上に置くと、久弥は滑らかな手つきで紐《ひも》を解き、片手で袋をたぐって天神をそっと掌に載せた。ひんやりと滑《すべ》らかで、重みのある紫檀の手触りが肌に心地よい。細めの棹の、濃紫と見紛う艶やかな黒と、象牙の糸巻《いとまき》の白との対比に、匂うような気品がある。皮を張られた胴を引き出していくと、棒立ちになっている青馬が大きく息を呑んだ。

「……見事ですね」

極限まで無駄を削ぎ落とし、職人が技術の粋を注ぎ込んだ楽器の輝きに、久弥は感嘆の吐息《といき》を漏らした。三味線を持ち上げて青馬に向ける。少年はびくりと肩を揺らし、束の間躊躇ったが、やがて近づいてきた。

小上がりに座らせ三味線を差し出すと、美しい楽器に青馬の頬が紅潮する。そっと棹を左手に取り、右手で胴を支え、幾度も天神から音緒《ねお》の先まで目を往復させる。羽《う》化登仙《かとうせん》の様子で息を吐くのを見て、久弥と職人たちはさざめくように笑った。

職人が真新しい象牙の丸撥《まるばち》を差し出す。それを手に取ると、青馬は目を丸くした。普段使っている樫の撥とは感触が大きく異なるはずだ。象牙は軽くて撥先が硬く、繊細な音が出るうえ、手汗を吸うので滑らないのだ。

しげしげと撥を眺めた後、青馬はじっと久弥を見た。

久弥が目で糸巻を指すと、あっ、と我に返ったように糸巻の方を向いて調弦をはじめる。

おそるおそる撥先を絃に当て、開放絃を弾いていく。ぴいんと澄んだ音に、青馬が息を詰めて聞き入っている。三下りだ。

すっと青馬の背が伸びる。

右手が軽やかに翻り、チンチンチン、トチチリチン、と切れ味よく絃が歌いはじめた。糸を鳴らすたび、予想外の繊細な反応が返ってくることに驚いた様子で、どこか遠慮がちだった手が、前に乗り出すように熱を帯びてくる。
青馬の唇から、細く透き通る声が響き渡った。

打つや太鼓の音も澄み渡り　角兵衛角兵衛と招かれて
居ながら見する石橋の　浮世を渡る風雅者
うたふも舞ふも囃すのも　一人旅寝の草枕……

旅芸人の角兵衛が、太鼓を叩き、軽々と舞い踊るのが見える。早春の、冷たく凍えた、しかし晴れやかな空気を頬に感じる。
久弥は両手を膝に置くと、後を引き継いだ。

おらが女房をほめるぢゃないが　飯も炊いたり水仕事
麻撚るたびの楽しみを　独り笑みして来りける
越路潟　お国名物は様々あれど　田舎訛の片言まじり
しらうさになる言の葉を　雁の便りに届けてほしや……

素朴で情感漂う浜唄の後、一転して華やかな晒《さらし》の合方《あいかた》へと続く。

撥が翻るたび、豪華で濁りのない音色が、心地よく体を揺さぶる。青馬が瞼を閉じ、もっとできる、もっと鳴らせる、と試すように糸を打ち、紡ぎ出す音と全身で戯れながら、三味線との対話に没入していくのがわかる。

店の外には、突如高らかに流れはじめた『越後獅子』に足を止め、惚れ惚れとして聞き入る人々が見えた。

晒す細布手にくるくると　晒す細布手にくるくると
いざや帰らん　己が住家へ

お囃子《はやし》が去っていく。賑々しい祭りの余韻が空気に溶けると、三絃店の、木と皮の匂いの漂う土間が目に映る。

じっと耳を傾けていた庄兵衛と職人が、金縛《かなしば》りが解けたかのごとく息を吸う。ゆるゆると撥を下ろし、青馬が三味線を見下ろした。夢でも見ていたのかという風情で顔を上げると、久弥と目が合う。その瞳が一点の翳りもなく輝いているのを見て、久弥は笑みをこぼした。

息を詰めた青馬の顔がみるみる上気する。次の瞬間、花が咲くように笑顔が弾けた。今にも踊りだしそうな顔で、青馬は大切そうに袂で三味線を包み、瞳を煌《きら》めかせて笑っていた。

端午《たんご》の節句《せっく》が近づいていた。往来では柏餅《かしわもち》売りやちまき売りが、柏と笹の葉のほんのりとした香りを後に残しながら忙しく行き来し、菖蒲売りが瑞々しい菖蒲の葉を桶に溢れんばかりに立てて歩く。

皐月《さつき》の朔日《ついたち》、青馬のために回向院近くの人形店で武者人形と鯉《こい》のぼりを購《あがな》った。買ってきた鯉のぼりを早々と庭に立ててやったら、青馬は子犬のようにはしゃいで大喜びした。そして風が吹くたびに縁側へ走っていっては、うっとりとして空を仰いだ。

その日の午後には、善助と勇吉を連れた橋倉が、菖蒲刀《しょうぶがたな》を差し入れにきてくれた。菖蒲刀は菖蒲の葉を編んで作った玩具の小太刀《こだち》で、端午の節句の頃に子供らが打ち合って遊ぶものだ。

縁側にかけて、庭で菖蒲刀を打ち合わせて遊んでいる青馬たちを眺めていると、

「……この間、辰次の親分がうちに来たよ」

と橋倉が口を開いた。

「ご迷惑をおかけして申し訳ありません。根掘り葉掘り聞かれたでしょう」

眉を下げて恐縮すると、医者は煙管片手にからからと笑う。

「どうってこたねぇよ。青馬がどんだけひでぇ目に遭ってたか話してやったら、生きてやがったらそいつら残らず縄にかけてやるとこだ、許せねぇって息巻いてたぜ。俺のシマをうろつくようならただじゃおかねぇってさ。怖い怖い」

「ありがとうございます」

安堵して礼を言う久弥に、いいってことよ、と橋倉は片手をひらひらさせた。

あたたかな風が吹く。青馬が鯉のぼりを指差し、悠々と泳ぐ大きな黒い真鯉を善助たちと見上げる。初夏の日差しを受けて青馬の白い顔が輝き、瞳にはさざ波のような光が躍っていた。

その夜、青馬が部屋で眠りにつき、久弥も寝支度をしようと家中の戸締まりをして回っていると、玄関土間の方から戸を叩く音が聞こえてきた。

訪問者は訪《おとな》いを入れるわけでもなく去っていった。訝しみながら土間に下りると、引き戸に文が挟まっている。読み進めていくらもしない間に顔が強張った。

『春日』の手代からの文だった。大火で行方知れずになった、亡き店主の子を拾われたのではないか。一ツ目橋でお待ちしているので、お会いしたいとある。

その場に立ち竦み、瞼を閉じた。心ノ臓が嫌な音を立てて打つのがいやにはっきりと聞こえてくる。

——いつかはけりをつけねばならないのだ。

久弥は嘆息しながら文を畳み、懐に入れた。居間に置いた刀を取りに行き、提灯に火を入れてそうっと家を出る。

通りはまだ屋台だの酒亭だのが賑わっている時分であるが、橋の上は闇にけぶって対岸も杳《よう》として見通せない。その橋の真ん中辺りに、提灯の灯りがひとつ、ぽつんと滲んで見える。ゆっくりと橋を上っていくと、提灯を提げた着流しの男の姿が浮かび上がった。

二つの提灯の灯りに照らされた男の顔を見た瞬間、青馬の父親であるとわかった。なるほど、店の内儀が惚れただけあって鯔背《いなせ》な男だった。三十を少々過ぎたくらいか。五尺《しゃく》六寸《すん》ほどの背丈に、引き締まった体躯《たいく》をしている。きりりとした眉宇《びう》の辺りと、薄い唇、すんなりと滑らかな輪郭《りんかく》が青馬とよく似ていた。だが、どこか抜け目のなさの漂う目は似ていないな、と考える。青馬の黒目がちな大きな目は母親譲りか。

きびきびと歩み寄った正吉は、そつのない笑顔を浮かべ、深々と腰を折った。

「岡安師匠でいらっしゃいますね。手前《てまえ》は『春日』の手代の正吉でございます。夜分にお呼び立てし申し訳ございません」

「……私のことは、どこで」

はい、と男がさらに腰を屈める。

「坊ちゃんを捜す手伝いを頼んでおります者から、先月、回向院でお目にかかったと聞き及びました。人に訊ねたら、松坂町の三味線のお師匠でいらっしゃると、こう伺いましたそうで」

あの時か、と久弥は溜め息を吐いた。参詣客に声をかけられたが、それを聞かれていたらしい。

「失礼とは存じますが、お師匠にはお子様はおられないとか。いや、あの男が怪しげに見えましたのも無理からぬ話。咄嗟にそうおっしゃられたのでございましょう。しかし手前たち奉公人は、火事の日以来身の細る思いで坊ちゃんをお捜ししております。どうか本当のところをお明かしくださいませんでしょうか」

すがり付きそうな様子でこちらを見上げる男に、久弥は寸の間口を噤《つぐ》むと、ゆっくりと頷いた。ここまできたら、隠し立てしても無駄なことだ。

「その通りです。あの子は浜町の外れで拾いました。ぽつんと一人でいましてね」

「やはり。地獄に仏とはあなた様のこと。まことに感謝の申し上げようがございません」

感に堪《た》えぬように絞り出す声を聞きながら、こいつは駄目だな、と胸が冷えるのを感じた。

正吉の月代《さかやき》は剃《そ》り跡も青々とし、きれいに髭《ひげ》をあたった頬は滑らかだ。嬉しげな顔は血色もよく、憔悴の影など微塵も見当たらない。傷だらけで痩せ細っていた青馬の姿が目に浮かび、腹の底がざわざわと騒ぐ。

「しかし、面妖《めんよう》ですな。うちで預かっている子は、あなたの面差《おもざ》しに実によく似ている。ご店主の忘れ形見とおっしゃるが、もしやあなたのお子さんではないのですか?」

じっと男の顔を見下ろすと、正吉は探るように見返してきた。

「滅相《めっそう》もございません。主筋の坊ちゃんに畏れ多い。その、坊ちゃんが旦那さんに何かおっしゃったんで……?」

「まぁ、一通り話は聞きましたよ。名前もないというので驚きましたが。いや、まさかあなたの子であるわけはないな。そうであったら、実の子をあれほど痛めつける非道な真似など、できるはずもないでしょう」

こちらを見上げる正吉の目が、冷たく冴えた狡猾《こうかつ》な光を浮かべる。

「……何をおっしゃっておられるのやら。火事の前にちょいとお怪我はなさっておられましたがね、痛めつけるなぞとんでもない。坊ちゃんが何をお話しになったか知りませんが、火事のせいですっかり混乱してしまわれたんでしょうよ」

久弥は冷ややかに男を見下ろし、がらりと口調を変えた。

「よほど店の身代が欲しいらしいな。まぁ、わからんでもない。主筋の縁戚に相続させてもお前さんは手代のままで、何の旨味《うまみ》もありはしないだろう。店の身代を自由にしたいのなら、自分の子を跡継ぎに据えた方が都合がよかろう」

「……何をおっしゃいます。手前は忠心から店を再建したいだけなんで。坊ちゃんはおかみと旦那様の忘れ形見ですよ。手前はただの奉公人」

不敵な笑みが、男の軽薄そうな唇に浮かぶ。

「今となっては本当に店主夫婦の子なのか証拠もない。ということは孤児も同然というわけだ。私が養い親となるのに不都合はないな」

「旦那、勘弁してくだせえよ」

大店の手代らしからぬ崩れた口調に、荒んだ性根が滲み出すようだった。

「そりゃあ拐《かどわ》かしでございますよ。生き残った奉公人が見りゃ、一目《ひとめ》で坊ちゃんだと言うでしょうよ。何のつもりか知りやせんが、お上に訴えたら旦那が困るんじゃないですかね。あんまり無茶なことは、なさらねぇ方がいいんじゃねぇですか」

「そいつはどうかな」

久弥はじっと男を見詰めて応じる。

「お前さんや店の者があの子をどう扱ったか、お上に知れたら困るのはそちらの方じゃないのか。おまけに密通の罪が知れたらどうなるだろうな。店主夫婦は亡くなっているにしても、ずいぶんと外聞の悪い話だと思うが」

「――どうしても返さねぇってていうんで？」

正吉が目尻を吊《つ》り上げる。邪悪なものがぎらりと双眸に覗いた。

「親として心底あの子を慈しむ気があるのなら、考えんでもない」

「だからあれは俺の子なんぞじゃ……」

静かに男の目を見返すと、口を噤んだ正吉の顔がみるみる赤黒く染まっていく。

「おい……あんまり調子に乗りなさんなよ、旦那。人をこけにすると痛い目みるぜ。こちとら浪人一人くらい、膾《なます》にして大川に放り込むのは屁でもねぇって連中がついてんだ。その若さで魚の餌《えさ》になりたかねぇだろう」

二枚目の顔が見る影もなく醜《みにく》く歪む。どすの利いた声で唸る男を無感動に眺めた。

なるほど、こういう顔をして青馬を折檻していたわけか。

「言いたいことはそれだけか」

はげしい嫌悪感が突き上げてくるのを抑え込み、久弥は踵を返した。

もしも心から改心して青馬への親心を示すのなら、こちらも身を切る思いで手放そうと覚悟してきたのだ。とんだ時間の無駄だった。安堵と落胆とが合わさった、苦い気持ちが腹に溜まっていた。

正吉の、殺気交じりの怒気を背中に感じながら、黙々と足を運ぶ。

さんぴん侍め、という憎しみのこもった声が、闇の向こうから聞こえてきた。

それから数日の間、正吉からの消息はぱたりと絶えた。あれだけ憎悪をむき出しにしてきた男のことだから、何か仕掛けてくるのではと身構えていた。不気味《ぶきみ》な沈黙が針のごとく心に刺さっていて、ふとした拍子に不吉な痛みを起こす。刺客を待ち受けるよりも気が重く感じられ、青馬の無邪気な顔を見るたびに心が波立った。

あれは青馬の実の父なのだ。その当然の真実が、持て余すほど重くてならない。

「妄執の雲晴れやらぬ朧夜の、恋に迷ひしわが心……」

などと青馬が庭で唄っているのが耳に届くと、頬が緩むのと同時に胸が絞られるような思いが込み上げてくる。

『越後獅子』に並行して『鷺娘』をさらいはじめたところだった。『鷺娘』は技巧は元より、表現の奥深さにおいても弾き手の腕を要求する曲である。

久弥が模範演奏で見せる「間」の深淵と静謐を青馬は鋭敏に感じ取り、自らも表現しようと夢中になっていた。音と音の間の緊張感に満ちた間を聴く能力は、音そのものを聞くのと同じくらい重要だ。むしろ間という刹那の虚無の中にこそ、三絃の音の美は凝集《ぎょうしゅう》されると言っていい。虚無ゆえに、次に奏でる音の生命ある響きはいっそう輝きを放つのだ。

青馬の撥捌きは、時に張り詰めた音を斬って捨てるような間を生み出す。こういう音を出せる子供を、久弥は他に知らなかった。青馬のそれは天性のもので、久弥をしばしば瞠目させた。

過酷な境遇で育ったせいか、天稟によるものか、青馬には虚無に耳を澄まし、深淵に向かって跳躍するかのごとき大胆さがあった。

教えたいことが限りなくある。三味線弾きが見ている世界へ、青馬を連れていってやりたかった。己が見ているのと同じ光景を見せてやりたい。その先へと背を押してやりたい。三味線に己の道を見つけた少年と、共に歩いていきたい。どこまでも。

……けれど、そう思うたび、焦燥がちりちりと背筋を焦がした。

皐月の五日を迎えた松坂町では、町屋や武家屋敷のそこここから、無数の鯉のぼりと幟旗《のぼりばた》が盛大に天に向かって伸びる様《さま》が楽しめた。

居間に武者人形を飾り、花売りが運んでいた菖蒲の束と、真澄が差し入れてくれた艶やかな薬玉を軒下に飾ったので、家全体がたとえようもなく華やいで感じられる。

縁側に出て鯉のぼりを眺めていた久弥は、行儀悪くごろりと寝転がった。居間で柏餅を頬張っていた青馬が、それを見て目を丸くする。久弥がにこりと微笑むと、弾けるようにケタケタ笑った。それから真似をして側にころりと寝転がり、久弥の頭に自分の頭をくっつけて空を仰ぐ。

真鯉の群れが尾鰭《おひれ》を上げて蒼穹《そうきゅう》を泳ぎ、鮮やかな幟が誇らしげに翻る。それを満ち足りた表情で、楽しげに見上げる青馬の横顔にじっと見入ると、久弥は一緒に空を見上げ、薫風《くんぷう》に目を細めた。

六

正吉から二通目の文が届いたのは、最初の対峙から七日後の夜のことだった。広げてみると、あれはおっしゃる通り我が子である、と率直に告白してあった。

若気の至りで主を裏切り、いたいけな子をいたぶるような非道な真似をしたことを、心から悔いている。店のことなぞ関係ない。ただ己の子に詫《わ》びて、許されるのであれば慈しんで育てたい。どうかもう一度だけ話をさせていただきたい。そのうえで子は返さぬとお考えなら、潔《いさぎよ》く身を引く、と結んであった。

待ち合わせの場所は、御竹蔵《おたけぐら》の馬場の掘割とある。久弥は男の本心を探るように、幾度も文を読み返した。だが、話をしないことには埒《らち》が明かぬ。これで身を引くというのならそれでいい。もしも万が一、心底まっとうな親心を取り戻したのなら、青馬に話をして、どうしたいかいま一度考えさせよう。

所詮《しょせん》、人の親になったことなどないのだ。どんなに久弥が慈しんだとしても、実の親には到底及ばないのではないかという気もしていた。

こんな遅い時刻に青馬を一人きりにするのは不用心であるし、青馬が不安になるだろう。けれども、一旦《いったん》生じた迷いと自信の揺らぎが、躊躇する心を振り切らせた。

「青馬、ちょっと人に会いに出てくる。なに、二町ほど先の場所で、ひと言ふた言話すだけだ。ひとっ走りしてすぐに帰ってくるよ」

まだ床に入らずに三味線をさらっていた青馬は、見る間にしょんぼりと萎《しお》れた表情になったが、こっくりと頷いた。

提灯を片手に、刀を差して家を出ると、久弥は大股に目的地へ急いだ。


御竹蔵の南側にある馬場を掘割越しに見ながら、武家屋敷の長い塀に沿ってゆっくりと歩く。初夏の湿り気を帯びた空気に、どこかの屋敷の梔子《くちなし》の香りが甘く漂っている。皓々《こうこう》と明るい月が天頂近くに輝き、通りを海の底のように青く照らしていた。

通りに正吉の姿を探していた久弥は、鋭く踵を返すと左手で刀を引き上げた。

通りの先にわだかまった闇から湧いて出るように、人影が三つばらばらと駆けてくる。久弥は武家屋敷の壁を背負って立つと、前に立ち塞がった三人をさっと見回した。

どの男も単《ひとえ》を尻端折りにし、顔には頬かむりをして、匕首《あいくち》でも呑んでいるのか懐に手を入れている。

「何か用か」

提灯を掲げて低く問うと、くぐもった笑い声が返ってきた。

「いや、旦那にゃ用はねぇんだがよ。ここでちっとの間、俺らと遊んでいてくれりゃいいのさ」

何だと、と訝しんだのを察してか、笑いが高くなる。

「ここでしばらく時間を潰したら帰してやるよ。ま、多少痛い目を見てもらえって言われてるがな。悪く思うなよ」

久弥は眉間に力が入るのを感じながら、男たちを睨みつけた。

不意に、何が起こっているのかを覚った。

「……正吉の指図か」

ここに久弥を足止めし、正吉が松坂町の家に青馬を取り返しに向かう手筈か。

こんなふうに力ずくでくるとは思わなかった、己の馬鹿正直さを一瞬呪《のろ》った。

久弥が戻ったのかと半纏を着て玄関に駆けてきた青馬が、青ざめて立ち竦む姿が脳裏を過る。

――青馬。

閃くような怒りと焦燥が胸に走るのを抑えつけ、提灯を放った。じわりと腰を落とし、左手で刀の鍔元を握る。提灯が音も立てずに燃え上がり、赤い炎に男たちの姿がゆらゆらと浮かび上がった。

「おい、やめときなよ。刀なんぞ使えるのかい、浪人の旦那」

「てめぇの足を斬らねえように気をつけなよ」

ぎらりと冷たい光を反射する匕首を握り、男たちがへらへらと嘲笑う。

刹那、久弥は電光のように動いた。

鞘《さや》ごと引き抜いた刀を目にもとまらぬ速さで繰り出し、右にいた男の心窩《しんか》に柄を叩き込む。男が体を折り、物も言わずに崩れ落ちるのを横目に身を翻し、真ん中に突っ立っている男の前に跳《と》んだ。次の瞬間には、伸び上がりざま柄頭《つかがしら》で顎を打ち抜いている。骨の砕ける音と共に男の体が宙に浮き、歯をまき散らしながら倒れる頃には、ぽかんとしている左手の男に向かって鋭くつま先を飛ばし、匕首を弾き飛ばしていた。

「あちっ」

悲鳴を上げた男の鳩尾《みぞおち》に柄頭を打ち込む。男が突き飛ばされたように一間も吹っ飛び、ごろごろと道に転がった。

それを見届けることもせず、久弥は飛ぶように走り出していた。生暖《なまあたた》かい皐月の宵を切り裂いて、瞬く間に二町を駆け抜け松坂町を南に下る。

木斛《もっこく》の垣根の向こうに、ぼんやりとした灯りが漏れる玄関土間が見える。戸口が半ば開いているのを見て、冷たい炎で胸の底を炙られた気がした。戸を開け放つなり上がり框に飛び上がり、廊下を走る。気配は台所にあった。

板敷に駆け入った久弥の目に、黄色がかった行灯の灯りの中、柱にしがみついている青馬と、それを引き剝がそうと躍起になっている正吉の姿が飛び込んだ。

「この餓鬼が！」

正吉が歯をむき出し、怒りに顔を赤黒く染めながら青馬の髪を鷲掴《わしづか》みにしている。力任せに小さな背を足蹴《あしげ》にするたび、青馬は柱に叩きつけられてくぐもった悲鳴を上げた。目の前が赤く染まる。男に肉薄した久弥は、えっ、と振り向いた男の襟首を掴むが早いか、はげしい怒りと共に土間へ投げ飛ばした。

一直線に宙を飛び、竈《かまど》に頭と背中を嫌というほど打ち付けた正吉が、ぎゃっ、と悲鳴を上げる。がらがらと鍋や茶碗が土間に落ち、けたたましい音を立てた。

「失せろ」

板敷の端に立ち、泣き喚《わめ》いている男を見下ろしながら、久弥は氷のような声音で唸った。

「金輪際《こんりんざい》この子にかかわるな。次に姿を見せたら斬る。それとも今すぐ……」

左手に握った刀の鯉口を切る。

髷を乱し、口の中を切ったのか、唇を赤く染めた男が茫然とこちらを見上げる。頰に幾筋も赤いみみず腫れが見えるのは、青馬が爪を立てたのだろうか。正吉の目が、触れれば切れるような殺気を放つ久弥の双眸と、肌が青白くなるほどの力で鞘を握る左手に注がれる。

「……わ、わか、わかった。わかった。た、助けてくれ」

顔色を失って震え出しながら、正吉は血の混じった涎《よだれ》を滴らせ、上擦った声で懇願した。必死の形相で土間を見回し、勝手口を見つけるや否や呻き声を上げて這っていく。

庭へまろびでた男の乱れた足音にしばし耳を澄ませてから、久弥はようやく気を緩めた。静まり返った板敷を見渡せば、突風が荒れ狂った後のような有様だ。板敷の入り口近くには久弥の半纏も落ちている。台所へ逃げる青馬に正吉が追いすがり、揉み合ううちに脱げたのだろう。

青馬は、まだ柱にしがみついてがくがくと震えている。

「……遅くなってすまなかった。痛かっただろう」

久弥は刀を置いて青馬の前に膝をつくと、努めて落ち着いた声を出した。

蒼白な顔にびっしょりと汗をかいた青馬は、亡霊にでも遭ったかのごとき恐怖の色を焦点の合わぬ両目に浮かべていた。着物の襟は歪み、掴まれた髪は乱れ、顔に幾筋も張り付いている。殴られたのか右の頬が赤く染まり、唇の端に血が滲んでいる。ふと見ると、青馬の震える足の下に水溜まりができていた。

馬鹿め、と自分を殴りつけたくなるほどの後悔に襲われた。逃げ惑いながら、どれほど久弥を呼んでいただろうか。どれほど、助けを求めていただろうか。

洪水に流されまいとするように柱にしがみついている子供に、久弥はそろそろと両手を差し伸べた。

「もう怖くないぞ。そら、おいで」

低く囁くと、ぼやけていた目の焦点がようやく合った。久弥の顔と両手を交互に見ながら、青馬はやがて血の滲んだ唇を動かした。

「……粗相をしました。相すみません」

刺されるような胸の痛みを堪え、久弥は目元を緩めて見せる。

「まぁ、そういうこともある。小便なんぞ拭けばいいさ」

ひょいと脇の下に手を入れて抱き上げると、青馬はすんなり柱から手を離した。膝に乗せて袂で包み、背をやわらかく叩く。瘧のごとく体をわななかせ、青馬は無言でされるがままになっている。

少年の全身が水でも浴びたかと疑うほど汗みずくになっているのを感じ、胸が震えた。

恐怖に襲われながら、死に物狂いで抗ったのだ。

「……一人で、よくやった。偉かった」

食い縛った歯の隙間から言葉を押し出した瞬間、青馬は喉が潰れるのではないかという大声を上げて泣き出した。

後から後から溢れる涙を拭おうともせず、火がついたように泣く子を、久弥は力を込めて抱き締めた。細い両手が襟首を引き千切《ちぎ》らんばかりに掴む。青馬が顔を押し付ける襟元が、たちまち生あたたかく濡れた。

体に響く慟哭《どうこく》をじっと聞きながら、いつしか久弥は小声で唄っていた。

「……打つや……太鼓の音も澄み渡り……」

間断なく迸《ほとばし》る泣き声にかき消されるのも構わず、耳元で子守歌のように唄う。

青馬のはげしいしゃくり上げに合わせて、声が乱れた。

……角兵衛角兵衛と招かれて
居ながら見する石橋の　浮世を渡る風雅者
うたふも舞ふも囃すのも　一人旅寝の草枕……

青馬の父親はそれっきり姿を現さなかった。ほどなく、『春日』は内儀の縁者が引き継ぐことになり、手代の正吉は江戸から姿を消したらしい、と連れ立って庭に現れた橋倉と辰次から聞いた。

「辰次親分に聞いたんだが、店の床下に埋めてあった千両箱を、こっそり掘り起こしたのがばれたんだそうだぜ。つくづく辛抱のきかねぇ野郎だ」

それに気づいた主筋の縁者が町奉行所へ訴え出たために、お縄になる前に姿をくらましたのだという。おまけに、分け前をちらつかせて、顎で使っていた破落戸《ごろつき》どもにも狙われているらしい。

「御番所で行方を捜してるが、まぁ滅多なことじゃ御府内に戻ってくることはねぇだろうよ」

懐手《ふところで》にした辰次は、切れ上がった目で久弥を睨むようにして言うと、

「……そういうことだから、安心しなよ、青馬」

青馬にはやさしげな視線を向けて、ぷいと庭を出ていく。

「素直じゃないねぇ、まったく」

橋倉と顔を見合わせて笑いながら、久弥はようやく安堵したのだった。

それからすぐに町役人を訪ね、橋倉の口添えも得て、迷い子である青馬を預かる許可を得た。これで人別帳にも記載ができるから、まっとうに暮らしていくのに不便はなくなる。

青馬を案じて現れた真澄は、それを聞くと頬を上気させてしばし絶句した。それから、よかったこと、ほんとによかったこと、と潤んだ声で繰り返しながら青馬をかき抱いた。青馬は子馬のようにつぶらな目を伏せ、くすぐったげに声を立てて笑った。

数日後、黒紋付を身に着けた久弥は、江戸紫の油単《ゆたん》を被せた長箱を抱え、青馬を伴って近江屋の隠居、文右衛門が暮らす深川木場《きば》の屋敷へと足を運んだ。

「お師匠様、演奏をするんですか？」

不思議そうに長箱を見る青馬に、久弥は黙って微笑んだ。

材木豪商が別荘を構える木場周辺には豪壮な屋敷が立ち並び、高い生垣の向こうに美しく丹精された庭園が垣間見える。そのうちの、ひときわ瀟洒《しょうしゃ》な数寄屋造《すきやづく》りの屋敷が、隠居の住まいだった。文右衛門は大いに喜び、広大な庭に能舞台を望む座敷にちんまりと座った青馬を、目を細くして眺めていた。

「身寄りがございませんでしたのを、このたび私が引き取ることになりました。手前味噌ですが、三味線に才のある子です。まだ正式に養子となってはおりませんが、私の子として、お力添えをいただけたらありがたく存じます」

「よろしくお願い申し上げます」

頬を強張らせながらも、しっかりとした口調で言って、青馬は久弥と共に頭を下げる。青馬が纏っている紋付袴は、久弥が子供の時分に舞台用に着ていたものだ。慣れない正装にぎくしゃくしながらも、あどけない面差しを精一杯引き締めている様子は微笑ましかった。

「これは驚きましたなぁ。お師匠がお跡取りを迎えられるとは」

文右衛門が、孫を見るような慈愛を目に浮かべる。

「そのうち、この爺《じい》にぜひ演奏を聞かせてくださいよ、青馬さん」

「……はい。精進いたします」

耳を赤く染めながら青馬が答えると、文右衛門は微笑んで幾度も頷いた。

やがて、薄紅の撫子《なでしこ》と緑の楓《かえで》の葉、それに白団扇《しろうちわ》に金魚を象《かたど》った練り切りを供されると、青馬は感嘆に息を詰めてしばし見惚れた。

「お師匠様、この綺麗なものは何ですか」

それは練り切りという菓子だと答えると、少年が青ざめた。

「これを食べるんですか？」

悲愴な声で囁くのを隠居が聞いて、喉を鳴らして楽しげに笑う。

「菓子も音曲も、似ておりますな。どちらも二度と同じものはない、転瞬の芸だ。儚くも、美しい。そして、人の心を慰める。いいものですなぁ」

しみじみと言う隠居の言葉に、青馬は大きな目を向けて聞き入り、皿の上の色とりどりの菓子を見下ろした。

「……はい。そう思います。お師匠様の唄と三味線を聴くと、とても慰められます。

それに、幸せな心地になります。お師匠様はお江戸で一番だと思います」

そこまで言ってふと言葉を切り、考え直したように神妙に続ける。

「あの……でも、お江戸の外のことはよく知りませんが、お師匠様はお江戸一ではなくて、きっと日《ひ》の本《もと》一だと思います」

途端に茶でむせかけた久弥を見て、隠居は肩を揺らして笑った。

結局、青馬は一切れ食べた白あんの美味しさに身を震わせ、一口、また一口と、撫子と楓の練り切りを平らげた。しかし金魚はどうしても哀れで食せないと言い、懐紙《かいし》に包んで大事そうに袂に落としたのだった。

「よかったら、庭で遊んでおいでなさい」

文右衛門が勧めると、青馬は、はい、と声を弾ませ、深々と礼をして庭へ出ていく。

隠居は目を和ませてそれを見送った。

「賢そうな子だが、幼子のように無垢ですな。お師匠を慕っているのがよくわかる」

久弥は思わず微笑んだが、すぐに笑みを消し、形を改めて文右衛門に向き直った。

青馬の出自について『春日』の一件を語ると、隠居は顎に皺を刻みながら絶句した。

「まさか、あの子が行方知れずのお子でしたか……」

痛ましげな表情を目に浮かべ、数奇なこともあるものだ、と呟く。

「お師匠に拾われたのは幸運でしたね。おまけに、三味線の才があるとは、巡り合わせの妙としか思えない」

庭に目を向けしみじみと嘆息する隠居に、久弥は静かに切り出した。

「……ご隠居。今日お伺いしたのは、ご挨拶のためでもありますが、もう一つ、お願いしたいことがあるのです」

「ほう。何でしょう？」

久弥は傍らの長箱を膝の前に滑らせると、江戸紫に丸に剣片喰紋を白く染め抜いた油単を解き、そっと蓋を外した。文右衛門の視線が注がれるのを感じながら、中に収められていた三味線を押し出す。

「……おお、『春駒』ですか」

文右衛門は目を輝かせながら身を乗り出すと、絢爛《けんらん》極まりない三味線に見入った。

「美しい姿だ。見事なものですな。音色の素晴らしさといい、惚れ惚れします」

魅了された様子で三味線を愛《め》でていた文右衛門は、我に返ったように久弥を見上げた。

「で……なぜこれを」

「はい。ご隠居は薄々お察しかと思いますが、私は少々厄介な家の生まれです。……悪くすると、青馬を養子にしてやれないまま私は命を落とすかもしれません」

感情を交えぬ声を聞きながら、隠居がみるみる表情を曇らせる。

「もし私に何かが起きて青馬が独りになってしまった際に、ご隠居に後見役をお願いできれば、あの子の将来にこれほど安心なことはありません。厚かましいことは重々承知のうえで、それをお願いしに参りました」

『春駒』に視線を落とすと、久弥はかすかに苦笑いした。

「生憎《あいにく》、ご隠居に差し上げるのに値するものといえば、これくらいしか持ち合わせておりません。よろしければお手元に置いてくださいますか」

文右衛門は穏やかな久弥の顔を食い入るように見詰め、しばし呆然としていた。

「……これは、古近江《こおうみ》の傑作でしょう。値のつけようもない逸品を」

隠居の顔が、不意に歪む。

「お師匠、あなた、そこまで……」

「大したことではありません。これは確かに稀有な品ですが、いい音で鳴る三味線は他にもあります。ご隠居の方が価値をおわかりかもしれないし、うちのような家に置くよりも、ご隠居のお住まいにあった方が相応しいでしょう」

久弥はそう言って躊躇なく叩頭《こうとう》する。隠居はそのまま動かない久弥を無言で見詰めていたが、やがて長々と息を吐いた。

「……お気持ちのほどは、よぉくわかりました。私も倅も喜んでお力添えをいたしましょう。でも、この三弦は受け取れませんよ」

慌てて顔を上げた久弥に、三味線をそっと押し戻してくる。

「私が持っていても宝の持ち腐れ。これは名手の手にあるのが一番です。私はお師匠の腕に惚れ込んでいるんですからね」

やわらかく、しかしきっぱりとそう言いながら、文右衛門は微笑んだ。

言葉もなく隠居を凝視していると、不意に庭で軽やかな足音が立った。

青馬が咲き乱れる赤や紫の皐月や、純白や紅の濃淡が美しい豪奢《ごうしゃ》な芍薬を眺めてうっとりとし、側で雀が飛び跳ねるのを見て笑っている。かと思うと、蓮の葉が浮かぶ池の縁にしゃがみ込み、錦鯉《にしきごい》でも泳いでいるのか、熱心に水の中を覗き込む。羽織の袂を地面に摺りそうになり、慌てて立ち上がってあたふたする。次いで、中に入れた練り切りの金魚のことを思い出した様子で、急いで袂の中を確かめるのを見て、隠居がくつくつと笑った。

「愛らしいものだ」

やがて笑いを収めると、久弥の顔に目を戻してぽつりと問う。

「お師匠は、仇持《かたきも》ちなのですかな」

「仇……とは少し違います。身内に私を除こうとしている者がおりまして、なかなか諦めてくれないのです。幸い、青馬に害が及ぶ心配はありませんが」

文右衛門が、顔の皺を歪めながら唇を引き結んだ。

「だから、お師匠は独り身を通していたんですな」

「……その通りです。しかし、いつ死ぬかわからないから、ということだけが理由ではありません」

「――お血筋を、残さないようにですか」

静かな目で隠居を見返すと、老人は喉の奥で唸るような音を立てる。

思料に沈みながら茶を口に運び、やがて隠居は顔を上げた。

「お師匠は、柳橋で遊ぶことはありますか」

唐突な問いに、久弥は思わず目を瞬かせた。

「いえ……お呼びがかからない限りは。遊び方も心得ていませんしね」

ふむ、と隠居が頷く。

「真澄さんのお座敷を見てみる機会があるといいですな。あの人は売れっ子なんですよ」

はぁ、と首を傾げた。真澄が名の知られた芸妓なのはもちろん承知している。

「いや、お師匠は粋筋と仕事をなさるわりに、実際のところをよくおわかりでない。あの人には幾人も太い贔屓《ひいき》が付いているんですよ。柳橋芸者は転ばないのが身上ですが、そこは人のすること。中には心底惚れ込む男だっていますよ」

いったい何の話かと訝しんでいた久弥だが、次第に頬を強張らせていた。転ぶ、とは色を売ることを指す隠語だ。

「それというのも、私の隠居仲間のお孫さんが真澄さんに執心でしてね。大火の少し前でしたか、世話をしたいと持ちかけたそうなんですよ」

隠居の顔を凝視して、久弥は身を硬くした。

札差を商う豪商『伊勢屋《いせや》』の若旦那で芳太郎《よしたろう》といい、二十九だという。五年ほど前に難産で妻と子を亡くし、以来独り身であるそうだった。

「それも、妾ではなくお内儀に迎えたいとおっしゃっているそうでしてね」

顔から血の気が引いた。豪商の妻に芸者を迎えるとなれば、家人や奉公人からの反発はひととおりではなかろう。よほど真剣に惚れ込んでいるのに違いなかった。

「ところが、色よい返事がまだ来ないらしくて、気を揉んでいるようです」

細くした目でこちらを見詰め、隠居が平坦な声で言う。

……大火の少し前。

久弥は小さく息を呑んだ。大火の直後に訪れた真澄の様子が、急に鮮明に思い出される。妙に寂しげな瞳をして、青馬を見てらしくもなく動揺していた……。

――私もあなたのような天稟があれば、拾っていただけるのかしらねぇ。

なぜそれを己に話すのか、と久弥は訊ねなかった。何も、言うことができなかった。

「……真澄さんほどの芸者であれば、旦那はこれからも持とうと思えば持てるでしょうが、素人《しろうと》さんと一緒になりたいなんてことになるとね。花の盛りに叶わぬ夢を見て、気がついたら年ばかり取っていたというのは、見ていて切ないものがある」

掠れ気味の柔和な声であるのに、耳がひりひりと痺れるように錯覚する。

「……引導を渡してやれと、おっしゃるんですか」

押し殺した声で訊ねると、隠居は表情の読めない目でこちらを見詰めた。

「さぁ。しかし、才がなければ、いくら好きでも続けたところで無駄なことはありますでしょう。……先もないのに夢を見させるのも、残酷な話だとは思いませんか」

愕然として、久弥はみるみる青ざめた。

氷を胸に押し当てられたようだった。真澄が久弥を諦めないことを、哀れみながらその実嬉しく思っている。先などない、望みなどないというのに、娘に夢を見させている。

己の浅ましさに狼狽えながら、下を向いて声を震わせる。

「――私は、欲が深いのです」

すると、かすかに笑いを含んだ声が耳に届いた。

「いや、逆ですよ。あなたは欲がなさすぎる」

思わず顔を上げる。老人は、皺に埋もれそうな両目を和ませて微笑むと、

「青馬さんを引き取ったと聞いて、お師匠も少し欲を出されたかと嬉しくなったんで

すよ。……お師匠。あなたはもっと、自分に欲を持つべきだ」

顔の皺をいっそう深くして、そう言った。


文右衛門の屋敷を辞し、小名木川《おなぎがわ》に出て舟に乗ると、六軒堀《ろっけんぼり》を遡り竪川へ戻った。仲夏《ちゅうか》のあたたかく湿った夕風が、青馬の羽織の袖を時折ふわりと膨らませる。川面を覆う光の綾を目に映し、船腹を洗うちゃぷちゃぷと心地いい水音に耳を傾けていた青馬は、竪川に出て一ツ目橋へ向かっている舟の上でふと顔を上げた。

「……あの、お師匠様。真澄さんの家はこの近くですよね。真澄さんにこのお菓子をあげたいです。お家に寄っていってもいいですか」

大事そうに掌に載せた、懐紙に包んだ練り切りを見下ろしながら言うので、久弥は小さく笑みを浮かべた。

「それは構わないが、真澄さんはお座敷に出てしまってきっと留守だろう。生菓子だから時を置くと味も落ちる。そいつはお前が食べなさい」

青馬はひどく残念そうに、はい、と頷いて包みを袂に落とす。

「真澄さんにはこの間のお礼をしないとならないから、何かあげるものを考えよう」

静かに言うと、少年はぱっと表情を明るくした。

「それなら、真澄さんが喜ぶものがあります」

「心当たりがあるのか」

はい、と勇んで頷いた瞳に、川面の夕日が照り返っている。

「お師匠様の半纏が欲しい、と言っていました」

久弥はぽかんとして目を見開いた。

「私の半纏なんぞ、どうする。もう暑くなるし、第一、真澄さんには大きすぎるだろう」

「でも、初めてお会いした時に言ってました。いいなぁって」

青馬が懸命に言う。最初に真澄と会った時、青馬は久弥の半纏を着ていた。久弥が茶を淹《い》れに立った際、娘はそれのことを訊ねたのだという。

「あのう、お師匠様の半纏は、お師匠様の匂いがします。怖い時とか、寂しい時に着ると、それがなくなる感じがします」

秘密を明かすように小声で言う。

「だから、お師匠様にお願いして、着ていいとお許しをもらったと言ったら、いいなぁと言っていました」

真澄は青馬が脱いで畳んだ半纏に手を伸ばし、触ってもいいかしら、と言ったという。悪戯っぽく、しかしどこか悲しげに微笑む、娘の顔が見えた気がした。

いたたまれずに青馬から目を逸らす。

半纏を愛おしげに撫でる細い指が目に浮かび、鈍い痛みが喉を掴んだ。

唐突に舞踏曲の『二人椀久《ににんわんきゅう》』を思い出す。豪商の椀屋久兵衛《わんやきゅうべえ》が、花魁・松山《まつやま》への恋に狂い、松山の幻影を夢に見ながら死んでいくという筋書きだ。その幻想に現れた松山は、椀久がかつて着ていた羽織をまとい、片袖を椀久と思って眺めていると語るのだ。幾度となく真澄とさらったその曲が、奔流《ほんりゅう》のように耳の奥で鳴っていた。

真澄は文右衛門の紹介で弟子入りした娘だ。隠居は名手と謳われる久弥の名を聞きつけて以来、門人として稽古に通う傍ら、これは、という人を弟子に薦《すす》めることもあった。

齢《よわい》二十の真澄は咲き綻ぶ花のような美貌《びぼう》の娘だったが、久弥の門人には粋筋の女は幾人もいる。容色の優れた女は見慣れていたし、己を厳しく律して暮らしていたから、それだけで心が動くことなどない。十九で天涯孤独となり、自前の芸者として身を立てていると知って、ずいぶんと芯の強い娘だとは思った。

弟子入りした時には、真澄は並の芸者の腕前を超えていたが、まだまだ下手《へた》なのだと言って『二人椀久』の「タマ」と呼ばれる即興部分を繰り返し練習していたものだ。自分の芸に妥協を許さない娘だから、教え甲斐《がい》があった。難曲である『二人椀久』は久弥も好んで弾く曲で、手加減なしに合わせられる相手がいるのも楽しかった。

真澄の稽古を心待ちにしていることを、いつしか覚った。それは真澄の腕前のせいなのだと、己に言い聞かせていた。特別な理由などない。充実した稽古が楽しいだけなのだと。けれども、姿を見れば心が騒ぎ、視線が合うたび息が止まる。そうして幾月かが経った稽古の日、棹の上をめまぐるしく走る真澄の左手を見ていた久弥は、どきりとした。

「真澄さん、血が……」

手を止めた真澄が、ああ、ときまり悪げに左の薬指を見下ろした。

「爪が割れてしまって……嫌ですねぇ、芸者がこのくらいで爪を傷《いた》めるなんて」

三味線を弾くわりに白魚のように美しい指先に、うっすらと赤みを帯びた厚地の紙がくるりと巻いてある。赤い軟膏《なんこう》を塗ってあるのでびっくりしますでしょ、血ではないんですのよ、と言って仄かに笑う。

どこか途方に暮れた表情で、睫毛を翳らせて自分の細い指先を見下ろす娘を見て、突然、泣いているかのように胸が鳴るのを聞いた。

その手に触れたい、と無性に思って狼狽《ろうばい》する。ほっそりと嫋やかな体に、爪を割るほどの情熱と、気概と、寂しさとを秘めた娘の白い手を、自分の手で包みたくてたまらない。痛みのような、哀しみのようなものがあたたかい雨のごとく胸の内を濡らし、拭っても拭っても止まなかった。

それが、恋しい、という気持ちなのだと、その時は気づかなかった。気づきたく、なかった。

――固く律していた心に、亀裂が入った。あれがその瞬間だったのだろう。

幾度か浅く呼吸すると、久弥は眩い川面に視線を置いたまま平静を装った。

「……それは、本当に私の半纏が欲しいわけじゃない。あげても喜ばないよ」

「そうなんですか……」

青馬はがっかりしたように眉を下げた。

文右衛門の、表情の読み取れぬ眼差しが脳裏を過る。

今のようなしがらみの中にいて、何ができるというのか。真澄をこれ以上悲しませて、どんな意味があるというのか。水の匂いのする風を受けながら、赤く燃えはじめた狭い空を見上げ、久弥はきつく瞼を閉じた。

青馬の手を取り、寄り添うように歩く娘のすらりとした後ろ姿が、目に浮かぶ。

欲を持つことなど、できるわけがなかった。

七

その日は、朝の稽古がはじまる前に、橋倉が善助と勇吉を連れて庭に現れた。

「坊主たちが汐干狩《しおひが》りに行きたいっていうんでよ、洲崎に行こうと思うんだが、一緒にどうだい」

今を盛りと咲き誇る皐月躑躅《さつきつつじ》を背景に、笊《ざる》やら手桶やらを提げた橋倉が言った。

江戸には芝浦《しばうら》、高輪《たかなわ》、品川沖《しながわおき》、佃沖《つくだおき》と、汐干狩りの名所があるが、深川洲崎もことに人気がある。

青馬を連れていきたいのは山々だったが、稽古がある。すると橋倉は、

「そんなら青馬だけ連れてってやるよ。二八蕎麦《にはちそば》が出てるだろうから、昼飯も食わせてさ。夕飯頃には帰ってくるよ」

と鷹揚《おうよう》に言う。

「それはもちろん……青馬、どうする」

青馬は久弥を見上げ、次いで俯いてもじもじと袂を弄んだ。

「青馬、行こうよ」

「ねぇ、楽しいよ。貝がざくざく獲《と》れるよ。魚もいるかも。蕎麦も美味いよ」

橋倉兄弟がぴょんぴょんと弾むようにして声を立てると、青馬が頬を緩める。

こっくりと頷くのを見て、兄弟は小鳥のように囀《さえず》って歓声を上げた。

小遣いに、手ぬぐいだの手桶だの、水筒だのを持たせると、青馬は見送る久弥を振り返り振り返りしながらも、善助に手を引かれて楽しげに歩いていった。

土間に入るなり、家の中がやたらと静かに感じられた。ほんの二月前まではこれが日常だったのだと思うと、何だか妙な心地がする。いないとわかっているのに、つい家のそこここに青馬がいるように錯覚し、振り返ってみては苦笑いした。

午前の稽古を終え、簡単に中食を取ってしばらくした時、戸口を訪う声が聞こえた。

上田縞《うえだじま》の羽織と小袖を着流した、押し出しのいい男が立っていた。涼しげな目元は穏やかな人物をうかがわせる。男は小さく息を吸うと、躊躇いながら口を開いた。

「……不躾《ぶしつけ》でございますが、岡安師匠でいらっしゃいますか。私、浅草『伊勢屋』の倅で、芳太郎と申します」

どこかで聞いた名だ、と思った途端、『近江屋』の隠居の声が耳に蘇り、心ノ臓がぎゅっと縮んだ。真澄を後妻に迎えたいと言っているのは、この男か。

久弥は息をするのも忘れたまま、芳太郎の顔を凝視していた。

「――お師匠は、本所の方ですか」

居間に招じ入れて茶を出すと、庭の赤紫の皐月躑躅に目を置いていた男が口を開いた。

「元は向島におりました。本所は、六年ほどになります」

「ほう、向島ですか。結構なところで」

久弥に顔を向け、興味があるのかないのか判然としない口調で言う。

「真澄さんがお弟子になって、どのくらいですか？」

「……三年です」

左様でございますか、と芳太郎が呟いた。

「お師匠の稽古に通っているという話は、何度か聞いたことがありましてね。ああそうなのかと、思う程度で」

久弥は何と相槌を打ったものか迷い、ただ沈黙した。

「……失礼ですが、お師匠は、ご家族は？」

「息子が、一人。養子のようなものでして」

「ほう。ご養子なのですか」

芳太郎が興味を惹《ひ》かれたふうに瞬きする。

「私は五年ほど前に妻を難産で亡くしまして、生まれた子も救えませんでした。女の子でしてね。以来、誰とも添う気になれませんで。いっそ養子をとも考えたんですが、さりとてそこまで踏み切れず。いろいろ億劫《おっくう》になりまして、ただもう、ひたすら商いに没頭しておりました」

独り言のように語りながら、茶を一口含む。

「……そんなことをして過ごしていたら、少し商い以外のことをしろと、悪友に酒席へ引っ張り出されまして。その時、真澄さんにお会いしたんです」

静かに座している久弥を見て、ふと苦笑いを浮かべた。

「それで、この人と添いたいものだと思い込みましてね。後妻なんぞご免だろうとは思ったんですが、どうしても、と。まぁ、見事に昨日振られたわけなんですが」

ぎくりとして視線を上げると、表情を消した芳太郎の目と出合う。

「――何年も、慕っている方がいるのだそうです」

急にすべての音が遠くなった。額は冷たく強張るのに襟足は熱くなり、息ができない。浮舟さえも望めなかったものを、真澄は蹴ったという。先などありはしない恋のために。爪を立てるようにして両の膝を掴んだまま、久弥は心ノ臓の轟《とどろ》きを凝然と聞いていた。

「……どうも、私は未練がましい人間でして。そういうわけで、岡安様がどんな方なのか、ちぃと見たくなったんです。年甲斐もなく馬鹿でしょう」

茶碗をあおると、男は自嘲気味に小さく笑った。

「……なるほど。私なんぞの出る幕ではないですな」

芳太郎から目を逸らし、唇を噛み締める。この男は真剣だったのだ。誠実で、男気がある。あらゆる反対を押し切ってでも、真澄に人生を懸《か》けようと腹を括《くく》っていたのだろう。心が鈍磨《どんま》する冷たい孤独を溶かしてくれる女と、ただ共に生きたかったのだ。

それが手に取るようにわかることが、辛かった。

「ま、あれです。死なれるよりは、振られる方がずっとましというものです。あの人が幸せならいい。そう思うことにしますよ。痩せ我慢ですがね」

天井を仰いで、己を鼓舞する声音で芳太郎が言うのを聞いた途端、思い切り殴りつけられた気がした。

「……どうなさいました？」

蒼白になった久弥の顔を見て、芳太郎が訝しむ。何でもありません、と震える唇で呟くと、久弥は膝を掴んだ両手に力を込めた。

己の不実さに茫然とする。その通りだ。ずるずると己などに縛り付けず、遠くから真澄の幸せを願うことがなぜできなかった。何一つ報いることができないのなら、手を離すべきだった。それが、せめてものやさしさだったのだ。

ある日突然、見知らぬ子供を育てはじめた久弥を見て、真澄はどれほど苦しんだだろう。これまで決して、誰も懐に入れなかったというのに。三年が経っても、一歩たりとも、真澄には立ち入ることを許さなかったはずなのに。真澄にしてみれば、青馬は年頃の女ではないから別なのだ、などとは思えなかっただろう。

それさえも呑み込んで、真澄は青馬を愛おしんでくれる。久弥が慈しむものを、真澄もまた慈しんでくれることが、ただ嬉しかった。真澄と思いを通わせることができなくとも、心の奥深くにあるものを分かち合えることに、喜びを感じていた。

軽率だった。あまりにも身勝手だった。

もっと早くに、引導を渡してやるべきだった。未練があったのは久弥の方だ。諦めきれず、真澄に三年も無用の苦痛を強いたのは、己なのだ。


芳太郎が暇乞いをして去った玄関で、久弥は静かに心を決めた。

もう、真澄を自由にしてやらねばならない。間を置けば決心が揺らぐ。今ならまだ真澄は家にいるはずだ。

生垣を出て竪川へ向けて歩き出したその時、息が止まりそうになった。

数人の侍たちが垣根に沿って歩いてくる。

供侍らに守られた、小槇山辺家上屋敷の側用人である神谷丈太郎《かみやじょうたろう》、浜野隼一郎、本間和興《ほんまかずおき》の姿が見える。一行は久弥の姿を認めると、少し手前で歩みを止めた。

無言のまま一行を凝視する。上屋敷の重臣たちが自ら出向いてくるなど、ついぞないことだった。彼らの目が一様に泣き腫らしたように赤らんでいるのを見た刹那、喉笛を掴まれたように身が竦《すく》んだ。

「先触れもなく罷《まか》り越しましたこと、何卒《なにとぞ》お許しくださいませ。火急にて申し上げたき儀が出来《しゅったい》いたしましてございます」

進み出てきた神谷が深く腰を折り、低い声音で切り出す。三名の側用人のうちもっとも年長で、五十をいくつか過ぎているはずだ。側用人の上席として長年采配をふっているのはこの男だった。

一瞬の、鋭い沈黙が胸に刺さり、咄嗟に耳を塞ぎたい衝動が込み上げる。

「……昨夜、お手当ても虚《むな》しく、彰則様が……」

目の前がすっと暗くなった。耳の奥が痺れ、心ノ臓の荒々しい音だけがごうごうと轟いている。息が浅くなり、体が冷たく凍えていく。

彰則が、死んだ……。

神谷が顔を上げ、赤みを帯び、鬼気迫る光を宿した目を、ひたと久弥に据える。

「……ご上意にございます。家中の混乱を鎮《しず》めるには、他に方策がございませぬ。どうか元のご身分へお戻りになられ、山辺家のご世子としてお立ちくださいませ」

膝の力が抜けそうになるのを堪え、強く瞼を閉じた。

風が吹く。生ぬるく湿気を帯びた風が、重い音を立てて庭木を騒がせる。それはやがて、無力に立ち竦む久弥をも連れ去るように、吹き抜けていった。

小袖に袴を着け、大小を差して無紋の羽織を纏うと、菅笠を目深に被った。人目を避けるため側用人の神谷と浜野のみが付き従い、筋違御門前の八ツ小路《やつこうじ》に位置する丹《たん》波篠山《ばささやま》青山家上屋敷へ向かうべく家を出た。

松坂町から相生町河岸へと下り、そのまま猪牙舟を雇って竪川を大川へと向かう。蒼天の天頂近くに日輪がまぶしく輝き、空を映して真っ青に染まった川面のあちらこちらには、白い小波が立っている。行き交う大小の船を透かし、対岸の元柳河岸《もとやなぎがし》に近い浅瀬の蘆原を、青鷺が長い足を刺すようにして歩く。

その長閑《のどか》な情景のすべてが、視界を素通りしていくようだ。

神田川を遡り、昌平橋《しょうへいばし》の袂から八ツ小路に上がってからも、何も考えられぬまま雑踏を歩いた。体の周りに見えない膜があるかのように、何もかもが遠く隔たって感じられる。

気づけば青山家上屋敷の表御門を通り過ぎ、御勝手御門の前に立っていた。本来、将軍や大名家を迎える際は、青山銭の家紋を掲げた表御門を開くのが決まりだが、菅笠に倹《つま》しい羽織袴の侍が入っていけば通行人の無用の関心を引く。

しかし格式は落ちるとはいえ、家紋を掲げた、片番所付きの見上げるような門である。その前で側用人が周囲に目を光らせていると、まもなく内から門が開いた。

この上屋敷を訪れるのは初めてではない。風流を好む下野守に請われ、屋敷内の能舞台で幾度か演奏をしたことがあった。下野守は久弥を表向き三味線弾きとして遇《ぐう》したが、その実、値踏みする目でこちらを眺めていたのを思い出す。

かすかな眩暈《めまい》を覚えながら、太い梁《はり》に支えられた分厚い門の奥を凝視した。白い日差しに霞《かす》んだ門の内は、目が眩んだかのごとく見通せない。三味線弾きとして招かれた時には、ただの客人として脇の潜戸《くぐりど》をごく気軽に通った。同じ門を潜るというのに、今は底のない沼に踏み込むような心地がしている。しかし、戻る道などありはしない。

久弥は己の意思に反して石畳を踏み、一歩ずつ門の内へと足を踏み入れていた。

眼前に、見覚えのある豪壮な唐破風《からはふ》屋根の御殿と、広大な表庭が立ち現れる。門の内に控えていた江戸家老の諏訪らと、青山家の重臣と思われる数名が裃姿《かみしもすがた》で進み出て、

「――若君。ご無事のご到着、祝着《しゅうちゃく》至極に存じます」

と久弥の前で深く腰を折った。

その背後には、やはり裃を纏った侍たちが並び、微動もせずに拝跪《はいき》している。

表のざわめきが幻のように遠ざかる。緑もまばらな表庭に侍の灰色の背中ばかりが並ぶ景色は、色彩に乏しく、冷たかった。

久弥はゆっくりと菅笠を取りながら、背後で門が閉じられる重々しい音を聞いた。

家臣に導かれ、森閑《しんかん》とした御殿の奥へと向かう。長い廊下をどれほど歩いたのか、やがて花鳥図の落ち着いた襖絵《ふすまえ》が美しい、藩主の私的な間である小座敷に通された。

ほどなくして廊下に足音が近づき、襖が開いた。平伏した久弥の前に、衣擦《きぬず》れの音が静かに立つ。

「よう参られた。面《おもて》を上げられよ」

きびきびと言った男が上座に着き、その斜め前に、もう一人が着座した。下野守その人と、父の彰久に違いなかった。

「……下野守様、お久しゅうございまする」

半ば顔を上げ、下野守の手前に、横を向いて座した父をちらと見る。端整だが切れるように鋭い面が、悲嘆を隠しきれずに青白くやつれているのを見て取り、久弥は再び叩頭した。

「……父上。このたびは彰則どののご逝去《せいきょ》、まことにお労《いたわ》しく存じます。夕御前様のお嘆きも如何《いか》ばかりでございましょうや」

低く述べると、父が頷く気配がした。

「ようやく身を起こして、食も増していたところであったのだが、一度熱がぶり返したかと思ったらあっけないものであった。まこと、子供の命とは儚いものだ」

彰則はわずか九つになったばかりであった。青馬とそう変わらぬ年だと思うと哀れだった。利発で物怖《ものお》じしない若君だったと聞く。父や正室のみならず、家木一派を除く家臣には、さぞ誇らしい嫡子《ちゃくし》であったことだろう。

「――以前、どこから聞き及んだのか、三味線弾きの兄上がおられるというのはまことか、と訊ねられたことがあった」

寂寞《せきばく》の漂う、久弥とよく似《に》た声で言う。

「いたならばいかがすると訊いたら、三味線を教えていただくのだと申した。祖父も芸事に耽溺《たんでき》なされたお方であったが、三味線を好むのは血筋かの」

父に庶子があることはわずかな重臣以外には秘匿されていたし、彰則の耳に入れぬように注意が払われていたはずだ。だが、正室の夕御前や、側近の話を漏れ聞く機会があったのかもしれない。

生きている限りは、相見《あいまみ》えることが叶わぬ兄弟だった。

「下野守様のご尽力により、そなたを山辺の正統な嫡子に戻すことについて、すでにご閣老方《かくろう》のお許しを賜《たまわ》っておる。併せて、そなたは従五位下《じゅごいげ》安房守《あわのかみ》に叙《じょ》せられることとなった」

父の淀みのない声を、久弥はじっと手元を見詰めながら聞く。

「……下野守様には数々のお骨折りをいただき、まことにかたじけなく存じまする」

畳に目を落としたまま呟くと、やわらかいが腹に響く太い声が降ってきた。

「そこもとの才はまこと天稟であったのう。そこもとの糸とその美声の玄妙《げんみょう》なること、名手と呼ぶに相応しい。武にも優れ、心根の清廉でおられることといい、つい肩入れしたくなるところがあった」

静かに息を吸うと、老中首座の声が鋼《はがね》のように硬く冷えた。

「……だが、そこもとは山辺の血を受けた長子でおられる。三味線弾きとして生涯を過ごすことは、そこもとの生きる道にあらず。あるべき道に戻る時がきたのだ」

圧するような鈍い光を湛えた目を寸の間見て、久弥はただ頭を下げた。唇が震えた。

歴代の青山家当主の中でも稀代《きたい》の名君と称される下野守は、二十年以上にわたり老中の座に君臨し、辣腕をふるってきた。下野守は文化九年（一八一二年）に失脚した楽翁《らくおう》こと松平越中守定信《まつだいらえっちゅうのかみさだのぶ》に与《くみ》し、文政一年から同じく老中首座の地位にある水野出《みずので》羽守忠成《わのかみただあきら》とは対立する立場にある。楽翁の失脚という大きな痛手を挽回すべく、昨今は有力大名を派閥に取り込もうと余念がなかった。彰久に目をかけているのは、たんに縁戚であるからというだけではない。出羽守に抗する手駒として必要なのだ。

「家木はただちに上意討ちとする。逆臣はことごとく排除したうえ、宗靖は隠居させる」

典雅な小座敷に父の声が虚ろに響き、時が止まったかのような沈黙が降りる。

「……もはや、そなたしかおらぬ」

冷然とした滑らかな声が、見えない枷《かせ》のごとく喉を締め上げていく。

「山辺家に戻り、世子として立つがいい」

瞼を閉じる。青馬の三味線の音が響く松坂町の家の光景が、黒く塗りつぶされた視界にふわりと浮かび、儚く消えた。

「……仰せのままにいたしまする」

叩頭したまま応じると、父が満足げに頷く気配がした。

「まずは家木一派を除き、家中を平《たい》らげねばならぬ。支度が整い次第、浜野らと小槇に赴き、城内で嫡子としての披露目《ひろめ》を行うがいい。その後世子の名乗りを上げ、江戸へ戻って参れ」

「――卒爾《そつじ》ながら、その前にお願い申し上げたきことがございます」

久弥は不意に顔を上げ、はっきりとした口調で言った。

いつかこうなる日がくるのではないかと、半ば予期して暮らしてきた。どうあっても逃れる術がないのなら、せめてこれだけは手に入れようと心に決めていた。

「私は十になる迷い子を預かってございます。天賦の三味線の才に恵まれた、心ばえの優れた子です。その子供を、養子とさせてはいただけませぬでしょうか。山辺家の跡目相続からは未来永劫《えいごう》除くことを条件に、私の子とすることをお許しいただきたいのです」

背後に控えた諏訪がかすかに息を呑む。彰久と下野守がちらと視線を交わすのが見て取れる。諏訪を通じて、青馬の存在は二人にも伝わっているに違いない。

「若君として育てるなど思いもよりませぬ。手元に呼び寄せようとも望みませぬ。しかし、私が当家に戻れば子供は寄る辺を失いまする。せめて残される子に、父子の縁だけは与えてやりとうございます。しかし、当家の家譜に加えることは、父上のお許しがなくば叶いませぬ。――分《ぶ》をわきまえぬ望みであることは承知のうえにございますが、どうか、どうかお聞き届けくださいませぬでしょうか」

両手をつき、久弥は深く頭を下げた。

側にいてやれぬのに、形を与えることにどれほどの意味があるのか、とやりきれぬ思いが押し寄せる。しかし、どこにいようと決して変わらない絆をつないでやりたかった。

己と引き換えにするのだとしたら、それがよかった。

沈黙が体を押し包み、息ができない。心ノ臓が身をよじるようにして打つ音が、耳の奥に鳴り響いていた。

――やがて、父がわずかに身じろぎした。

「……それが望みであれば、叶えよう」

久弥はゆっくりと、詰めていた息を吐いた。首筋に冷たい汗が流れていく。

顔を上げると、彰久と下野守が、久弥を見て驚いたように目を見開いた。

「……ありがたき幸せにございます」

久弥は穏やかな笑みを浮かべ、まっすぐに父を見ていた。

「もはや心残りは、ございませぬ」

八

下野守の屋敷から再び舟で本所へ戻ると、その足で松井町へと向かった。

傾きはじめた日を受けてきらめく竪川を見下ろしながら、黙々と一ツ目橋を渡り、松井町の見慣れた柴垣の家を訪う。突然の訪問に慌てて応対に出た真澄は、土間に立って菅笠を取った久弥を見るなり、唖然として目を瞠った。

上屋敷を辞する前に、下野守の御髪番の手で、浪人風に総髪にしていた頭の月代が剃られ、武家髷が結ってあった。

「……お師匠……？」

みるみる顔色を失った真澄が、すとんと膝をついて板敷に頽《くずお》れる。燕《つばめ》を散らした縹《はなだ》色《いろ》の表着と、ゆるく結んだ紫地に柳や草花を描いた帯が大輪の花のごとく床に広がり、家の内が場違いに華やいで見える。

悪い知らせを察したかのように細く喘ぐ娘を、久弥はただ痛みを浮かべた目で見詰めた。

こんな時であっても、真澄は見惚れるほどに美しいのだと思っていた。

淡い金色の光が満ちる茶の間に、久弥の小さな声だけが響いていた。柴垣の外を、あじぃ、あじぃ、と夕鯵《ゆうあじ》を売り歩く棒手振《ぼてふ》りの声が過ぎていく。

畳に映る、山吹色に移ろう日差しをぼんやりと見ていた真澄が口を開いた。

「……誰にも、見向きもしなかったわけですね。お大名の若君が、そこいらの娘に手を出したら大変ですもの。まして私なんぞ、芸者なのに。嫌だ、みっともない。早く言ってくださったらよかったのに。本当に、ひどいんだから」

軽い口調を装ってそう詰《なじ》りながら、紅もひいていない唇で笑おうと苦労している。

「もっと前に言うべきだった。あなたの三年を奪う前に、言うべきでした。……しかし、言えなかった。あなたにしてあげられることは何もないというのに、どうしても諦めることができなかったんです。――あなたを手放すことが、耐えがたかった」

真澄が動きを止め、耳を疑うようにそろそろと顔を上げた。まっすぐに己を見詰めている男を見て息を呑む。紅を刷いたかのごとく娘の目元が染まり、唇がわなないた。

「私は、自分の血を残すわけにはいかなかったので」

胸が固く詰まるのを感じながら、久弥は続けた。

「誰かと添って、子を為《な》すことがあれば、さらなる跡目争いの種になる。そうでなくとも、父の命で今の暮らしを捨てることになれば、妻を置いていかざるを得なくなる。

妻や子の人生を狂わせることになる。私はそれが、怖かった」

だが、結局寂しかったのだ。音曲に溺れて生きれば本望《ほんもう》だと思いながら、母を失い、心を押し殺してただ人を斬り続け、孤独に生きることが虚しくてならなかった。しかし、思いがけず青馬が手元にやってきたことは、子を持ち、家族を得る喜びを、束の間久弥に与えてくれた。

「あなたを連れていけないいかと、思ったのです」

真澄が打たれたように目を瞠る。

「幾度も、考えたのです。しかし、連れていっても正室にすることはできない。側室となったとしても、敵に囲まれ、あなたは牢獄にいるような心地になるだろう。だから、連れていくことはできない。……私の力が足りず、申し訳ない」

町娘を一旦武家の養女にし、しかる後に側室に上げることは大名家でも時々行われる。だが正室にすることは不可能だ。正室の決定は純粋に政治の産物で、当人同士の感情が入り込む余地はない。だからといって、真澄を側室に据えたくはなかった。

それを聞くと、真澄は横を向いて柳眉を吊り上げた。

「私にお大名家の側室が務まるわけがありません。お大名のお世継ぎなら、綺麗なお姫様もよりどりみどりでしょうしね。私なんぞを連れていったら物笑いの種です。私もそんなのは願い下げです」

「そんなことはない。あなたほど美しい人はいません。私にはあなたより美しく思える人はいない。これからも、いないでしょう」

娘の顔に見入りながら囁くと、やめて、と真澄が呻く。

「何だって、今そんなことを言うんですか。本当に女心のわからない……。これ以上間の抜けたことを言うと、外に放り出すから」

袂で久弥を打つ真似をするので、苦い笑いが唇に浮かんだ。

「……どうしても、行かなくてはいけないんですか」

娘が声を掠れさせる。

「そんな危ないところに戻らなくても、いいじゃありませんか……今だってご浪人なんだから、どこか遠くへ、行ってしまえば……」

言わずにはおれないように、細い声は頼りなく弱々しかった。

「その代わり、青馬を私の子とすることが許されました。悪い取引ではない」

久弥は唇に淡い笑みを浮かべた。

何をおっしゃるんですか、と真澄が赤い目をして言う。

「……青馬さんは、どうなさるんですか。まさか、独りぼっちにする気じゃありませんでしょう？」

「近江屋のご隠居に後見をお願いしてあります。元服する頃には三味線弾きとして身を立てていかれると思う。後は、住み込みの奉公人を雇えば一人でも暮らしていかれるはずです。……辛い思いを、させるでしょうが」

感情を殺した声音で語るのを、真澄は潤んだ目を伏せて聞いていたが、やがてぐいと頤《おとがい》を上げた。

「お師匠、青馬さんを私にください」

咄嗟に意味を掴みかねて見返すと、強い瞳をした娘が身を乗り出してくる。

「あの子をそんなふうに独りにするなんて、冗談じゃありません。私が育てるから私にください。私はあの子が好きなんです。だから面倒を見させてください。あなたみたいに薄情な人に、あんないい子はあげないから。私がもらってしまいますから」

「……しかし」

額が熱くなった。そうできるのなら、どんなにかいいだろう。思料しなかったと言えば嘘になる。どんなに、青馬が慰められることだろうか。けれど、真澄を縛り付けていいのか。散々不義理を働いたうえに、理不尽な重荷をこの娘に負わせたくはなかった。

「お願いです、お師匠」

真澄の唇が細かく震えている。

「あの子と一緒にいたいんです。せめて、それは許してください……何もかもなかったようにして、行ってしまわないでください……」

お願いです、という消え入るような声に、久弥は思わず顔を歪めた。

惜しいものなど何一つないのに、結局何も与えてやれないのだ。最後まで、不実なままで終わってしまうのだ。

「……すまない」

畳に両手をついて頭を下げると、久弥はきつく目を閉じた。

「青馬を、どうか頼みます」

涙を呑み込みながら、真澄が頷くのがわかった。

真澄は柳橋芸者の看板を下ろし、松坂町の家に移って三味線師匠をすると言った。

「今日置屋さんに話をして、ご贔屓の方々にもお伝えします。ずうっと青馬さんと一緒に暮らせるなんて、夢みたい」

さっぱりとした表情でにこりとする。

「引越しの支度にかからなくちゃなりませんね。いつお発《た》ちになるんですか」

「……支度に五日もらいました。六日目の朝に迎えが来ます」

久弥が答えると、真澄の目が一瞬、焦点を失った気がした。

「そうなんですか……それじゃ、急がないといけませんね」

かすかに上滑りする細い声を聞きながら、久弥は、動揺を抑えようと袂を握り締める娘の細い指を見詰めていた。

半刻《はんとき》(一時間)ほどして家を辞し、黄金色の日差しの中、見慣れた柴垣の側を歩き出す。

少し行くと、急に根が生えたように足が止まり、そこから動けなくなっていた。

歩け、と足に命じるのに、膝が震えて言うことを聞かない。

——五日が経ったら。

何もかもを、失ってしまうのだ。

今になって白刃《はくじん》が胸を貫いていることに気づいたかのごとく、全身が凍りついた。

傷からとめどなく血が流れるのに、狼狽するばかりで止め方がわからない。胸の悪くなる寒気に血の気が引いて、目の前が霞んでいく。

突然、細く悲痛な叫び声が耳に刺さった。

柴垣の奥の家から、耐えがたい痛みに襲われたかのような女の慟哭が響いてくる。

肩を波打たせ、薄暗い部屋に一人蹲《うずくま》る娘の姿が目に浮かぶ。

気がつくと視界が歪み、頬に血のように熱いものが滂沱《ぼうだ》として流れ落ちていた。

駆け戻ってきつく抱き締めてやりたいという衝動を、ねじ伏せる。

いつ果てるともなく続く娘の咽《むせ》び泣きが、やがて疲れきったすすり泣きに変わるまで、久弥はただ痛みに身を晒し、そこに立ち尽くしていた。

夕刻、青馬は浅蜊《あさり》と蛤《はまぐり》でいっぱいになった手桶を抱え、髪や着物から潮の香りを漂わせながら帰ってきた。生まれて初めての汐干狩りがどんなものであったか話をしようと飛びついてきて、月代を剃った久弥を見てきょとんとする。

「……お師匠様、どうして髪を変えたんですか？」

不思議そうな青馬に、久弥は清澄《せいちょう》な眼差しを注いだ。

「夕餉の後で話そう。……楽しかったか」

青馬は、はい、と笑顔になり、善助と勇吉が貝の掘り方を教えてくれた話や、蟹やヤドカリを見た話を、頬を上気させて語った。

その日の夕餉の後、片付けを終えた久弥は稽古部屋に入っていき、三味線をさらっていた青馬の前に座った。

茜色に燃える夕日に障子が染まり、久弥の前には黒々とした影が伸びている。三味線を置いて無心にこちらを見上げている、銅色《あかがねいろ》を映した青馬の顔を見下ろすと、そっと息を吸った。

「今日、町役人のところへ行ってきた。お前を私の子として山辺家に入れることが叶ったので、そのように届けてきた」

刹那、青馬の表情に空白が生まれた。

どういうことなのかと考え込んで久弥の目を覗き込み、次いで、意味を覚って息を呑むのが見て取れる。浪人は町人と同じ扱いであるので町奉行の管轄下にあり、その末端たる町役人の支配を受けるが、武家は町奉行の管轄の外にある。久弥と共に山辺家に入れば、青馬ももはや町人ではなく武家の子息となるのだ。

「山辺の家督相続からは外すのが条件であるが、子は子。他家へ養子に出ぬ限り、何があろうとも、未来永劫お前は私の子だ」

茫然としていた青馬の顔が幸福そうに輝くのを、痛ましい思いを押し殺して見詰めながら、久弥は唇を引いて微笑んだ。

「お前は今日から山辺青馬だ。いいな」

青馬が浅く息をしながら、はい、と夢見るような表情で頷く。

「ありがとうございます」

上擦った声で言うと、青馬は嬉しげに袂を握り締めた。それから、やまべそうま、と口の中で繰り返し、こぼれんばかりの満面の笑みを浮かべる。

その顔に見入ってから、久弥は言葉を継いだ。

「私と父子の縁を結んだ祝いに、お前に祝儀《しゅうぎ》を贈ろうと思う」

立ち上がって部屋の隅の桐の長箱の前に行き、正絹の長袋から『春駒』を取り出した。青馬の前に三味線を押し出し、座り直す。

「これは、お前に譲る」

少年の顔から喜びが吹き飛び、ぽかんと口が半開きになった。

「これがどんなによく鳴るか、知っているな。腕を上げるまで、焦って手に取ろうとするな。これは荒馬だ。乗りこなせる自信がつくまで、芸を磨きなさい」

そう語るうち、青馬がぎこちなく顔を上げ、食い入るようにこちらを見た。

「――なぜ、ですか。まだ、俺には弾けません。なのに、なぜ、今なんですか」

声に不審が混じる。答えを求めて、視線が久弥の顔の上をさまよっている。

晴れて父子となった暁《あかつき》には、門人を集めて披露目の祝いを催してやろうと思っていた。

近江屋のご隠居や、橋倉家、真澄も招いたら、さぞ喜ぶだろう。

『春駒』ではなく青馬の年に見合ったものを贈ろうと、あれこれ思料を巡らせていた。いい席を取って、三座へ歌舞伎を観に連れていくのでもいい。犬張子を可愛がっているから、子犬や子猫を贈ったら夢中になって世話するだろう。江戸から足を延ばして東海道《とうかいどう》を上り、川崎大師《かわさきだいし》に詣で、金沢八景《かなざわはっけい》か鎌倉《かまくら》に泊まり、江《え》の島《しま》へ寄ったらどうか。

そんなことを考えるだけで、心が弾んだものだった。

……だが、すべては虚しくなった。

「……青馬」

さんざん嘆いた後なのだから、平静でいられるつもりだった。しかし、喉を掴まれたように声を出すことができない。

強張った久弥の顔を見詰め、青馬が青ざめて凍りつく。

「……お父上、ですか。そうなんですか」

ぽつりと言った少年の顔が引き攣ったかと思うと、澄んだ瞳の奥で何かが壊れるのが見えた気がした。

「――弟が、死んだ。私が世継ぎにならねばならん。もう、私しかいない」

「嫌だ」

軋むような叫びが耳を打ち、久弥は歯を食い縛った。

「お侍には戻らないと言ったのに、約束を破るのですか？　三味線弾きでいると言ったのに」

あっという間に青馬の双眸から涙が溢れ出すのを、声もなく見下ろす。

拳で畳を叩くようにして、嫌だ、嫌だ、と青馬は声を放って泣いていた。

「お侍に戻るなんぞ許さない！」

嗚咽交じりの叫びが細い喉から迸《ほとばし》り出る。後は、言葉にならなかった。久弥は畳に爪を立てて泣く青馬を見詰めたまま、彫像のように動かなかった。

部屋に差し込む血のごとく真っ赤な夕日が、大火の朝を思い起こさせる。

灰の雪の中、虚ろな表情で佇む子供の姿が目に浮かんだ。

あの時の少年は、こんなふうに泣き喚く気力もなかったたな、と静かに思った途端、胸が砕けんばかりの痛みが走った。

「……すまん」

喉を絞るような声を聞いた青馬が、びくりと肩を震わせ顔を上げた。

涙にまみれた赤い顔を見詰めるうちに、鼻の脇を熱いものが次々と伝い落ちていく。

「――すまん」

ただ繰り返す久弥を見て、青馬の顔が苦悶《くもん》に歪む。わななく唇を幾度か開きかけ、やがてがっくりと小さな肩を落とした。

もう嗚咽は聞こえなかった。ただぽたぽたと、青馬の顎から滴り落ちて畳を叩くもののかすかな音が、耳に届くばかりだった。

「もう、会えないいんですか」

消え入るような声が、しんと静まり返った部屋に滲んでいく。

「……そんなことはない。会いに来る。文も出す」

言えば言うほど、虚しさだけが胸を喰《は》んだ。

『春駒』を押しやり黙って両手を差し伸べると、気配を察して青馬が顔を上げた。よろよろと近寄ってきた青馬をさっと抱え上げ、膝に乗せて袂に包む。物も言わずに襟元に顔を押し付けてくる子供を、やさしく揺すった。

やわらかく熱い、小さな体が細かく震えている。

——幸せだった。

己の持てるすべてを与え、久弥を慕ってついて回る無邪気な青馬を育てる日々は、このうえなく幸せだった。

できることなら、いつか独りで歩けるようになる日まで、共に歩いてやりたかった。

「……ちちうえ」

たどたどしく、掠れた声で青馬が呼ぶ。

刹那、涙が溢れ前が見えなくなった。嗚咽が後から後から突き上げ、止まらない。

久弥は体を折り、呻くように泣いていた。

心残りがないはずがない。

久弥の半纏にくるまりいくら帰りを待とうとも、もう戻ってきてはやれないのだ。

胸が潰れそうに痛かった。腕にきつく力を込めて慟哭する久弥を見て、青馬がすすり泣くのをやめる。小さな手がそろそろと伸び、濡れた頬を拭おうとするのを感じ、また涙が流れた。

「父上」

あどけない、小さな声が耳元で呼ぶ。

幼子のように、久弥が与えた名を一心に呟いていたのを思い出す。

久弥の右手を握り返す、小さな手のやわらかさを思い出す。

壊れ物を運ぶ心地で青馬を背に負って歩いた日を。紫檀の棹を、このうえなく嬉しそうに抱えた日を。青馬が連れ去られる恐れに駆り立てられながら、無我夢中で走った夜を。悠々と空を泳ぐ真鯉を、ずっとこの日々が続けばいいと願いながら、二人で見上げた日を思い出す。

「……打つや……太鼓の音も澄み渡り……」

青馬がしゃくりあげながら唄っている。

幸福になれと、祈るように過ごした日々だった。けれど、与えられたのは久弥の方なのだ。青馬という宝を与えられた、己こそが幸いだったのだ。

「お前は独りじゃない。真澄さんが、側にいてくれる。皆が、見守っていてくれる」

己に言い聞かせるかのごとく囁いた。

燃えるような向島の秋が、目の奥に浮かぶ。

しっかりと青馬を腕に抱き、久弥は幾度も胸の内で繰り返した。

だから、お前は大丈夫だ。

……大丈夫だ。

九

それから数日は、真澄が自分の身の回りの品を松坂町の家に運び込み、家の中を整えるのに忙しく出入りしていた。青馬は真澄が本当に移ってくるのだと実感してははしゃいだかと思うと、久弥が行ってしまうのだと思い出して悄然《しょうぜん》とし、掴まえようとするように久弥の袖を握り締めては、目に涙を溜めて悲しみに耐えていた。

門人には、急な事情により江戸を離れなくてはならなくなったと告げた。

「お師匠がお帰りになられるのを、心待ちにしております」

と多くの者が惜しんでくれた。

近江屋の隠居と、その倅である店主の惣左衛門《そうざえもん》へも、挨拶に出向いた。久弥の話を聞き終えた二人は、蒼白になって長いこと押し黙っていた。

「……なんてことだ」

やがて隠居は口を開き、赤くなった目からぽろりと涙を落とした。

「小槇の若君であられましたか……」

「叶うなら気楽な浪人のままでおりたかったのですが、もはやそれが許されなくなりました」

久弥の静かな面を見詰め、惣左衛門が隠居によく似た柔和な顔を強張らせた。

「……本来ならば、お目出度いお話のはずでございますのに、失礼ながらちっとも心が晴れない気がいたしますな……」

隠居が節《ふし》くれ立った指で目元を拭い、大きく嘆息する。

「青馬さんと真澄さんのことは、私どもがよぉく気をつけておきますので、ご心配は無用です。しかしお師匠、私はお師匠のことの方が気掛かりですよ。お大名家のお跡目争いというのは恐ろしいものでございましょう」

久弥はわずかに微笑んだ。

「ありがとうございます。こういう家に生まれたからには、仕方のない仕儀です」

「……どうにか、ならないものでしょうかねぇ」

文右衛門は、諦念を浮かべた久弥の顔を痛ましげに見詰めて呟く。

「……お師匠、こんなのはあまりにもむごい。お家《いえ》やお国のためとはいえ、あなたをこんなふうに連れていくとはあまりにも……」

語尾が掠れて聞こえなくなる。

誰も、言葉を発しなかった。静まり返った座敷に、庭木をさわさわと揺らしながら、湿り気を帯びた皐月の風が忍び込んでいた。

橋倉家には、文を出した。長い文になった。

すぐに橋倉が飛んできて、玄関先で久弥の顔を見るなり、わなわなと震えて凍りついた。そして、久弥の袖を掴んで俯いている青馬を見ると、我に返り大きく息を吸った。

「……青馬、心配すんな。俺たちも坊主どももついてるからよ。なぁ、心配すんな」

喘ぐように繰り返し、泣き腫らしたような赤い目で凝然と久弥を見上げる。

「橋倉先生。六年前、向島で救っていただきながら、何もお話しできず本当に……」

膝をついた久弥が言いかけると、

「お師匠、よしてくれよ。あんたが一番辛いだろうよ。きっちり青馬を自分の子になすったんだ。よくやりなすったよ。……よかったなぁ、青馬。これでお師匠がどこにいたとしても、お前さんはお師匠の子だよ。それもお大名家の子だぜ。誇りに思いなよ」

唇をへの字にしながら、橋倉は青馬に語りかける。

はい、と青馬が小さな声で答えた。

「父上が文を書いてくれるので、字をたくさん覚えて返事を書きます」

それを聞いた橋倉の顎がわななき、浅黒い頬を涙が伝う。

やがて、ひび割れたような声を励まして言った。

「……ああ、頑張らねぇとな。父上が喜ぶぜ」

はい、と頷いて久弥の肩に顔を伏せた青馬を見下ろして、橋倉は拳を握り締め、静かに涙を流し続けた。

残夜《ざんや》の空に、羽衣《はごろも》のような薄雲がたなびいている。

最後に朝餉を作ってやりたくて、夜が明けやらぬ前から起き出していた。

藍色に沈む台所で、煮炊きの音を聞きながら、竈に揺れる赤い火に見入った。

まだだいぶ暗いのに、気配を感じたのか青馬が起き出してきた。居間に整えられた、あたたかそうに湯気を立てる膳を、半纏にくるまったままぼんやりと見ている。

「顔を洗っておいで」

久弥が言うと、腫れぼったい目を瞬かせ、こっくりと頷いた。

顔を洗い、半纏を脱いだ青馬と膳の前に座り、箸《はし》を取る。

青馬は味噌汁を一口飲んで飯を頬張り、もぐもぐと口を動かしていたが、急に箸を下ろすと、それっきり動かなくなった。

障子を淡く染めていく曙光《しょこう》が、膳から立ち上る湯気を白く浮かび上がらせる。

久弥は箸を置いて膳を脇に寄せ、何も言わずに青馬を膝に抱き上げた。

ゆっくりと、やわらかく背中を叩いてやると、青馬は力なく襟元に顔を押し付けてくる。ゆるやかに明《あか》らんでくる外の気配を感じながら、時の許す限り、久弥はただそうして座り込んでいた。

明け六ツ（午前六時）の時鐘があちらこちらで鳴り響く頃、山辺家の指図を受けた髪結いが訪れ、久弥の月代を剃り、髪を結い直した。それが済むと、稽古部屋で着慣れた長着を脱ぎ、側用人から届けられていた着物に身を包む。

海のように鮮やかな紺青色《こんじょういろ》に、山辺家の定紋《じょうもん》である丸に剣片喰紋が染め抜かれた、贅を尽くした色紋付《いろもんつき》だった。腰に脇差を差し、袂に青馬が折った鶴を落とす。真澄に習って青馬が折った、千代紙の鶴だ。それから打刀を持ち、長袋に入れた紫檀の三味線を抱えると、稽古部屋を出た。

所在なげに廊下で膝を抱えていた青馬が立ち上がり、今にも泣き出しそうな目で久弥の出で立《いた》ちを凝視している。久弥は黙ってその目を見返すと、草履《ぞうり》に足を入れて玄関土間を出た。つられるように、青馬がとぼとぼとついてくる。

三味線を持っていったところで、弾く機会があるとは思えなかった。ただでさえ殺伐《さつばつ》とした状況下で、あらゆるところに家臣の目がある城内や中屋敷で暮らすのだ。三味線片手に唄など唄えるわけもなかった。

けれども、たとえ手に取ることとさえなくとも三味線は絆だった。母と、真澄と、青馬と己をつないでいるものを、置いていくことなどできない。そして、久弥がこれまでの人生を懸けて精進し、血肉の一部としてきたものが、共に暮らした日々を通じ、血のつながりを超えて青馬の内にも残されていると信じている。

それが青馬の心を少しでも支えることを、願わずにはいられなかった。

青白い朝靄《あさもや》の中を、静かに迎えがやってきた。

長棒《ながぼう》引き戸の乗物が生垣の外につけられ、陸尺《ろくしゃく》が待機している。神谷や浜野をはじめとする山辺家家臣たちに、槍《やり》持ちと挟箱《はさみばこ》持ち、草履取りらがその前後にひっそりと佇む。

通りを見遣ると、薄闇の奥に真澄の姿があった。

真澄は根が生えたかのごとく立ち竦んで迎えの列を見詰めていたが、やがて意を決したように唇を結んで歩み寄ってくる。

「……後を、よろしくお願いします」

白く輝き出す朝日を映し、かすかに揺れる瞳に見入りながら言うと、娘は薄く紅をひいた唇を震わせて小さく頷いた。

「何かあれば、いつでも上屋敷に知らせてください」

そう付け加えながら、白い頬に手を伸ばしたくなる衝動を堪えていた。

この数日でずいぶんやつれてしまった、と胸が痛む。真澄が纏う鉄線《てっせん》の白い花を散らした小袖と、一つ結びにした潔い黒の帯が、細い体の線をいっそう儚く感じさせる。何も、残してはやれない。何も、約束してやることもない。不義理をしてばかりいる。それでも今夜、青馬が独りきりの家で眠らずにすむことが、そして明日、辛い朝を独りで迎えずにすむことがありがたかった。

手のひとつも握ったことがないのが今さらに悔やまれ、己の未練に内心で苦笑いする。

「体を、厭《いと》うてください」

「……お師匠も……」

真澄の両目がすうっと潤み、急いでしばたたいた長い睫毛を湿らせる。何を言えばいいのか逡巡するようにしばらく黙ると、娘はこくりと喉を鳴らして唇を動かした。

「……どうぞ、ご息災で」

「ありがとう」

清潔な日の光に浮かび上がる真澄の面差しを目に焼き付け、久弥は囁いた。

それから、棒立ちになって青ざめている青馬に近づく。不安げに両目を大きく瞠り、少年は通りに控える迎えと久弥とを交互に見た。

「山辺青馬」

久弥は背筋を伸ばして青馬の前に立つと、やわらかい目で子を呼んだ。

「……精進せよ」

涙を溜めた両目が、懸命に久弥の顔を見上げる。

同じ言葉を遺した母の顔が思い浮かぶ。糧にしろ。苦しみも悲しみも、己の糧にしろ。死に行く母がそう口にした心が、強い祈りが、己を支えてきた。

そして、久弥が己の子に贈ってやれるものも、やはりそれ以外にはなかった。

「はい」

声を振り絞って答えると、青馬は言葉を探すように唇を幾度か動かした。

「……父上も、お気をつけて」

うん、と頷き、久弥は微笑した。

乗物に乗り込む久弥を見て、青馬がすがるように真澄の袖を握る。娘は青馬をしっかりと抱き寄せ、きつく唇を噛みながら、血の気の失せた顔をこちらへ向ける。

小姓《こしょう》が音もなく引き戸を閉めると、格子窓を透かして見える二人の顔が怯えるように歪んだ。

久弥は袂に手を入れ、折り鶴を取り出して息を吹き込み、窓にかざしてにこりとした。

青馬がはっと喘ぎ、真澄にしがみつく。娘は細い喉を震わせながら、その背を懸命に撫でている。

前に進み出た浜野が、二人に向かって一礼した。

「……ご出駕《しゅつが》」

浜野が低く声を発するや、陸尺たちが呼吸を合わせ、そろりと乗物が持ち上がる。

ちちうえ、と身を乗り出す青馬を、真澄がぐっと抱き止め、耳元で何かを囁いた。

青馬が伸ばしかけた手を止めて、目の前で起きていることが信じられぬ様子で格子の中を凝視するのを、胸が張り裂けそうな思いで見詰め返す。

陸尺の力強い足運びと共に、滑るように二人が視界から消えた。見慣れた木斛の生垣を背景に、乗物を守って歩く侍の姿が清らかな朝日に浮かび上がる。何事だろうかと、足を止めて列を眺める人の姿がちらほらと過ぎていく。

「父上……」

茫然とした、必死に己を求める頑是ない声を遠くに聞くと、久弥は鶴を包んだ手を瞼に強く押し当てた。

――苦しみも、悲しみも、糧にしろ。

負けるな、と青馬に呼びかける声は、己に言い聞かせる言葉でもあった。

拳を固く握り締め、乗物の中の暗がりを見据える。

目覚めはじめた本所の町のざわめきが耳に届く。しじみ売りや納豆売りの威勢のいい声が方々で響いている。朝の早い職人やお店者《たなもの》の交わす挨拶、朝湯へ繰り出す男たちの活気も、さざ波のように聞こえてくる。

すべての感情を呑み込みながら、久弥は瞬きもせず闇を見詰めていた。

着慣れた着物のように肌に馴染んだ外の世界の音が、もはやひどく遠かった。


青山家上屋敷に到着した一行は、今度は御勝手御門ではなく、威風に満ちた長屋門の表御門へと迎え入れられた。

ぴりぴりと張り詰めた空気の中、門を入って乗物を降りた久弥を、山辺家と青山家の重臣たちが安堵した様子で出迎えた。

諏訪らに導かれて表玄関に上がり、御殿の書院へと進む。部屋にはすでに三人の侍がいて、平伏して久弥を迎えた。神谷、浜野、本間ら側用人、それに迎えの中にいた侍がそれに加わり、上座に着いた久弥の脇手に諏訪が座った。

「御前と下野守様にお目通りいただきます前に、若君にお目にかけたい者たちがございます。若君に従い舞田へご同行申し上げるとともに、御前のご上意にて家木の上意討ちを仰せつかった仕手《して》たちにございまする」

久弥がかすかに目を細めると、諏訪は小さく頷き、侍たちに顔を向ける。

「上屋敷の本間と浜野、これは小姓組の染田兵之進《そめだへいのしん》にございます。こちらの三名は小槇より罷り越しました馬廻り組頭の成瀬壮太郎《なるせそうたろう》、槍組物頭の天城彦九郎《あまぎひこくろう》、それに徒目付組頭《つけくみがしら》の北田友尚《きただともなお》にございます。これら六名で二の丸御殿にて家木を討ち取り、恭順を示さぬ者もことごとく退《しりぞ》けよとのご命令にございます。加えて饗庭様のご配下や、馬廻り組と御徒士組《おかちぐみ》の一部が、内部にて呼応する手筈になっておりまする」

名を呼ばれた者が次々に叩頭するのを見渡しながら、久弥は黙って頷いた。

「若君には饗庭家老のお屋敷にお留《とど》まりいただき、追って仕手が首尾をご報告に上がることになりまする。御身に危険が及ぶことはございませぬゆえ、ご安心くださいませ」

ことは政治的な駆け引きで収まる段階にない。力でねじ伏せるということか。

「……一歩間違えば、戦《いくさ》になるぞ」

久弥が低く言うと、男たちが黙り込む。

鈍く底光りする彼らの目を見た瞬間、背筋を冷たいものが這い上がった。

内乱も辞さないというわけか。……いや、大火の日から戦ははじまっているのだ。

「……家木側で、もっとも腕が立つのは誰か」

久弥が訊ねると、諏訪と藩士たちが一瞬顔を見合わせ、天城が口を開いた。

「城下の一刀流道場の晴心館《せいしんかん》で道場主を務める、川中輔之丞《かわなかすけのじょう》でありましょう。長身の得体の知れぬ雰囲気の男で、突き技の名手と聞き及びまする。家木家老に常に付き従っている男でございます」

「……その男、痩せた体躯に切れ長の目をしておるうえに、唇の脇に古傷がないか」

「いかにも、仰せの通りにございます」

天城が太い眉を持ち上げ、大きく頷く。槍組物頭というだけあって、分厚い胸板と長身が際立つ男だった。

「家中に敵なしと言われておりますが、五、六年ほど前に、首根に手酷《てひど》い傷を負い、生死の境をさまよったことがあったとか。……若君、あの男をご存じでおられますか」

「……それは私が負わせた傷だ。六年前に、川中は刺客として江戸に現れた」

「なんと」

侍たちが色めき立つ。

「噂には聞き及んでおりましたが、流石《さすが》のお手並みでございますな」

声に感嘆を滲ませる北田に、久弥は苦笑いした。

「いや、負けたのは私の方だ。たまたま命拾いしたが、こちらも深手を負った」

男たちが顔を強張らせ、たちまち黙り込む。

「皆の内でもっとも腕が立つのは誰だ」

皆が示し合わせたように浜野を見る。久弥は浮かない顔で押し黙った。

浜野は確かに腕が立つ。だが、この男でも川中輔之丞には歯が立つまい。たとえ六人掛かりでも、犠牲を出さずに討ち取れるとは思えなかった。川中以外にも、家木は身辺に手練を揃えているはずだ。

「……私も加わろう」

全員の目が吸い付くように久弥を向く。

「川中は手強《てごわ》い。奴と戦ったことがある者がいた方がよかろう」

「滅相もございませぬ。若君がおられればこれほど心強いことはございませぬが、万が一のことがあればすべてが水の泡。上屋敷にて心苦しくも若君のご助勢をいただいたというのに、これ以上、御身を危険に晒させるわけには参りませぬ」

諏訪が顔色を失ってにじり寄った。

「だが、そなたたちが失敗すればもはや策はない。私が生きていたとしても、家木家老の勝ちは動かぬ」

淡々とした口調で言うと、一同は蒼白になり絶句する。

「……し、しかし……御前はお許しになられませぬでしょう」

神谷が迷ったように声を揺らした。

「お許しを得るには及ばぬ。戦場へ赴くうえは、不測の事態が避けられぬことは父上もご承知であろう。私が己の身を守ることに汲々《きゅうきゅう》として機を逃せば、すべては手遅れになる」

久弥は、青ざめたまま凍りついている家臣を見渡した。

「そなたらが身命《しんめい》を賭《と》すのなら、私もそうしよう。将とはそのようなものだろう」

迷いのない声で言い切ると、諏訪と神谷、六人の仕手は声もなく久弥を見詰め、やがて次々と平伏した。

ほどなくして、謁見の間である一之間に通された。花模様の欄間《らんま》の奥は、竹林豹《ちくりんひょう》虎《こ》が描かれた堂々たる上段之間に続いている。広縁《ひろえん》の外に目を遣れば、築山《つきやま》や小島が浮かぶ広い池を備えた、一幅の絵のような池泉《ちせん》庭園が広がっている。しかし今は、そこここに立つ警護の侍の姿が異物のように目についた。

久弥の背後に諏訪家老と側用人上席の神谷が控えると、彰久が姿を現し、上段之間のすぐ手前に、久弥に横顔を見せて着座した。一同が平伏した直後、下野守が上段之間に現れる気配が立った。

「よう参られた。道中障りはなかっただろうか」

張りのある朗らかな声が降ってくる。

「は、恙《つつが》なく。お屋敷をお騒がせし、まことに申し訳ございませぬ」

「何を水臭いことを申される。それにしても見違えたものだ。凜々《りり》しい若君ぶりでおられることよ」

下野守が彰久を向いて満足げに言うと、

「恐れ入りまする」

父はかすかに微笑んで一礼した。

「今日はゆるりと休まれるがよい。出立《しゅったつ》は三日後であったな。必要なものは支度させよう」

「……畏れながら」

久弥は浅く叩頭した。

「このまま、ただちに舞田へ向かうがよいかと存じまする。今からであれば日没までに城下に入り、明朝討ち入ることが叶いますでしょう。時を置いて家木側にこちらの動きが漏れれば、家木を逃し、態勢を整える暇《いとま》を与えてしまいます」

「なんと。これからか？」

二人がわずかに息を呑んだ。静穏な顔で小さく首肯する久弥を、下野守はまじまじと凝視する。

「……そうか。若君どのは手練の剣客であったな。なんともすさまじい若君もあったものよ」

彰久は束の間思案げにこちらを見遣り、諏訪よ、と背後の家老を呼んだ。

「は。若君の仰せのままに」

諏訪の声を聞くと、父はすっと背を伸ばした。

「……よかろう。されば、家木は抵抗すれば討ち取り、上意に従えば即刻切腹を申しつけよ。恭順を示さぬ者はことごとく討ち取ってよし。宗靖は桃惣御殿《とうけい》に隠居のうえ、遠慮を命ずる。……従わぬ場合は是非もなし」

部屋の空気が打たれたように静まり返る。

久弥は寒々しいものを腹に抱えて、父の鋭く澄んだ面を見詰めた。上意討ちの混乱に乗じ、家木と共に兄を討ち取れと暗に命じていることは、誰の目にも明らかだった。

「――ははっ」

背後の諏訪と神谷が、緊張を漲らせた様子で応じる。

「……父上。世子として名乗りを上げる儀につきましては、しばし時をいただけませぬでしょうか」

久弥は静かに口を開いた。

「私のような者が突然、嫡子として現れましても、家中の者がすぐに受け入れられるものではございますまい。まずは家中をひとつにまとめることが先決かと」

「……よかろう」

彰久がじっと我が子を眺めてかすかに笑う。

「つくづくそなたは動じぬな。仕手がついておるとはいえ、恐ろしくはないのか」

「恥ずかしながら、血腥いことには慣れておりますゆえ」

斬り合う恐怖は心身の鍛錬で抑え込むことができる。相手が誰であろうが斬るか斬られるかしかないのだから、死力を尽くす以外に考えることなどない。ただ、無念のうちに死ぬことだけが恐ろしい。早急《さっきゅう》に家中を平定して江戸へ戻り、青馬と真澄に会いに行く。その望みが断たれるより恐ろしいことなどなかった。

下野守が声を立てずに笑った。

「頼もしい若君どのだ。ご武運をお祈りしよう」

久弥は無言で平伏した。背後で諏訪らも一斉に叩頭する気配を聞きながら、伏せた横顔に父の視線が注がれるのを感じていた。

謁見を終え、あてがわれた部屋に戻ると、廊下に控えていた家士が待ち構えていたかのように口を開いた。

「畏れながら申し上げます。お母上様の夕御前様が、ご出立前にお目にかかりたいとの仰せにございます。奥御殿まで、お出ましを賜《たまわ》れますでしょうか」

「夕御前が……」

驚きで言葉に詰まる。様々な思いが不意に胸に湧き上がった。

久弥が生まれたために苦しみ、さらに彰則を亡くしたばかりのお方だ。子供の時分には苦い思いを抱いたこともあったが、母と久弥の存在がどれほどご正室の心を狂わせたか、成長した今となれば想像するのは難くなかった。なぜ今、己に会いたいと望むのか計《はか》りかねた。しかし、山辺家へ戻ったからには、遅かれ早かれ顔を合わせることは避けられないのだ。応じないわけにはいかないと思った。

「無論だ。伺おう」

奥御殿へつながる渡り廊下に至ると、家士に代わり、片外《かたはず》しの髷を結い、華やかな打ち掛けを纏った上臈《じょうろう》ら奥女中たちが案内に立つ。廊下を渡り奥御殿深くへと進んでいき、やがてしんと静まり返った一角にある小座敷に招じ入れられた。

障壁や襖には花見に興じる人々が描かれ、欄間の小鳥も愛らしい、ぐっと寛いだ雰囲気の漂う座敷だった。人払いをした部屋に座していると、やがて衣擦れの音が近づいた。叩頭した久弥の耳に、打ち掛けの裾を引いた女人が上座に着く気配が届く。束の間の沈黙が降りた。

「……過日の上屋敷での騒擾《そうじょう》では」

ぽつりと、女人が囁く。

「御前をようお守りくださいましたな。お礼を申し上げる」

掠れた、悲しみに倦《う》んだ声に久弥は思わず聞き入った。

「あなたにも、お母上にも、顔向けできぬことばかりしたというのに、ほんにありがたく思います」

絞り出すようにそう言うと、夕御前がすっと息を吸う。

「お顔を、見せてくだされ。久弥どの」

久弥は寸の間を置いて、ゆっくりと顔を上げた。

尾長《おなが》の髪に、白綸子《しろりんず》に彩色を抑えた御所解《ごしょどき》文様を描いた打ち掛けに身を包み、じっとこちらを見詰める女の姿がある。

「……御前と、お母上によう似ておられますこと」

眉を落とした細面《ほそおもて》に、憂いを帯びた目をした女人だった。父より九つ年下の四十になるはずだが、どこか楚々とした風情が漂う。

「……お母上は、妾《わらわ》に三味線の稽古をつけに通っておられた。見事な腕前のお方でしたなぁ。妾はその頃十四かそこらで、国元から江戸に移ったばかりで鬱々《うつうつ》とすることが多かった。それである時お母上の評判を聞いて、御前にお願いして上屋敷へ招いていただいたのです。妾は三味線の才は大してなかったけれど、お母上は明るいお人柄で、稽古が楽しゅうて」

夕御前の瞳が、若い娘の頃を思い出すように穏やかな光を浮かべる。久弥も思わず表情を緩めた。母はその頃、今の久弥よりもいくつか年上であったはずだ。若い母の話を人から聞くのはどこかこそばゆく、それでいて嬉しかった。

「お美しく、強いお方であった。姉のように頼りに思っておったのです。それなのに……志摩緒どのには、いくら詫びても足りぬことをしてしもうた。妾が稽古などを願ったばかりに、お母上は辛い思いをなされたうえに、命まで落とすことになった」

「御前、滅相もございませぬ。畏れながら、御前は何も……」

「いいえ」

久弥が言いかけるのをゆるゆるとかぶりを振って遮ると、夕御前は続けた。

「そればかりか、妾は嫉妬にかられてあなた方を傷つけようとしたことさえあった。もっと早くに許しを乞うべきであったのに、卑怯にもしなかった。そのうえ、御前をお助けくださるようあなたの力にすがる有様。今また、お国の危難を救えと言って、あなたを担ぎ出そうとしておる」

苦痛が滲み出るような瞳で囁く夕御前を、久弥は凝視していた。

「だが、悲しいことに、あなたにすがるより他にない。ほんに、申し訳ない」

「御前……」

女人の涙の張った目から、堪えきれなくなった一滴がこぼれ落ちる。

「妾が、愚かであった。ただ、健やかに育ってくれたらよかったものを。宗靖どのはご聡明で健気なお子であった。御前や妾をよう慕ってくだされた。これ以上に何の不足があっただろうか。それを、我が子を世継ぎになどと、欲を出した罰《ばち》が当たったのだ。早々に宗靖どのを世子としておれば、このように家中が割れることもなく、家木めが付け入る隙を与えることもなかったであろう」

久弥は言葉もなく夕御前の告白を聞いた。低くやわらかな声でありながら、血を吐かんばかりの苦しみに満ちていた。

「あんたが生きてりゃ、いい」

と言った母の声が耳の奥に谺《こだま》する。

何の脈絡もなく、膝に抱いた青馬の体温が、あたたかな日差しのごとく蘇った。

幸福になれ。祈ることは他になかったのを思い出す。

「あの子も長じれば、あなたのように立派な殿方となったであろうか……」

夕御前が久弥を見詰めて囁いた。

痛みと憧憬《しょうけい》を浮かべた双眸を見上げながら、久弥は喉に込み上げるものに耐えていた。この女人に届く慰めの言葉など、自分ごときに見つけられようもない。

「あなたには、養子となされたお子がおられるそうじゃな」

「……はい。十になる子でございます」

「山辺の跡継ぎとすることは決してないと申されたと聞く。あなたは聡《さと》くておられるのう。賢明なご判断をなされた。しかし、可愛い盛りであろうに共に暮らすこともできぬ。あなたもお子も、さぞ寂しかろう。お家のためとはいえ、本当にすまぬことをした」

じっと瞼を閉じて涙を呑み込むと、夕御前はひそやかな長い息を吐いた。

「久弥どの、ご息災であれ。妾で助けになることがあれば、いつでも申されよ。我が子と思うて、妾は喜んで力になろう」

目の奥が熱くなるのを感じながら、久弥は唇を引き結んだ。

「……もったいなきお言葉にございます。お母上様も、どうかお心安らかにお過ごしくださいませ」

労《いたわ》りを込めて言ってから、そっと付け加える。

「……また、ご尊顔を拝しに参りとうございますゆえ」

夕御前が目を細くして頷くのを見詰めながら、この女人の白綸子は喪服なのだと、ふと覚る。公に彰則の喪に服すことのできない夕御前が、白地の着物を纏い、ひっそりと息子を悼《いた》んでいるのだと、そう気がついた。


小槇の城下町である舞田へは、両国橋東詰めから船に乗り、小名木川を経て江戸川を遡り野田《のだ》まで至った後、陸路を行く。約半日の道程だ。一行は変装したうえ分散して屋敷を出て、順次船着き場近くの船宿《ふなやど》で落ち合うこととなった。

出立する前に、小姓組の染田が声をかけてきた。染田は上屋敷での戦いで、膝を崩して斬られかけたところを久弥が助太刀したのを覚えていた。

「あのような失態をお目にかけ、汗顔《かんがん》の至りにございます。しかしながら、あなた様がお家の若君と知り、まこと望外の喜びにございます。それがし、身を尽くしてお仕え申し上げる覚悟にございまする」

嬉しげにこちらを見上げる染田に、久弥は目を和ませた。

「私は市井《しせい》の生まれゆえ、作法を心得ぬことも多いと思うが、よろしく頼む」

「もったいのうございます」

頬に血を上らせ、染田は興奮気味にがばと平伏した。

広大な敷地に大勢の家臣や武家奉公人が住まう上屋敷には、外部から出入りする者も多い。竿竹売りに身をやつした久弥は、商人や藩士に紛れて通用門を出た。同じく物売りに変装した浜野らが武家特有の足運びが隠せず四苦八苦するのを横目に、鯔背な風情ですいすいと歩く。

「何とも、堂に入《い》ったものでございますな」

と侍たちが嘆息する姿は、小さな笑いを誘った。

皆と付かず離れずしながら、神田川沿いを歩いて両国橋へと向かった。

両国の街並みは真新しく再建され、繁華な通りを忙しく人が行き来している。炎に焼き尽くされ、灰の雨の中、死に絶えたかのごとく静まり返っていた光景が嘘のようだ。通り過ぎる人々の中には、近しい者を失い、悲嘆の底にある者も多くいるに違いない。それでも新しい日は来て、町は再び建てられる。幾度灰燼《かいじん》に帰しても、また。

傷つけられ、踏みにじられた若芽のようだった青馬の、懸命に立ち上がろうとする姿が目に浮かぶ。嫋やかで多くを語らない真澄の、青馬と共に生きると決めた健気で強靭《きょうじん》な意志を思う。

——私は、彼らのように強くあれるだろうか。

薄曇りの空の下、両国橋の向こうに広がる本所の町を見詰めながら、そう己に問うていた。

両国橋東詰めの船宿に入り、二階の部屋で変装を解いた。すぐに全員が合流し、家士が運び込んでいた旅装をそれぞれ纏い、菅笠を目深に被った。

「各々方《おのおのがた》、準備はよろしいか。では、参りましょうぞ」

本間が低く言うと、一行は宿を出て、船着き場に待機していた大きな高瀬船《たかせぶね》に乗り込んだ。

大小の船が行き交う、滑らかにたゆたう川面に、七人を乗せた船が滑り出す。

笠を持ち上げ、あたたかく湿り気を含んだ風に顔をなぶらせながら、久弥は両国橋の袂を見上げた。

往来を行く人の流れを目で追い、ついそこに、愛しく思う人の姿を探している。潰し島田の臈《ろう》たけた女と、若駒のような息子の姿がちらりとでも見えないかと、いないと知りながら虚しく目を凝らしている。

「若君、どうかなされましたか。河岸に何か」

徒目付らしく、北田が目ざとく気づいて訊ねた。浜野と本間が、含みのある視線をさっと交わす。

「……いや、何でもない」

久弥はかすかに微笑み、もう一度河岸を見上げた。

——戻ってくる。三味線弾きには戻れなくとも、共に暮らすことは叶わなくとも、二人のいる江戸に戻るのだ。

雲間から差し込む斑《まだら》な光の下、次第に遠ざかっていく本所の景色を、久弥は瞬きもせず目に焼き付けていた。

十

大川から小名木川を経由し、江戸川を遡って野田で船を降りた。そこから早駕籠《はやかご》を乗り継いで、両手に松林と田畑を見ながら日光東往還《にっこうひがしおうかん》を少し北上すると、さらに徒歩で脇街道を行く。

日が傾きかける頃、小槇領内に入った。領内最初の番所がある飯野宿《いいのしゅく》を通らずに、険しい山岳地帯を踏破する強行軍だった。六人と共に、村を迂回《うかい》しつつ丘陵や林の杣道《そまみち》を黙々と進みながら、久弥は木々の間に見え隠れする景色に幾度も視線を投げていた。影となって北に聳《そび》えたつ、厳しく雄大な日光連山の姿と、見渡す限りの真っ赤な田園、そこここに島のように点在する黒々とした屋敷林や丘陵、その中にぽつりぽつりと見える人の姿を、かすかな胸の痛みを覚えながら目に映す。

青馬のために、畳の上に地図を描いてやった日のことを思い出す。一度も足を踏み入れたことのなかった国に、こんな形でやってきた。

緑と土の匂いの中に立ちこめる湿気が、いっそう濃くなってきたようだ。空気が重くのしかかるような息苦しさを覚えながらも、久弥は深い暮色に沈んでいく天地の姿から、視線を逸らすことができなかった。

宵闇《よいやみ》の中を舞田城下に到着する頃には、雨が降り出していた。

「木戸が閉まる前に到着してようございました」

前を歩く浜野が小声で言う。

ぬるい雨に足元を濡らしながら、七人は人気《ひとけ》のない町人地と武家地を通過した。

やがて、黒い水を湛える広い水堀《みずぼり》の向こうに、舞田城大手虎口《おおてこぐち》の大手門が見えてきた。間口《まぐち》が七間はあろうかという勇壮な櫓門《やぐらもん》を備えた桝形門《ますがたもん》であるが、雨に煙って灰色に濡れ、門に灯るわずかな灯りに一部が浮かび上がるのみである。

その門を潜り、三の丸を闇と雨に紛れて進むと、ほどなくして饗庭外記の屋敷の裏門に到着した。江戸から知らせを受けていた家臣は素早く門を開き、七人は音もなく邸内へ滑り込んだ。

六人と別れ、饗庭に勧められるまま風呂を使った久弥は、新しい着物を身に着けると奥座敷にて夕餉の歓待を受けた。

「ご立派にご成長あそばされましたなぁ」

饗庭がそう言って目を細くする。還暦をいくつか越しているが、品のいい細面と、痩身だが小揺るぎもせぬ姿勢のよさに筆頭家老の風格が漂う男だ。過去には数度、向島の久弥と志摩緒の住まいを内密に訪ねてきたこともあった。

「浪人の三味線弾きが若君になったとなれば、ご立派には違いない」

久弥が目に笑いを浮かべて応じると、饗庭は肩を揺らして笑い、湿り気を帯びた目を瞬かせる。

「……お母上様が、どれほどお喜びになられたことでございましょう」

「山辺へ戻されたと聞いたら、父上に烈火のごとく怒るであろうよ。そなたや諏訪家老に塩を撒いたお人であったからな」

「あいや、まったくでございます。若君の御為《おんため》ならば刀を取って戦われる、巴御前《ともえごぜん》のようなお方様でございました」

口元の皺を深くして微笑んだ饗庭は、ふと笑みを消すと目を伏せた。

「――このような仕儀となり、面目次第《めんぼくしだい》もございませぬ。筆頭家老ともあろう者が、闇討《やみう》ちを恐れて屋敷に籠もっている有様。挙句《あげく》、若君の御身も危険に晒すことになろうとは……」

「よい」

短く言うと、久弥は雨戸の外から聞こえる、囁くような雨音に耳を澄ませた。

「――だが、順を違《たが》えるべきではなかった。そなたは父上をお諌《いさ》めすべきではなかったか。家木を抑えるのであれば、別の方策を取るべきではなかったか」

饗庭の顔を見詰めると、老爺は目を見開き、顔に血を上らせて声もなく平伏した。

筆頭家老を輩出し続ける饗庭家と、饗庭家に頭を押さえられてきた家木家の間には、長年の確執がある。宗靖の守役《もりやく》の座も、元は饗庭が就くはずのものを家木の画策で奪われたと聞く。饗庭は家木の力を削ぐ機会をうかがっていたはずだ。宗靖を廃して彰則を世継ぎにと父が望んだ時、それを諌めるどころか後押ししたのも饗庭だった。

「……まことに、汗顔の至りにございます。筆頭職にありながら、政《まつりごと》の筋道を見誤りましてございます」

久弥は平伏する饗庭の白髪《しら》交《が》じりの頭を見下ろした。この家老の赤心《せきしん》を疑うわけではない。だが、家臣団の心情を汲みかねたのは、筆頭家老の慢心ゆえではなかったか。けれども、そう問うている己自身が明日、強硬な手段で家臣団をねじ伏せに行くとは皮肉な話だった。

「……明日の手筈は抜かりないな」

はっ、とくぐもった声が返る。

「配下の者たちにはすでに申し送りを済ませてございます。また明朝、家木が確かに二の丸御殿へ登城《とじょう》しますよう、内密の話があると使いを送りました。それがしを亡き者とする絶好の機会にございましょうから、必ず警護を伴って現れるはず。若君が踏み込まれるまで、何があろうとも彼奴《きゃっ》をそこに留め置きまする」

「信じておるぞ」

低く言うと、はい、と饗庭が顔を上げる。

「この命に替えましても」

壮烈な気魄をたたえた目を見下ろしながら、久弥は頷いた。


翌朝も、小糠雨《こめぬかあめ》は降り続いていた。

まだ夜の明けきらぬ早朝に起き出し、鎖襦袢《くさりじゅばん》や鎖手甲《くさりてっこう》を身に着け支度を整えた後、玄関近くの溜之間《たまりのま》で六人の仕手と合流する。皆緊張に青白い顔をしながらも、腹の据わった表情で久弥を出迎えた。

「饗庭家老は先ほどお城へ発たれました。もうそろそろ御殿にお入りになられましょう」

天城が落ち着いた声音で言う。明け六ツ頃、番方と役方の登城が一段落すると同時に、御殿に踏み込む手筈だった。

「御殿に入るまでできる限り気取《けど》られるな。知らせを走らせようとする者は迷わず斬れ」

久弥が簡潔に命じると、侍たちが強張った顔で頷いた。

ひたひたと軒先から滴り落ちる雨粒の音を聞きながら、薄暗い座敷で時を待つ。

瞼を閉じた久弥は、ふと指を動かし右の袂に触れた。中に落とした折り鶴の、辛《かろ》うじてわかる頼りない輪郭を静かに辿る。花御堂の咲き乱れる花々と、その前に寄り添うように立つ二つの影が瞼に映った。

「……若君」

やがて、小声で本間が囁いた。

瞼を開き、久弥が頷いて立ち上がるや、皆も一斉に畳を蹴る。

「ご武運を……」

平伏した家士たちに見送られて屋敷を後にし、菅笠を被った七人は灰色に煙る広い路《みち》を二の丸へと向かった。長大な武家屋敷の壁を両手に見ながら三の丸を進むと、やがて小雨の中に二の丸の長壁が立ち現れてくる。

舞田城は三層三階の天守《てんしゅ》を持つ平山城《ひらやまじろ》である。晴れた日は白い城壁と白い天守が青空に映えてたいそう美しいそうであるが、今日は天守の鯱瓦《しゃちがわら》も鈍く霞み、灰色の壁が陰鬱に延びる様が雨を透かして見て取れるばかりだった。

鏡石《かがみいし》を並べた高い白壁を両脇に見ながら進み、二の丸南大手門の高麗門《こうらいもん》を潜る。大手門の番士たちは、登城の際の正装である裃姿でもない菅笠の一行を見ると眉をひそめた。

「何か火急の事態が出来いたしましたのでございましょうか？」

組頭と思《おぼ》しき男が、訝しげな目で訊ねる。

「御前の御用にて、筆頭家老にお目にかかる」

「はっ。では先触れを……」

「よい。その必要はない」

本間がぴしりと言って一行と歩き出した時、組頭が配下の番士に目配せをするのが見えた。番士が足早に御殿へ向かおうとした次の瞬間、音もなく走り寄った浜野の刀が雨を斬るように一閃した。背を割られた男が膝をついて突っ伏すのを待たずに身を翻す。刃唸りと共に鈍く冷たい光が走った。逆袈裟《ぎゃくげさ》に斬られた組頭がぐっと呻いて仰向けに斃《たお》れる。

たちまち二人が石畳に血だまりをつくって転がるのを見て、番士らが凍りついた。

「我らを阻む者あらば、即刻斬り捨てよとのご下命である。よいか」

「――こ、心得ましてございます」

「お許しくださいませ……！」

本間の声に一斉に平伏する者たちを一顧《いっこ》だにせず、一行は砂利を踏んで、威容を誇る櫓門を通り抜ける。ほどなく二の丸御殿東翼に位置する遠侍《とおざむらい》に至った。

豪壮な唐破風屋根と華麗な欄間の意匠に目を遊ばせることもなく、速やかに車寄《くるまよせ》玄関へと向かう。

「お側用人様方、もし、どちらへ……」

「おとどまりくださいませ」

七人は警護の制止を聞かずに玄関へ入っていくと、雨に濡れた菅笠を次々に投げ捨て草履を脱いだ。皆、足元は黒の革足袋《かわたび》である。水を含んだ草履では板張りの床は滑る。かといって裸足や白足袋では血で滑るのだ。

「本間様に浜野様、なにゆえこちらから……？」

刀番が慌てて詰所から現れた。本来、車寄玄関は賓客《ひんきゃく》と藩主一族、および家老以外は出入りを許されず、それ以外の者は身分に応じた玄関から上がるのが決まりだ。

「皆様方、畏れながらお腰の物をお預かり……もし！」

久弥は無言のまま六人に守られるようにして式台に上がり、遠侍の天井高十尺、幅三間はあろうかという大廊下を、三つの広間に沿って足早に進んでいった。各々が黙々と白鉢巻《しろはちまき》を結び、襷掛けをする。御殿北側にある溜之間や勘定所《かんじょうしょ》、目付衆詰所《めつけしゅうつめしょ》などの役方詰所が並ぶ大廊下にさしかかる頃、何人もの侍が詰所から出てきた。

「そのお姿は……これはいったい何事にございますか？」

「殿中にございますぞ。ご無体な」

「いったい何の謀《はかりごと》か！」

血相を変えた侍たちの声が膨れ上がっていく。

「上意である。控えよ！」

突如、本間が腹から発した声が圧するように轟いた。

「畏れ多くも御前への反逆謀反《むほん》を企て、藩政を混乱に陥《おとしい》れた首謀者として、家木陣右衛門には切腹が申しつけられた。また宗靖様には、二の丸から桃憩御殿へお移りいただくとの君命である。宗靖様に代わり、御前のご長子でおられるこの久弥様が当家ご嫡子となられるゆえ、左様に心得よ！」

浜野が刀に手をかけ、周囲を鋭く睥睨《へいげい》する。

「叛意《はんい》なき者は道を空けよ。平伏叩頭し恭順を示せ。歯向かう者は斬り捨てる！」

しんとその場が静まり返る。と、次の瞬間には、驚愕と怒りの混じるどよめきが大廊下を揺るがした。

「馬鹿な！　正気か」

「分をわきまえよ。若君をお城から追い出すなど心得違いもはなはだしいわ！」

耳をつんざく怒声が響く中、体格のいい壮年の男が、怒りに青ざめながら家老詰所から出てくるのが見えた。

「家木家老にございます」

背後の北田が小声で言う。

「貴様らは己が何をしているのかわかっておるのか。宗靖様にお城を明け渡せとは何事か！　謀反人はうぬらであろうが。ご嫡子だと？　片腹痛い。この男は三味線弾きの庶子に過ぎぬ。正統のお世継ぎは宗靖様であるのを忘れたか、痴れ者《しれもの》ども」

「家木陣右衛門」

久弥は一歩前に歩み出て、家老に向かって口を開いた。

「君命に従うのであれば切腹を許すとの御前のご温情である。その方も次席家老なれば、謹《つつし》んで主命を受け申せ。これ以上無用な血を流すでない」

「黙らぬか。三味線弾きごときがぬけぬけと。貴様など世継ぎの器ではないわ」

家木が太い眉を吊り上げ、顎を震わせて吐き出すなり脇差を抜く。久弥は表情も変えずに静かな声を発した。

「……討ち取れ」

六人が腹から声を出して応じ、一斉に抜刀する。

天城と本間が家木目指して歩を進めると、間に立ち塞がる側近たちが気勢を上げて猛然と廊下を蹴った。

二人の剣が鈍く閃《ひらめ》きながら剣戟《けんげき》の音を響かせる。天城も本間も、腰の据わった使い手だった。瞬く間に三人の侍が廊下と襖を血に染めながら転がると、討ち漏らした一人のすさまじい打ち込みを後詰めの浜野が受け流し、一瞬の早業《はやわざ》で胴を払った。

家木を守る侍たちが三人の手並みを見てにわかに青ざめ、じりじりと後退る。周囲の侍たちの間に、肩衣《かたぎぬ》を撥《は》ね上げ白鉢巻を額に結び、家木一派の侍たちに相対する者がばらばらと現れる。饗庭派の藩士たちだ。敵味方の区別をつけるため、白鉢巻をするよう申し送りをしてあった。無言で脇差を抜き放つ、白鉢巻の藩士たちを見た家木の顔が引き攣る。慌てて御殿の奥へ逃げようと踵を返すと、そこに家臣を従えた饗庭が脇差を手に姿を見せた。

「饗庭、おのれ。謀《はか》りおったな」

火を吹くような目で饗庭を睨みつけ、家木が歯噛みした時、遠侍の方角から乱れた足音が響いてきた。

「番士です」

染田が鋭く言いながら成瀬と北田を促して後方を向く。そこに打刀をひっさげた番方の侍たちが姿を現し、三人は迎え撃つように構えを固めた。

裂帛《れっぱく》の気合と共に染田が一人と斬り結び、相手の剣を叩き落としざま額を割る。すぐさま横手の侍の前に体を沈め、伸び上がりながら胴を斬り上げる。左手にいる成瀬は番方の侍たちを弾き飛ばすように、すさまじい力で薙ぎ払う。北田は俊敏に相手の剣を躱《かわ》し、足や手首を打つ軽妙な剣捌きで相手を制していく。

馬廻り組をはじめとする番士も一枚岩ではなく、饗庭側に与《くみ》する白鉢巻の者もいる。番士同士の斬り合いもはじまっていた。

雨音をかき消して鏘然《しょうぜん》と鳴る刃音と、襖や障子が押し倒されて破れる音、断末魔《だんまつま》の悲鳴と怒号とを聞いていた久弥は、つと顔を上げるなり一気に刀を抜き放った。

見覚えのある長身の黒い影が、乱闘の合間を縫って音もなく近づいていた。

すぐ前方の浜野がさっと顔を強張らせ、男と久弥の間に割って入るようにして青眼に構える。

川中輔之丞が、数間先にゆらりと立った。

青白く削げた顔に、切れ長の目がぞろりと底光りしながら浜野を見据える。六年前よりも圧迫感を増した重苦しい気が、幽鬼を思わせる痩身から滲み出ていた。

川中が、おもむろに抜いた刀をだらりと体の脇に垂《た》らした。かと思うと、その刀がちかりと光る。

一気に間合いを詰めて上段から襲いかかった剣を、浜野が無意識のように受けた。奇妙に右に重心を置いた剣で、予期せぬ重さに浜野の刀が左に落ちるのが見える。右半身に隙ができたところに反転した川中の胴薙《どうな》ぎが飛ぶ。浜野は何が起きたのかわからぬ様子で、咄嗟に刀を脇に立てて凌いだ。

立ち直る間を与えず、気づいた時には唸りを上げる剣が袈裟懸けに打ち下ろされている。辛うじて捌いた次の瞬間、半身になった川中の剣がぐんと伸び、体全体が一本の刀になったかと錯覚する鋭さで喉元を襲った。――躱せない。浜野が凍りついた刹那、久弥は滑るように割り込んで川中の剣を鎬《しのぎ》で逸らした。

そのまま擦り上げた剣を速度を乗せて打ち込むと、迎え撃つ川中の刀とはげしく嚙み合った。飛びすさりざま額を割ろうとする川中の剣を捌き、大きく踏み込みながら逆胴を放つ。紙一重で躱した川中が、隙を狙って首根目がけた斬撃を打ち下ろしてくる。すかさず受けた途端に、岩のような剣の重みが全身にのしかかった。気合と共に刀を撥ね上げ、間髪容れずに胴を襲うと、川中が一間も後ろに飛んだ。

八双《はっそう》に構え直した川中の小袖の胸が斜めに裂け、剣先が浅く切りつけたのか着物に血が滲んでいる。男の痩《こ》けた顔がわずかに歪む。一方の久弥も、逸らせた斬撃が肩先を掠めたらしく、皮膚が切れて血が伝っている感覚があった。

青眼に構えて対峙《たいじ》し、川中のどろりとして底の見えない暗い目を見据えた。

一瞬の間のめまぐるしい攻防に、浜野は喘ぎながら立ち竦み、手を出しかねて青ざめている。

久弥は呼吸を静め、丹田《たんでん》に気を込めてわずかに腰を落とした。

鋒《きっさき》まで水のように静まったまま動かない久弥を見て、川中の目にわずかな苛立ちが浮かぶ。

「早うその男を討たぬか！」

家木が憎悪をむき出しにした声で叫ぶのと同時に、川中が殺気を放ち一足飛《いっそくと》びに肉薄する。

右に偏《かたよ》った剣が打ち下ろされるのを、飛び下がって避けながら引き面を打とうとすると、見切ったはずの剣が猛烈な勢いで追いすがってきた。浜野を襲ったのと同じ技だ。技を放った後に半身になり、飛び下がって隙のできた相手にさらに打突を打つなど、尋常な膂力《りょりょく》ではない。

しかし、光の筋にしか見えぬ神速《しんそく》の剣は、久弥の刀に沿って空《くう》を斬っていた。

見開かれた川中の目が、唖然として久弥を見る。

刹那、久弥は流れるように間合いを詰めている。

斬り上げた剣が宙に光の線を曳《ひ》いた。深々と切り裂いた川中の胸から血しぶきが飛び、赤い雨が壁を染める。川中が物も言わずに刀を逆手に持ち替えたかと思うと、かかとで廊下板を踏み抜かんばかりのはげしさで蹴り、右下段から瞬速の突きを繰り出してくる。

――向島では、これに敗れた。

振り抜いた刀を瞬時に立てて捌くと、川中が憤怒《ふんぬ》とも嘆きともつかない叫びを発した。

そのまま吸い付くように擦り上げた久弥の刀が、鋭い気迫を発して横に一閃する。

川中の首筋から鮮血が噴き上がった。ひゅうっと鋭く喉が鳴ったかと思うと、硬直しながら寸の間仰け反り、次の瞬間、山が崩れるようにどうと斃れた。

わずかな間を置いて、周囲の剣戟の音が止む。

水を打ったかのごとき静けさの中、誰もが茫然と川中の遺骸を凝視していた。

自分でつくった血だまりに横たわる川中の両目が、虚ろに天井を睨んでいる。

――左が、わずかに弱くなっていた。久弥は血振りをしながら思っていた。

おそらく、六年前に久弥が切り裂いた骨と筋肉は、完全に回復することはなかったのだ。右半身に偏った技は、左肩の損傷を補うために編み出したのに違いない。己の技を破られたと覚った川中が放った叫びは、癒えない傷を与えた久弥への呪詛《じゅそ》のように耳に残った。

「お見事……」

額をじっとりと汗に濡らし、浜野が声を上擦らせる。

「勝負あった。家木、観念いたせ」

饗庭の厳《おごそ》かな声が響く。

家木の周囲にいた侍たちが戦意を喪失した様子で次々に脇差を納め、道を空けて平伏した。番方の侍たちも、慌てたように刀を納めてばらばらと叩頭する。それを見渡し、家木は血走った目で久弥を睨みつけると口を開いた。

「若君に申し上げる。この首が欲しくば持っていかれるがよい。だが、宗靖様には何の罪もあられぬ。どうか、ご寛恕《かんじょ》のほどお願い申し上げまする」

怨念が燃え盛る双眸を見返しながら、久弥は低く言葉を返した。

「……兄上は無実だと申すか」

「若君、奸臣《かんしん》の妄言にお耳をお貸しになることなどございませぬ」

天城が素早く囁く。

「妄言などではない。争い事を好まれぬお方ゆえ、我らは若君のお耳にお跡目争いの委細が入らぬようにして参ったのだ。元はといえば、家中の者が彰則様を奉《たてまつ》り、若君を追い落とそうなどと画策しはじめたのがことの発端ではないか。順を違えた非はそちらにあろう」

「何を綺麗事を。政を恣《ほしいまま》にし、利を貪っていたのを御前がご存じないと思うてか。私欲に拘泥《こうでい》して君命に逆らおうとは、逆臣以外の何物でもないわ」

天城の痛罵《つうば》に、家木は赤黒く顔を染めた。

「儂《わし》はうぬら無能な昼行灯《ひるあんどん》とは違うわ。うつけどもが！」

言うなり脇差を構え、威嚇するように振り回す。そして身を翻して廊下の障子を蹴破るが早いか、庭へ走ろうとする。

「御免」

本間が即座に廊下板を蹴り、家老の背中を一刀の下に斬り下げた。

「おのれ」

家木が振り返り、悪鬼《あっき》のような形相《ぎょうそう》で脇差を振りかざす。

さらに本間が踏み込みながら、二の太刀で額を割った。大廊下を血で汚しながら、家老は数歩たたらを踏むと、ばたりと仰向けに斃れ、そのまま動かなくなった。

饗庭の側近と何事か話していた浜野が、落ち着いた声で言う。

「――宗靖様は奥の御座《ござ》の間《ま》におられるようです」

久弥は頷いて仕手たちに目を向けた。皆汗まみれで返り血を浴びているが、かすり傷が見える程度で重傷を負っている者はいないようだ。大廊下を見渡せば、酸鼻《さんび》を極める光景が広がっていた。

「これ以上の争いは許さぬ。北田、成瀬、天城、ここに残れ。饗庭家老とはかって負傷者を手当てし、一味を捕縛しろ。饗庭、ただちに江戸表《おもて》へ首尾を報告せよ」

は、と饗庭と三名が応じる。

「……参るぞ」

久弥は家木の死体を一瞥《いちべつ》すると、踵を返し浜野らを従えて歩き出した。

濃い血の匂いにむせ返りそうな大廊下を、血刀を提げた四人が通り過ぎる。廊下の両脇には敵味方が凍りついたように蹲《うずくま》り、物も言わずにそれを見送った。

藩主や一族が住まう奥御殿は、大書院と畳廊下でつながる小書院のさらに奥、二の丸御殿西翼に位置する。

奥御殿には藩主一族の居間や寝所、湯殿、奥向き女中らの住居や台所などが連なっている。藩主や嫡子の居間は御座の間と呼ばれ、雁の間、鶴の間、牡丹の間の三つがあり、私的な居間として、また執務を行う場として使用される。現在は、宗靖のみがここに暮らしていた。

水墨山水画の襖絵が続く畳廊下に足を踏み入れた途端、表の混乱が嘘のような静寂に包まれた。廊下の障子が所々開け放たれていて、広縁の外に広がる緑の濃い庭からは、雨に濡れた梔子《くちなし》のあえかな香りが漂い、黄鶲《きびたき》の玉を転がすように澄んだ声が響いてくる。体を返り血に染め、白刃を提げて大股に進みながら、久弥は己ら四人が森閑と澄んだ御殿の空気に、血の匂いをまき散らしているかのごとくに感じていた。

鶴の間にさしかかったところで、唐突に襖が内から開き、侍が数人廊下に転げ出てきた。男たちは四人の前に平伏するなり、口々に声を上げる。

「畏れながら申し上げます！　宗靖様に叛意などあられませぬ。どうぞご温情を。なにとぞ、なにとぞお願い申し上げまする」

「若君は清廉なお方にあらせられます。家木家老が若君を担ぎ上げ、このようなお立場に追い込んだのでございます。若君に非はございませぬ！」

「静まらぬか」

抜き身の刀を提げた浜野が一喝すると、男たちは赤い目を見開き一瞬怯んだ。

「……いえ、黙りませぬ。ご温情賜れるのであれば、我らの首、喜んで差し出します。どうか、どうかお慈悲を」

宗靖の近習小姓《きんじゅこしょう》なのであろう男たちが涙声で言い募るのをちらりと見ながら、久弥は無言で中に足を踏み入れた。

障子に透ける白々とした清潔な灯りが、やわらかく部屋に満ちている。一部を開いた障子の向こうの広縁は深緑の広い池に面していて、雨が水面をしきりと騒がせているのが見えた。その十五畳ほどの座敷の上座に、若い男が脇息《きょうそく》に頬杖《ほおづえ》を突き、胡坐《あぐら》をかいて座っている。

青年の前には側近の侍が三人、決死の形相で控えていた。広縁から戻ってきた者たちもそれに加わる。全員脇差に手をかけているのを無視して、久弥は二間ほど離れたところに立ち止まり、口を開いた。

「兄上でおられるか」

「……岡安久弥とかいう三味線弾きは、そなたか」

宗靖がつまらなそうに応じる。

涼しげな目元に、鼻筋の通った端整な面をしている。わざとのように崩した姿勢でも端然として見えるのは、育ちのよさのなせる業《わざ》だろうか。

「ふうん。腹違いとはいえ、父上や彰則とやはり似ているものだな。兄の上意討ちを命じられるとは、お主《ぬし》も損な役回りを押し付けられたものだの。日陰の身から世子に据えてやるとでも言われたか」

片手で白扇を弄びながら軽口を叩くと、宗靖は目の前の家臣に顔を向けた。

「この者らに罪はない。叩き斬ってくれるなよ」

浜野が染田を促して前に出る。

「……お覚悟くださいませ」

白刃を上段に構える二人を見上げ、皆がわっと絶望的な声を上げた。

抵抗されたためにやむなく家木と共に討ち取った、というのが彰久の筋書きであれば、宗靖には弁明することはおろか、武士として腹を切ることとさえ許さない。問答無用の死を与えるのみだった。

「騒ぐな。皆、下がれ」

宗靖は白扇で、とん、と膝を叩くと、表情を消した顔で平坦に言った。害意も敵意も感じられぬ、ただ晩秋の野のような乾いた諦念が漂う面差しだった。

「おやめくださいませ！　後生にございます！」

「若君、どうか、どうか」

侍たちが脇差を抜くかどうか逡巡する様子を見せながら、悲痛に叫ぶ。刀を抜けば、宗靖に藩主への異心ありと証明することになる。しかし宗靖を守るには抜く他にない。戦おうと戦うまいと、出口はないのだ。

浜野と染田が殺気を隠そうともせずに男たちに目を据える。すぐ後ろに立つ本間も、即座に飛び出すべく身構える気配を感じた。

「抜くでない、たわけ。佐々岡《ささおか》、下がらぬか。やめろというのが聞こえぬのか！」

宗靖が余裕を失った表情で声を荒《あら》らげた。

「下がりませぬ。まずはそれがしをお手討ちにしていただきます」

宗靖の前に膝をついている男が、涙を溜めた目を見開きながら低く唸る。握り締めた脇差の鍔元で、鯉口を切ろうと手に力が籠もる。

「馬鹿め！」

誰に対する罵《のの》りかわからぬように、宗靖が突如はげしく吼えた。抛《なげう》った扇子《せんす》が空虚な音を立てて畳を打ち、ころころと転がって沈黙する。

兄の顔を見下ろすと、肩を喘がせながら兄も久弥を見上げた。精一杯の抵抗のような皮肉な表情は鳴りをひそめ、抑えきれぬ煩悶が顔を覆う。己の最期《さいご》を受け入れようとしながら、無念だと全身が叫んでいる。ただ無念でならぬ、と宗靖の若い魂が身を絞って絶叫している。

――斬らねばならない。

そう己に言い聞かせながらも、久弥はその叫びに耳を塞ぐことができずにいた。凝然と瞠った瞳が痛ましいほどに澄んでいるのを見て取ると、思わず奥歯を食い縛った。

浜野と染田の膝が、獲物に飛びかかろうとする獣のごとく音もなく撓《たわ》み、鯉口を切ればば斬り捨てようと力を溜める。

御座の間に満ちる緊張が頂点に達した、その刹那、

「――待て」

久弥の言葉に、浜野と染田が一拍置いて振り向いた。

「は……」

訝しげな二人を目で制し、久弥はゆっくりと刀を鞘に納めた。

今にも打ち落とそうと刀を振り上げたままでいる二人の視線を感じながら、兄の前に歩み出た。近侍《きんじ》たちがぎょっとして仰け反るのを横目に、片膝をつく。

「……兄上、隠居を呑んでいただきます。よろしいか」

はげしい苦痛に襲われたかのごとく喘いでいた宗靖が、怪訝《けげん》そうに瞬きした。

「桃憩御殿にてご辛抱ください。兄上がご側近を抑えてくださらねば、元も子もございませぬぞ」

噛んで含めるように言って、両脇の家臣らに視線を投げる。

「兄上をお連れせよ。急げ」

佐々岡と呼ばれた実直そうな顔をした男が、我に返った様子で息を呑んだ。大きく胸を喘がせながら、寸の間宗靖と久弥を見比べ、がばと平伏するなり宗靖ににじり寄る。

「若君、どうぞお早く。参りましょう」

宗靖はぼんやりと久弥の顔を見上げた。

「何だと……何のつもりだ。見逃すとでもいうのか」

「久弥様！」

「若君！」

仕手たちが口々に声を上げるが、久弥は応じることなく兄の顔を見ている。

「無事、兄上を御殿まで送り届けよ」

「は……ははっ！」

「かたじけのうございます。かたじけのう……」

侍たちはすすり泣きながら頭を下げると、呆然としている宗靖を半ば引きずるようにして、鶴の間を小走りに出ていった。

「浜野、本間、供をしろ。兄上が無事御殿にお入りになるのを見届け、害をなそうとする者が現れたら退けよ」

桃憩御殿は、元は先代藩主の生母・照寿院《しょうじゅいん》のために建てられた別邸で、舞田の城下町の外れの山裾にある。遠ざかる足音を聞きながら命じる久弥に、浜野が危惧を滲ませた声で囁く。

「……若君、よろしいのですか。御前は……」

「兄上を討てとは、命じられておらぬ」

静かに言うと、浜野と本間は束の間目を見合わせた。

「……御意にございます」

刀を納めてその場で一礼した二人が、踵を返して大股に歩き去っていく。

いつの間にか、雨が止《や》んでいた。

染田が何かを言いかけて、黙り込む気配がする。

側用人たちが消えた廊下に目を向ければ、雲間から差す陽光が池の面に躍り、緑の滴る中庭が、障子の間に美しい借景をつくるのが見えた。

乱闘で荒れ果てた二の丸御殿表の後始末が一段落する頃には、すっかり日が落ちていた。

ひどく疲れて思考が鈍っている。湯殿を使った後、饗庭や重役らとささやかな祝宴を開いて皆を労うと、ようやく寝所に入った。

疲れきっているはずなのに、床に入ってもなかなか眠りは訪れなかった。

――己はこんなところで、何をしているのだろうか。

見知らぬ部屋の暗い格天井《ごうてんじょう》を見上げていると、ふっと冷たいものが胸を過った。

「見事、お母上様の仇をお取りになられましたな」

宴席で、涙ぐみながら言った饗庭の声が蘇る。

――仇か。

母を斬った川中を、あの向島の秋の日を、忘れたことはない。だが、心はまったく晴れなかった。望んでした仇討ちではなかった。大廊下に累々と折り重なる侍たちの遺骸と、はげしく吼える宗靖の姿ばかりが目の前に浮かぶ。

弥生の大火の日の、大勢を斬り捨てた後の虚しさと嫌悪感が生々しく思い出される。

雪のような灰が降っている。音もなく、途切れることなく降りしきる。見渡す限りの焦土に独りきりで横たわっているかのごとく感じながら、久弥はただ冷たい夜の底で息をしていた。

十一

翌朝、御座の間である雁の間で朝餉を取っていると、側用人の本間と浜野が目通りを願い出ていると小姓が伝えにきた。毒見をされて冷めた飯を、家臣に見守られながら一人で食すのは味気なかったので、見知った二人の来訪は嬉しかった。

「お食事の席をお騒がせし申し訳ございませぬ。これより染田と共に江戸へ帰参いたしますため、ご挨拶に参上つかまつりました」

下座で叩頭した本間が述べる。

そうか、と久弥は頷いた。江戸という言葉を聞き、胸奥がずきりと痛む。

「兄上のご様子はいかがだ」

「はっ。ご不自由なくお過ごしとお見受けいたしました。二の丸御殿からお身の回りの品をすべて持ち出すことばかりでなく、ご近侍までも連れていくことをお許しいただき、感謝申し上げるとのお言葉にございます」

久弥はつと横を向き、開いた障子の外の緑を見詰めた。

思慮深く、潔い男だ。身を挺して主《あるじ》を守ろうとする近侍たちの姿を見れば、宗靖がどのような人物かは想像がつく。もともと幼少の頃からの聡明さを買われ、養子に望まれたと聞く。己のような中途半端な若君ではない。跡目争いなどが生じなければ、十五万石を背負う世子として立派に責務を果たしていたのではなかろうか。

今となっては、死ぬまで桃憩御殿に閉じ込めて、無為に過ごさせる他にない。

それとも、父はあくまでも宗靖を亡き者にしろと命じるだろうか。そう思った途端、胸が凍えた。

「……父上に、家中の危難は去ったとお伝え申し上げよ。これ以上の流血は無用と存ずる、と私が申していたと」

若君、という本間の気遣わしげな声を黙って聞く。

「……承知つかまつりました」

ややあってそう答え、二人は平伏した。

そのまま退出するかに見えたが、浜野が不意に顔を上げて明るい声を発した。

「――畏れながら、若君。一昨日の変装は、愉快でございましたな」

久弥がきょとんとして瞬きすると、朗らかな笑みが返ってくる。

「棒手振りなぞ初めていたしましたが、それらしく見せるのは難しいものでございました。若君の竿竹売りのご変装ときたら、見事なものでございましたなぁ」

にこりとして隣の本間と顔を見合わせる。

「北田は、どうして自分は七味唐辛子売りなのだ、刀を隠すためとはいえ、あのようなみっともない張り子を抱えさせられ泣きたい心地であった、と漏らしておりました。今も皆で笑いの種にいたしております する」

これはとんだご無礼を、と浜野が頭を下げるのを見て、久弥はつられて笑みを浮かべた。七味唐辛子売りの張り子ときたら、真っ赤で巨大な唐辛子を模していて、滑稽《こっけい》極まりないうえにそれはそれは目立つのだ。あれを抱えて情けない顔で歩く北田を思い浮かべたら、ふつふつと笑いが湧いてきた。

笑うことなど忘れたかのように強張っていた頬が久しぶりに緩み、冷えきっていた腹の底がわずかにぬくもるのを感じる。

「……そうだな。あれは面白かった」

やわらかい声で応じると、浜野の両目がふと潤んだ。若い側用人は唇を引き結び、本間と共に深々と頭を下げる。

二人の背後で、黄鶲の澄んで弾むような歌声が、淡青の空に響いていた。

本間らが江戸へ発ってからは、政務と勉学に明け暮れて時が過ぎた。

家木一派への処罰については、ことに神経を磨り減らした。恨み骨髄に徹する重役衆が厳罰へ走ろうとするのに対し、久弥は温情をかけることを辛抱強く説いた。主家に背き、藩政を恣《ほしいまま》にし暗殺を繰り返した一派であれば、一族郎党皆殺しのうえ家名断絶とするのが常道である。しかし、憎悪に駆られて報復を加えれば、政はたちまち立ち行かなくなるだろう。

何よりも、骨肉相食《あいは》む争いを、心底終わらせたくてならなかった。

一派への処分が合意に至ると、役方から行財政に関する教授を受ける傍ら、近習に命じて関連の書物を揃えさせ、時を惜しんで文机《ふづくえ》に向かう日々が続いた。大名家の男子としての教育は受けてはきたが、藩主の名代《みょうだい》が務まるほどの知識と経験はとうてい足りない。

その夜も、居間で書き物をしていると、近習頭《きんじゅうがしら》が遠慮がちに声をかけてきた。

顔を上げた久弥に、盆で運んできた湯気の立った茶碗を勧める。

「白湯《さゆ》にございます。よろしければ……」

杉山泉二郎《すぎやませんじろう》という二十五になる男だ。下士の次男だが藩校で優秀な成績を収めたそうで、剣の方も筋がよく、急遽《きゅうきょ》久弥の近習頭に抜擢《ばってき》されていた。

「まだおったのか。火の始末なら勝手にするゆえ、もう下がってよい」

不思議そうに顔を見ると、はっ、と畏《かしこ》まっている。

杉山は引き締まった長身を動かしてきびきびとよく働く男で、行動の端々《はしばし》には頭のよさもうかがえた。けれども、常に顔を強張らせて緊張しているので、ろくに言葉を交わしたこともない。

だが、無理もないことではあった。城に上意討ちの仕手を率いて討ち入ったうえ、敵味方を震え上がらせていた川中輔之丞を斃した久弥の雷名《らいめい》は、すでに家中に轟いている。若君の近習頭に選ばれたと言えば大抜擢だが、当人は貧乏くじを引いたと思っているのかもしれない。

その近習頭は、束の間何かを迷う素振りを見せ、思い切ったように口を開いた。

「実は、それがしの竹馬《ちくば》の友に、父親が勘定所に勤めておる者がございまする。父親は勘定頭様の命に逆らえず、家木家老の一派に与して働いたことがあったそうにございます。このたび、一族郎党死罪を賜るであろうと切腹の支度をしておりましたところ、本日評定所《ひょうじょうしょ》より、父親の蟄居《ちっきょ》と召し放しにて許すとの沙汰が届きました」

声を掠れさせる青年の顔を、久弥はじっと見詰める。

「若君の強いお取りなしがあったと伺い、父母は涙に暮れて、お国のために尽くして若君にご報恩せよと友に諭したそうにございます。それがしからも感謝を申し上げたく……」

目を赤くしてそう言うと、がばと叩頭する。

「……そうか」

久弥は杉山の震える背中を見下ろしながら呟いた。

「――もらおう」

茶碗を手に取ると、杉山が思わずというふうに顔を上げる。目が合った。

素朴な笑みが男の潤んだ両目に浮かぶ。と、我に返って慌てたように平伏した。

白湯を口に含むと胸の辺りがじわりとあたたかくなった気がして、久弥は小さく唇を緩めた。


忙しく過ごすうちに水無月《みなづき》に入り、本格的な麦雨《ばくう》に入っていることに気づいたある日、江戸表から浜野が姿を見せた。

「こちらを若君にお持ち申し上げました。どうかお納めくださいませ」

挨拶もそこそこに、襖の側に控えている小姓に向かって袱紗《ふくさ》の包みを押し出す。小姓が躙り寄って包みを取り上げ、久弥の前に膝行した。

包みの形を見て、何が入っているのか即座に覚った。引き寄せられるかのごとく手が伸び、気づけば袱紗の結び目を解いている。見慣れた長袋が現れた。江戸の青山家上屋敷に置いてあった紫檀の三味線だ。体の一部を取り戻したような安堵と、そこにあっても奏でることのできない侘しさが胸の内に去来する。長袋に手を置いたまま動かぬ久弥に、小姓と近習頭の杉山が怪訝そうな視線を向けるのが感じられた。

収まりのつかない感情を押し殺して視線を落としていると、長袋の脇に、小さな袱紗に包まれた薄いものがあるのが目に入った。

文《ふみ》か、と気づいてにわかに耳朶が熱くなる。

近習らの視線も忘れて包みを膝に載せ、素早く袱紗を開くなり、美濃紙の文の上に置かれていた色鮮やかなものがぱらぱらと膝の上にこぼれ落ちた。千代紙の折り鶴だ。蛙《かえる》や風船、馬もある。

指先で拾い上げ、ふ、と堪えきれずに笑うと、近侍たちが目を剝いた。

美濃紙の文をそうっと取り上げて、壊れ物のように開く。かな交じりのぎこちない字が目に飛び込んできた。

――一筆啓上　父上様　倍御清福一段大慶仕り候

などと仰々《ぎょうぎょう》しいので、笑みがこぼれた。

父上様はご息災ですか、小槇はよいところですか、私も真澄さんも恙《つつが》なく過ごしています、とたどたどしく続く。近江屋さんや善助、勇吉が遊びにきました。浜野様は親切な方ですね。真澄さんに毎日稽古をしてもらっています。真澄さんはいつもやさしいです。絵草紙も読んでくれるし、寂しくなると唄ってくれるんですよ。真澄さんは時折泣いていますが息災です。私も時折泣いていますが息災でいます。父上様に会いたいです。とん首再拝。山辺青馬、とある。

もう一通、あった。

惜しむように紙を開くと、やわらかな女文字が目を撫でる。そこここに残る墨溜まりの跡が、何を書いたものかと迷う真澄の心を表すようだった。

お師匠が無事にお城に入られたと伺い、心底安堵いたしました。私も青馬さんも息災に過ごしております。青馬さんは私をよく手伝い、稽古に励み、父上様にお手紙を書くのだと字の練習をたくさんしています。夜になると時折半纏にくるまって泣いていますが、一緒に『越後獅子』を唄うと落ち着いて眠ります。初めて一緒に湯屋へ行ったら、男湯から御用聞きの親分と親しげに出てきたので仰天しました。江戸は長雨が続いていますが、舞田はいかがですか。お側用人様がよく気遣って訪ねてくださいます。橋倉様も何かと力になってくださるし、近江屋のご隠居様に下男と女中を世話していただいたので不自由もありません。どうぞご安心ください。あなた様もお体を大切に、真澄、とあった。

喜びと悲しみがない交ぜになった思いに攫《さら》われそうになる。幾度も読み返したくなるのを堪えて丁寧に文を畳むと、折り紙を両手に集めて浜野を見た。

「……本所へ、足繁《あししげ》く様子を見に通ってくれたそうだな。礼を言う」

浜野が目を細めて頭を下げる。

「滅相もございませぬ。……過日にお手紙を預りに伺いましたところ、青馬様がご自分の犬張子を若君に差し上げたいとおっしゃいまして」

目を伏せたまま、側用人は唇を引いて微笑んだ。

「抱えて寝ていると寂しくならぬので、これがあれば若君もお寂しくなかろうと仰せでございました。しかし、真澄どのが説得なされて、代わりに折り紙を差し上げることになさったようです」

久弥が犬張子なぞを抱いて寝ていたら、側近らが恐慌を来《きた》すだろう。久弥が肩を揺らして笑うと、浜野も堪えきれぬ様子で笑い声を上げた。

もう夜も蒸し暑いというのに久弥の半纏にくるまり、犬張子を抱いて泣き疲れて眠る青馬と、『越後獅子』を唄って寄り添っている真澄の姿が心を過る。視界が滲みそうになり、静かに深い呼吸を繰り返した。二人のことで浜野に訊ねたいことは山ほどあったが、そうもしてはいられない。

「父上はいかがお過ごしであったか」

気を取り直して訊ねた途端、浜野の表情が曇った。

「……は。大名小路に上屋敷を拝領し、夕御前様とご一緒にお移りになっておられます。久弥様が見事ご当家の若君としてご入城を果たされましたこと、祝着至極であるとまことにお喜びであられました。御自《おんみずか》ら川中を討ち果たされましたことも、武士の鑑《かがみ》であり、将たるに相応しき誉《ほま》れを上げられたと仰せにございました」

そこまで言って、ふと声を低める。

「御前よりお言付《ことづ》けがございました。お人払いをお願い申し上げまする」

久弥が目で合図すると、杉山らが音もなく部屋の外へと消えた。

「近《ちこ》う」

促すと、一礼した浜野が近くまで膝行する。

厳しい表情を見て、何があったかは想像がついた。

「……兄上のことか」

はっ、と浜野の顔が苦しげに歪んだ。

「あくまでも、誅殺《ちゅうさつ》いたせと仰せか……」

しとしとと降り注ぐ雨の音が、座敷に満ちる。

浜野はしばし躊躇うと、思い切ったように口を開いた。

「若君。それがし御前より直々に、密かに宗靖様を弑《しい》せとのご命令を賜りました」

目に鋭い光を浮かべた久弥に、顔を蒼白にしながら続ける。

「しかしながら……それがし、若君の御意に従いまする」

束の間、久弥は絶句した。父ではなく、久弥に従うというのか。この側用人の忠誠心の厚さはよく知っている。藩主の意に逆らうと決めた決心の重さが、胸に迫った。

「……よく話してくれた」

久弥が低く言うと、浜野は清々《すがすが》しい顔で笑みを浮かべる。

「だが、使命を果たさねばそなたの立場が危うくなろう」

「覚悟のうえにございます」

きっぱりと言う浜野を見詰め、久弥は暫時《ざんじ》考え込んだ。

「そなた、しばらく病にでも罹《かか》って寝込むがいい。流行病《はやりやまい》ゆえ江戸へは帰参できぬとでも伝えておけ」

「はぁ。しかし、そのような策は長くは通じぬかと存じますが……」

浜野が苦笑いする。

「どうにかして、父上に翻意《ほんい》していただかなくてはなるまいな」

彰久を説得できるのは下野守か饗庭家老くらいのものだが、双方共に宗靖を生かす意思があるとは思えない。だが、久弥が舞田を動けぬ以上は饗庭の力を借りるしかないか。

――いや、もうお一方おられるが……。

間断なく降り続く雨の音を聞きながら、傍らに置いた長袋の上の文と愛らしい折り紙に目を落とすと、久弥は同じ雨に濡れているであろう江戸に思いを馳せた。

城下町を抜けて脇街道に通ずる道を北へ進むと、丘陵と谷津《やつ》の広がる一帯がある。

その一つ、小高い大国山《おおくにやま》の中腹にある山辺家の菩提寺・高蔵寺《こうぞうじ》の五重塔を右手に見ながら谷津の奥へと入っていくと、山から湧き出す清水が小川となって流れる、藪《やぶ》の内《うち》と呼ばれる谷がある。桃憩御殿は、その藪の内を切り開いて建てられてあった。

浜野の謁見の後、久弥はその御殿に宗靖を訪ねてみようと思い立った。一夜にして城を追われた宗靖がどのように過ごしているのか、心にかかっていた。

行列を仕立ててぞろぞろと行けば騒ぎになるだろう。雨も今は小降りになっているから、笠《かさ》を被ればどうということもない。

「しかし、家木の残党が襲ってこぬとも限りませぬし……」

と渋る杉山を説き伏せて、ごく数名の近侍を供に、銀色の帳《とばり》のような小糠雨の中を歩いていくことにした。

三の丸の大手門を出て、武家地から町人地へと歩くうちに、梅雨時のじめじめとした気候の不快さも忘れ、足取りが軽くなっていく。商家が軒を連ねる表通りは雨の中でも活気があって、棒手振りやお店者が声を張り上げて客引きをし、子供らは雨をものともせずに駆け回り、傘を手にした娘たちが明るく笑いながら歩き過ぎる。

「小槇は米どころでもございますし、利根川《とねがわ》の鯉や鰻《うなぎ》も美味でございますよ。三春茶《みはるちゃ》という銘茶も近頃とみに知られてございまして……」

などと、嬉々として語る杉山の話を聞くのも楽しかった。政変など知らぬふうなのどかな景色は、城に籠もりきりで強張っていた心を解《ほぐ》していくようだ。

町を抜け、大国山を横手に緑の濃い谷を進んでいく。白い山百合《やまゆり》の花があちらこちらに群生し、霧の流れる山肌には、終わりかけの花水木《はなみずき》の白や薄紅が滲んで見える。

やがて、白い築地塀《ついじべい》に囲まれた武家屋敷が、藪の内の谷間に立ち現れてきた。

「兄上のご様子伺いに参った。お加減が優れぬようであれば、出直そうと思う」

笠を取った久弥が式台玄関で伝えると、近侍たちは戸惑いながら顔を見合わせ、奥へと駆け込んでいった。

ほどなくして、見覚えのある男が廊下の奥から現れた。平伏した侍は落ち着いた物腰で、小姓頭の佐々岡次郎三郎《じろうさぶろう》と名乗った。

「突然押しかけ相すまぬ。急に思い立ったので手土産も持たなんだ」

そう言いながら刀を預けると、佐々岡がかすかに表情を和らげた。

「滅相もございませぬ。宗靖様がお待ちにございます」

男に導かれて御殿の奥へと進む。襖に山水画が描かれた書院の前の広縁に、庭を向いて佇んでいる宗靖の姿があった。供をその場に留めて近づいていくと、白い靄のような雨に煙る庭を眺めていた兄が、ゆっくりとこちらを向く。

「――何だ。余の首でも取りにきたか？」

熱のない口調で言って久弥の顔を眺めている。

「お戯《たわむ》れを」

「違うのか」

無論でございます、と言って久弥は広縁に膝をつき一礼した。

「兄上のお顔を拝見しに伺っただけです」

「余の顔なんぞ見て何が面白い。隠居させるだけでは物足りなくなったか。こんな顔でよいのであれば、好きなだけ眺めて笑えばよい」

「……つくづく、歯に衣着せぬお方でおられますなぁ」

思わず久弥が笑うと、宗靖は呆れるとも驚くともつかない妙な表情をした。

「私がおりますと、ご不快でございますか」

「不快も何もない。一度も顔を合わせたことのなかった弟に、何を思うこともない」

ゆるやかな眉をひそめ、青年が困惑した表情で久弥を見下ろす。

呆れるほど率直な男だ、と久弥は再び笑みを浮かべた。だが妙に人好きがする。

「――しかしお主はそうでもなかろう。家木が川中を差し向けて、お主の母君を殺《あや》めたと聞いた。あやつが余を担ぎ上げねば起こらなかったことだ。……お労《いたわ》しいことであった」

兄の声にざらりと苦いものが混じったので驚いた。

「そのように思ったことはありませぬ」

宗靖を恨みに思ったことなどついぞなかった。養子に望まれたはずが跡目争いに巻き込まれ、兄こそいい迷惑であろうとは思っていたが。

意外な気持ちでしげしげと見上げると、宗靖もまたしげしげと見返してきた。

「……妙な男だ」

兄の目元がやわらかく緩む。自責の念に苦しみ、己の無力を噛み締めながら歳月を重ねてきた青年の心の内をふと覗いたようで、いたたまれぬ思いに襲われた。

「お主、三味線の名手だそうだな。一曲聴かせてたもれ」

思いついたように宗靖が言う。

「弾いてもよろしゅうございますか」

にわかに心ノ臓が弾み、頬に血が上る。

久弥の上擦った声を聞いて、兄は目を瞠った。

「……好きにいたせ。余は糸を聴くのは好む」

「私でよろしければ喜んで。早速、近いうちに三味線を携えて参ります」

鬱々とした長雨の最中でありながら、胸の内に晴れ間が広がる心地がする。

「おかしなやつ」

毒気を抜かれたように呟き、宗靖は喉の奥で笑った。

「そうだ。ついて参れ」

不意に兄が言って、廊下を歩き出す。ついていくと居間らしき座敷に入るよう示されたので、一礼して下座に着いた。

書物の多い部屋だった。宗靖は文机の脇の手文庫を開き、紙の束を取り出すと、

「各地の名主《なぬし》や代官《だいかん》、また郡代《ぐんだい》で、使えそうな者を調べたことがあってな。何かの足しになるなら使え。役方から必要な説明は受けておろうが、城詰めの役人は末端まで目が行き届かぬ」

矢継《やつ》ぎ早《ばや》に言いながら、書付《かきつけ》の束を久弥の膝の前に積み上げる。

「三春郡《みはるぐん》の惣代《そうだい》名主の清水与左衛門《しみずよざえもん》などは大した男だぞ。七年ほど前に試みに茶畑をはじめさせたが、百姓や他の名主が異を唱えたのをあやつが説き伏せたうえ、身代を擲《なげう》って開墾に充《あ》てたのよ。あの男は気骨があるし、先見の明がある」

地図が何枚か畳を滑ってきた。

「この代官は農地の改良に熱心な面白い奴だ。この郡代も目立たぬが信用が置ける。それから三の丸の藩校の学頭だが……」

茶を運んできた佐々岡のことも目に入らぬ様子だった。ぽかんとしていると、宗靖が怪訝そうに口を噤む。

「……何だ？」

「いや……話には聞いておりましたが、兄上のご熱意は大変なものでございますな」

嘆息する久弥の喉を、重苦しいものが塞いだ。宗靖は、己の命が助かるとは思っていない。早晩誅殺されるであろうと覚って、久弥にこれを託そうとしているのだ。

「……父上は、兄上がなされていることをご存じでおられましょうか」

「まさか。国元の政は、よほどのことがない限り父上の関知なさるところではない。多くは国家老の裁量に任されておるからの。あやつらも茶の栽培だの農地の改良だのに関心なぞないから、余の好きにさせておるのよ」

乾いた声で宗靖が笑う。

「しかし、国元の安定が政の根幹にございましょう」

久弥は改めて、惜しい、と思った。自分のごとき浪人あがりに、このような役は務まらない。これほどの器量の若君を葬《ほうむ》るなど馬鹿げている。

そう思い詰めた時、ふと胸に閃くものを感じた。

――そうか。

この兄の命を救う方策が、あるかもしれない。

父の心を動かすことが、あるいは……。

書物を手繰《たぐ》る宗靖を見ながら、久弥は逸《はや》る心を抑え、慎重に考えを巡らせていた。

翌朝、久弥の命を受けた郡代が、三春郡の惣代名主、清水与左衛門を伴って現れた。

「人払いせよ」

簡潔に言うと、平伏している清水を残し、郡代と側近らが部屋を出ていく。

「清水与左衛門、面《おもて》を上げよ」

声をかけた途端、男の肩がぴくりと震え、ゆるゆると半ば顔が上がった。

五十をいくつか過ぎたと思われる骨格逞しい男だった。麻裃《あさがみしも》が雨に湿り、皺が寄っている。日に焼けた精悍《せいかん》な面に、実直そうだが意志の強さを思わせるがっしりとした顎が印象深い。

「かように急な呼び出し、相すまぬ。雨の中を夜通し歩き、さぞ疲れておるであろう」

久弥の労いの言葉に意表を突かれたのか、清水の目が一瞬泳いだ。

「はっ。いえ、滅相もございませぬ」

上擦った声で慌てて答え、勢いよく平伏する。

「その方を呼び出したのは、いくつか訊ねたいことがあったからだ。ことに、兄君宗靖様のことについてだ」

清水の鬢《びん》の辺りがすっと強張った。

「茶の栽培のことで、宗靖様はその方と親しく交わっておられたそうだな」

「……は。その、親しくなど畏れ多いことにございます。宗靖様は、各村に幾度もお御足をお運びくださりまして、我ら名主たちや、村の者の話をお聞きくださりました」

「詳しく話してみよ」

そう促すと、清水は束の間口を噤み、思い切ったように話しはじめた。

「……もともと三春では茶の栽培を行っておりましたが、ここ十数年は目立った品種が育たず、皆、難渋しておりました。それをお耳に挟まれた宗靖様が、お力をお貸しくださるとおっしゃられたのでございます」

宗靖は郡代と郡奉行《こおりぶぎょう》に掛け合い、清水の息子をはじめとする若者を宇治《うじ》へ修業に出すよう計らった。畑の開墾に際しては、収穫が軌道に乗るまで年貢を抑えさせたのに加え、費えの一部を奥向きの予算を切り詰めて捻出したのだそうだ。

「宗靖様のご熱意のほどに皆発奮《はっぷん》いたしまして、力を合わせて取り組みましたところ、三春茶の名で江戸の茶商に評判が広まり、年々売高《うりだか》も増してございます。その甲斐あって、郡内の者の暮らしはずいぶんと楽になって参りました」

そこまで一気に話し、清水が眦《まなじり》を決してぐっと顎に力を入れる。

「若君に申し上げまする。最近お城に変事が生じ、宗靖様が隠居を命じられたようであると、辺鄙《へんぴ》な村にも噂が届いてございます。それればかりでなく、隠居だけでは許されぬのではなかろうかとも、耳にいたしております」

次第に声が掠れ、がっちりと肩幅のある体が小刻みに震え出した。

「三春郡の村々の名主や村民は、宗靖様の御身を心から案じ申し上げております。昨夜、郡奉行様よりお召しと伺い、急遽名主たちと寄り合いを持ちました。若君に宗靖様のご助命をお願い申し上げ、必要とあらば死罪をも謹んでお受けいたそうと合意して参りました。それがし、畏れ多くも士分をいただく身でございます。お許しを賜れるのであれば、今すぐ腹を切る覚悟でございます」

いつしか、なめし革のように日に焼けている清水の頬を涙が伝っていた。ゆっくりと腰の脇差を鞘ごと引き抜き、膝の前に置く。久弥が無言で見詰めていると、清水は作法に反してぐいと目を上げ、微動だにせず見返してきた。

「……覚悟のほどはようわかった」

久弥はそう言い、近う、と促した。

戸惑いながら、清水がぎこちなく膝行する。

「実は、そなたには頼みがあって呼び寄せた。兄上のお命をお救いしたいのは私とて同じなのだ。だが、私の一存ではそれが叶わぬ。その方、力を貸してくれるか？」

声をひそめて鋭く問うと、清水は一瞬の間を置いて目を見開いた。耳を疑うかのごとく久弥を見上げた男の顔が赤くなり、勢いよく身を乗り出してくる。

「……も、もちろんにございます！　何なりとお命じください」

「よう言った」

久弥は頷き、清水の方へ顔を寄せた。

「兄上のご助命を願う嘆願書を、名主の連名にて早急に評定所へ提出せよ」

一息に言うと、男が瞬きも忘れた様子で絶句した。

「残された時は少ない。猶予は二日。そなたたちに咎《とが》が及ばぬように私も力を尽くす。だが、しくじれば厳しい沙汰が下るだろう。それでもやってくれるか？」

彰久の心を動かすには、久弥一人の訴えでは足りない。宗靖に領民の強い支持があり、宗靖を誅殺すれば領民にはげしい動揺が広がることを、印象づけねばならないと考えていた。だが、藩主の上意に意見するなど、名主の身分と職分をはるかに超えた行為である。それでも、これに賭けるしかないと思った。

「――は、ははっ。お任せくださいませ。ただちに村に戻り、お言いつけの通りにいたします。たとえ賛同する名主がおらずとも、それがし一人でやりまする」

腹から声を出し、清水は興奮に目を輝かせる。

「……それがし、新たな若君は鬼神のごときお方と噂に聞き、宗靖様のお命にも、もはや望みはないものと思っておりました。長くお城での政争に耐えられた末に、お命まで奪われようとは神も仏もないと、まことに耐えがたく、腸《はらわた》が千切れる思いにございました。心得違いをどうかお許しくださいませ」

深々と叩頭し、涙声で言うのを聞きながら、久弥は膝に置いた両手を握り締めていた。

「……頼む」

声を絞り出すと、はっ、と清水が力強く応じた。


二日後の早朝、三の丸に位置する評定所に届けられた宗靖の助命嘆願書には、三春郡のみならず、複数の郡の名主たち、合わせて五十名の名が連署血判にて連ねてあった。小槇領内の村の数は二百三十を超えるが、わずか二晩にして五十もの村の名主から賛同を得たのである。驚異的なその数に、領民が宗靖に寄せる敬慕《けいぼ》の深さがうかがい知れた。さらに、麻裃に身を包んだ多くの名主たちが夜を徹して領地を歩き、評定所に馳せ参じると、総代として清水が嘆願書を提出したという。

同じ嘆願書の写しが、その日の午前中に久弥の手元にも届けられていた。

「これほど民に慕われておられたとは……」

居間で嘆願書に目を走らせた浜野は、しばし言葉を失った。

「それにしましても、奇策にございますな。まさか宗靖様のご助命を嘆願するなど考えが及びませなんだ。我らが評定所に訴えを持ち込むには憚《はばか》られる事案にございますが、領民であればあるいは……しかし、難しい賭けにございますね」

興奮を目に浮かべながらも、慎重に言う。

「わかっている。これだけでは足りぬ」

久弥は小さく頷くと、奉書紙《ほうしょがみ》の書状を一通、懐から取り出した。

「……これは、私から夕御前へ宛てた嘆願だ。父上が翻意くださるよう、夕御前よりお口添えを賜るようにお願い申し上げた。これを急ぎ江戸へ送る」

「夕御前様へ……」

浜野の隣で杉山が目を剝く。

「夕御前がご助力くだされば、父上のお心が動くやも知れぬ。今はあのお方におすがりするより他にない」

「しかし……夕御前様が宗靖様のご助命などを願ってくださるでしょうか?」

口籠もる浜野に、久弥は強い視線を向けた。

「そう願ってくださると、私は信じている」

青山家上屋敷で謁見した際の、夕御前の姿が脳裏に浮かぶ。

子を亡くした悲しみに暮れる、一人の母の姿をしていた。

無実の宗靖を死なせることの非情を、これ以上無為に血を流すことの愚かさを、きっとわかってくださる。他の誰でもない、彰則の母である夕御前の言葉には、父の心を動かす力があると思いたかった。

十二

「……本当に参ったのか」

夕御前宛ての書状を携えた急使《きゅうし》が江戸へ発ったその日の午後、三味線を抱えて桃憩御殿に現れた久弥を見て、宗靖が呆れ顔で言った。

「弾いてよいと仰せになられましたので」

にこりとして応じ、明るい雨に煙る薄紅色の花が咲き乱れる蓮池を背にして座る。

近侍らの好奇の視線を感じながら、滑らかな手つきで長袋から紫檀の三味線を取り出し、撥を右手に握る。

ひんやりとした紫檀の棹と象牙の撥、膝の上の胴の馴染み深い感触に、すうっと心が和らいだ。縄が解けるように、強く押さえつけられていた色鮮やかなものが奔流のごとく胸に満ちる。

「……何を、弾いて差し上げましょうか？」

屈託のない笑みを向けると、宗靖は気を呑まれた様子でこちらを見詰め、次いでぼそりと呟く。

「好きに弾け」

久弥は開放弦を弾きながら糸の状態を確かめ、本調子に合わせた。

雨音を遠くに聞きながら、背筋を伸ばし丹田に力を込める。すっと周囲の空気が引き締まっていく。

撥が糸を打った途端、澄んだ音色が肌の上を走り抜けた。

義太夫《ぎだゆう》を取り入れた、力強く、それでいて滴るような情緒に満ちた前弾きである。

宗靖と近侍らの意識が、一瞬にして弦の音に惹きつけられるのを感じる。前弾きが途切れ、寸の間の、しかし永劫とも思える静寂が落ちた。

身の程を　知らずと人の思ふらん
繁《しげ》き人目を忍ぶ川　水の行方のさまざまに
流れもやらぬ薄氷《うすごおり》　解《と》けぬ心を明かしてそれと
云ふに云はれぬ我が思ひ
調べ掻き鳴らす……

乾いた、哀切漂う歌声と、趣き深く格調高い旋律を嫋々《じょうじょう》と絡めていく。

長唄屈指の難曲とされる『三曲糸《さんきょくいと》の調《しらべ》』である。

九世杵屋六左衛門《きねやろくざえもん》の作とされ、浄瑠璃『壇浦兜軍記《だんのうらかぶとぐんき》』の三段目の口「阿古屋琴責の段《あこやのことぜめ》」を元にしている曲である。源平合戦で敗れた平景清《たいらのかげきよ》の行方を追及された愛人の遊女・阿古屋《あこや》が、琴・三味線・胡弓《こきゅう》を見事に演奏し、無実を証明するという内容だ。超絶的な技巧を必要とするうえに、字配りが特殊な難所が多く、唄い手と合わせるのが至難であることでも知られる雅曲だった。

翠帳紅閨《すいちょうこうけい》に　枕並ぶる床《とこ》の内　馴れし衾の夜すがらも
四つ門の跡夢もなし
さるにても我が夫《つま》の　秋より先に必ずと
あだし言葉の人心　そなたの空よと眺むれど……

紫檀の棹の上を指が躍り、撥が翻るたび、うねるような音色が立ち上る。声を練り、去っていった男を思う阿古屋の寂寥《せきりょう》と哀切を無心に唄う。叙情に満ちていながらも、鋭く研ぎ澄ませた間が息詰まるほどの切迫感を与え、情趣に溺れることを許さない。胸を締めつける甘美な糸の音と、轟き渡る沈黙とが、魂に刻みつけんばかりに殷々《いんいん》と鳴り響く。極限まで洗練され、抑制をきかせた曲調は、そこに潜《ひそ》む生々しい懊悩《おうのう》と情念、そして人の業の深さまでも容赦なく露《あらわ》にしていく。

呼吸すら忘れて聞き入る宗靖の双眸が、打たれたように震えている。嫌というほど人の世の醜悪さを見せつけられ、重く深い失意と孤独に曇っていた表情に、淡く清潔な光が射《さ》す。

青馬に、初めて三味線を弾いて見せた日を思い出す。踏み荒らされひび割れた魂が、音曲の雨を浴びて、緑が芽吹くように息を吹き返す様を見た。

兄の瞳が、かすかな潤みを帯びてこちらを見詰める。雨が降っている。宗靖の胸の内に、音色の雨が降っている。兄と共に、久弥もそれを全身に浴びている。

——なんと美しい雨だろうか。

それぞと問ひし人もなし
三筋四筋のいとまなければ

段切りの余韻がやわらかな雨声に溶けていく。撥を下ろし、久弥は目を上げた。

宗靖がまだ調べの雨に打たれているかのように、凝然としている。不意に、庭の雨音の中に鳥の羽ばたきが交じり、兄ははっと瞬きをした。

「……見事だ」

ゆっくりと唇を引き、溜め息と共に言う。雨上がりの空を思わせる清々しい光が、目の奥に瞬いている。

近侍が忘我の表情で息を詰めているのを見ると、青年は笑みを深くした。

「お主はいったい何者なのだ。鬼も逃げ出す剣豪かと思いきや、魂を抜くような糸と声で音曲を弾く。家督を継げば、さぞ風変わりな御前になるであろうな」

やさしく降り注ぐ雨が遠のいた気がした。咄嗟に、気の利いた言葉を返すことができなかった。己が何者であるのかと問われれば、答えはひとつしかない。しかし、そう答えることはもはや許されていないのだ。

だがそれが何だ。青馬を子に迎えるのと引き換えに、諦めたではないか。この兄のように命を弄ばれることに比べたら、何だ。江戸に戻れるのなら、世子であろうが藩主であろうが務めてみせるまでだと、そう腹を括ったではないか。

握り締めた紫檀の棹の、体の一部にも等しい感触が無性に哀しかった。

楽しげに笑った宗靖の顔が、久弥を見て強張った。

「久弥、お主もしや……世継ぎになりとうないのか。そうなのか？」

そんな馬鹿なことがあるかと疑う様子で、己の言葉に愕然としている。身を硬くして沈黙する弟を、今初めて会った相手のように凝視する。

「……お主、三味線弾きに戻りたいのだな？」

信じがたいものを見るかのごとく見開かれた兄の双眸に、痛ましげな表情が過る。

三味線を抱いたまま、久弥は宗靖から目を逸らした。

答えることは、できなかった。


急使が江戸に発ち、七日が過ぎようとしている。

評定所に持ち込まれた前代未聞の嘆願は、ただちに重役衆の元に上げられた。裃に身を包んだ名主が大挙して押し寄せたとあっては、世迷い言として訴えを退けるわけにはいかない。判断に窮《きゅう》した重役衆は、藩主の裁可を仰ぐべく江戸に使いを走らせていた。

家臣の間には、様々な憶測が飛び交っているようだった。宗靖に死刑が命じられるのではないか、いや隠居と遠慮を解かれるのではないか。助命を求める領民が一揆《いっき》を企んでいるのではないか。御殿の内は、不穏な囁きに満ちていた。

午後の政務を終えると、桃憩御殿へ忍んでいくのが久弥の習慣になった。

宗靖は弟の来訪を心待ちにしている様子で、訪れるたび人懐《ひとなつ》こい笑顔で出迎える。そして演奏を乞い、江戸の話や久弥の生まれ育ちの話を聞きたがった。

「……江戸に、お主が面倒を見ている者がいると聞いた」

七日目の夕刻、兄が久弥の顔を眺めながら言った。

「妻と子か?」

顔から襟足まで熱くなるのを感じながら、久弥は目を伏せる。

「いえ……妻ではありませぬ。その、子の世話を頼んでいる人で……」

ふうん、という兄の含み笑いに身の置き場がない心地になった。

「子は町人であったそうだな。お主の血も受けておらぬのに、なにゆえ子としたのだ」

久弥ははにかむように頬を緩めた。袖の中にいつも忍ばせてある折り紙の方に視線を落とす。

「……我が子とするならば、あれ以外にはないと思ったのです。血のつながりは、さして重要ではございませんでした」

胸に込み上げるあたたかなものと痛みとを同時に感じながら、やわらかく言った。

「それほどに可愛いか」

宗靖がふっと笑うのを見返して、久弥は相好を崩す。

「それはもう」

久弥の大きすぎる半纏を嬉しげに着込んで、ぺたぺたと家中をついて回る姿が目に浮かぶ。膝に抱いた、ちっぽけでやさしい感触を思い出す。

真澄が、愛おしんで育ててくれているだろう。そうに違いない。

そう思った途端、娘の慟哭が耳を刺すように頭に響き、無理矢理に考えるのをやめる。

「そういうものかのう」

遠い目をして宗靖が庭に顔を向ける。久弥はその横顔をじっと見詰めた。やつれた顔だった。微塵の動揺も表さぬ兄だが、白い面に差す濃い心労の影は隠しようもない。

「……そうです」

分家の出とはいえ、血のつながりはまるでない兄だ。また、いつ殺し合わねばならなくなるかもしれない。だが……。

「今は、兄上とこうして過ごす時が、楽しゅうございます」

久弥の言葉に、宗靖がゆっくりとこちらを向き、

「……お主は、稀代のお人好《ひとよ》しだのう」

そう言って、淡く笑った。


「城内が騒がしゅうなっておりますな」

城へ戻り、病を得たことにしてある浜野を召し出すと、若い側用人は固い口調で言った。

「宗靖様をなぜ生かしておくのかという、強硬な意見の者も少なくありませぬ。若君のご寛大さに心打たれる者もございますが、手緩いと思う者もおりますようで……」

久弥は小さく嘆息した。いったい、この混沌とした家中をどう治めたらよいのかと、

暗澹《あんたん》たる思いに囚《とら》われる。

その時、廊下に乱れた足音と、尋常ならざる昂った声が響いた。

浜野が脇差に手をかけながら素早く襖に寄る。久弥はさっと刀掛けに手を伸ばして打刀を掴むと、片膝を立てて蹲《うずくま》った。

「若君に申し上げます！」

杉山の上擦った声が聞こえてくる。

「江戸表より、お側用人の本間様がご到着にございます！」

それを耳にした瞬間、久弥は浜野と顔を見合わせた。

「本間か。よく参った」

襖を開け放つと、畳廊下に側用人の本間の姿があった。よほど急いで登城したのか、旅装の肩を上下に喘がせている。本間は深く一礼すると、家紋入りの塗りの箱に収められた書状を取り出し、捧げ持った。

「御前よりご下知《げち》にございます」

奪うように奉書紙を取り上げてさっと振る。途端、「御思召有之」という字が目に飛び込んだ。

――御思召有之　御慈悲之御了簡ヲ以　宗靖様之義　願書之通　御赦被仰付候……

「宗靖様の隠居と遠慮を解き、二の丸へお戻りいただくようにとの仰せにございまする」

本間の弾む声を聞きながら、全身の血が沸騰するのを感じた。

宗靖が救われたのだ。

ざわめきが御殿の中に広がっていく。廊下を右往左往する足音と、忙しい言葉のやり取りが聞こえ、驚愕と安堵、喜びと憤りとが空気に漲る。

「饗庭家老を呼べ。それから桃憩御殿へ急使を遣わし、お迎えを差し向けよ」

「今すぐに、でございますか」

杉山が戸惑ったように言う。

「今すぐにだ。兄上はもはや隠居を解かれ、当家にお戻りである。ただちに乗物を仕立て、二の丸へお帰り願え！」

声を張り上げた途端、御殿の空気がぴんと張り詰める。

杉山が素早く去ると、久弥は浜野と本間を引き連れて御殿表へと向かった。

昂揚《こうよう》が、抑えがたく胸の内に湧き上がっていた。

小雨の降りしきる宵闇の中に、二の丸南大手門から続く、赤々と燃える無数の松明《たいまつ》の列が浮かび上がる。爆《は》ぜる炎に照らされ、壮麗な櫓門が陽炎《かげろう》のように立ち上がっている。そこに、丸に剣片喰紋の定紋を入れた高張提灯に先導された一行が、厳《おごそ》かな足取りで現れた。

遠侍にて重役衆をはじめとする家臣団と共に待ち構えていた久弥は、乗物から式台に降り立つ兄を見て、深く一礼した。

「兄上、お待ち申し上げておりました。ご無事のお戻り、大慶至極《たいけい》に存じまする」

胸が詰まる思いで述べると、宗靖は頬を緩めて頷いた。それから、松明に照らされた二の丸の櫓門の方角を振り返り、大廊下と広間に居並ぶ家臣団を見渡しながら、感慨深げに目を細める。

「――出迎え、大義である」

深い吐息と共によく通る声で言い、遠侍に足を踏み入れた。

久弥が重役衆と共に背後に従うと、大廊下の両脇に居並ぶ家臣団が一斉に拝跪する。彼らの間を進む宗靖の後ろ姿は、憔悴や苦渋が影をひそめ、侵しがたい誇り高さに満ちていた。

舞田からもたらされた助命嘆願書を見た彰久は、激怒したらしい。のみならず、連署血判をしてまでも己に異議を申し立てた名主らを脅威と捉え、諏訪家老らの諌言《かんげん》を無視して厳罰を加えようとしていたという。

しかし、久弥から文を受け取った夕御前は、夫に宗靖への寛恕《かんじょ》を訴え出てくれた。

まさか正室が宗靖の助命を願い出るとは夢にも思わずにいた彰久は、驚きをもってそれを聞いた。そして数日に及ぶ夕御前の懸命な説得の末、父は宗靖への処罰を解き、再び城へ戻ることを許したのだった。

「母上が……」

城に帰還した翌朝、鶴の間で本間の言葉に耳を傾けていた宗靖は、切れ長の目を大きく瞠った。

「はい。宗靖様の御身を、大変案じておいででした」

滅多に感情を面に表さない本間が唇を綻ばせると、宗靖の表情は和らいだ。

「余のような不肖《ふしょう》の息子に、もったいなき思し召しであった」

穏やかな声に、隣に控える久弥と近侍らの顔に笑みが浮かぶ。

「……佐々岡。お前はいつまでそうしておるのだ。いい加減泣き止まぬか」

部屋の隅で顔を伏せ、しきりに目元を拭っている小姓頭に顔を向け、宗靖が眉を上げる。

「はっ……申し訳ございませぬ」

佐々岡が顔を赤くして声を詰まらせると、座敷にさざめくような笑いが広がった。

一緒に笑うかのように、大瑠璃《おおるり》が高く澄んだ声を響かせて唄うのが、明るい小雨に霞む庭から聞こえてくる。

　血刀を提げて、この御座の間で兄と相対したのが嘘のようだ。久弥は二の丸御殿で暮らすようになって初めて、心があたたかく寛ぐのを感じていた。

「……久弥様」

　下座で目を伏せ、一同の朗らかな笑い声を聞いていた本間が、躊躇いがちに低く言う。

「御前よりお言付けを承っております。畏れながら、お人払いをお願い申し上げまする」

　頷く久弥の隣で、宗靖は席を外そうと腰を上げる。

「兄上。どうぞご同座ください」

「……よいのか」

「無論にございます」

　暫時久弥を見詰めると、宗靖は頬を引き締めて座り直した。

　本間と浜野を残して近侍が去り、束の間の静寂が広がる。

「……久弥様におかれましては、家中を平定するにあたり労苦を厭《いと》わぬお働き、大義であるとのお言葉にございます。御前はご公儀にお暇《いとま》を願い出ておられ、この月末に城にお戻りになられ次第、若君のご世子就任を下達《かたつ》なされると仰せにございます」

　久弥は唇を引き結んだ。家中はまとまってなどおらぬ。だが、これ以上は待たないということか。

「また、久弥様のご婚儀についてお話がございました。内々にではございますが、お輿入《こしい》れについてお話を頂戴しているお方がおられますため、若君にお心づもりをいただきますようにとのお言付けにございます」

本間が目を伏せて言った途端、御座の間に満ちていた淡い光が陰った気がした。

「——そうか。どちらの姫君だ」

宗靖の視線を感じながら、久弥は努めて平静に訊ねた。

「は。下野守様がご息女・いさ姫様にあらせられます」

左様か、と呟くと、宗靖が打たれたように背筋を伸ばし、混乱した表情で側用人たちの顔を見回した。

「……これは、いったい何だ。なぜ今、お主の縁談なぞが話に上るのだ。下野守様の姫君は御年十八であらせられるはずだが、確か摂津《せっつ》尼崎《あまがさき》藩主のご正室ではないのか？」

のっぺりと表情を失くした顔を青くして、本間は頭を下げる。

「仰せの通りにございます。しかし、ご当主の松平遠江守忠誨《とおとうみのかみただのり》様はご病床にあられ、ご本復《ほんぷく》はいかんともしがたいご病状でおられますとか……。また、遠江守様と奥方様にはご子息はおられず、いずれ奥方様は青山家へお戻りになられるであろうと……」

「——正気か？」

宗靖の目が驚愕に見開かれ、頬がみるみる赤く染まる。

「ふざけるな。人を何だと思っておられるのだ！　あまりと言えばあまりな……」

かっと叫ぶなり、宗靖は何かを察した様子で動きを止めた。

「これは、何かの罰か。そなた、余を救うのに父上のお怒りを買ったのか？」

「……そのようなことはございませぬ。それに、青山家の姫君のお輿入《こしい》れを賜るのは、罰ではなく栄誉にございましょう。兄上がお心を悩ませる謂《いわ》れはございませぬ」

平らな声で応じながら、久弥は顔を強張らせた。

今回の騒動が、すべて久弥の企てであると父は勘付いているのだろう。夕御前の顔を立てて兄の命を助ける代わりに、世継ぎとなることと、この異様な婚姻を呑めということか。

「……そなたには、妻がおるであろう」

宗靖が唸るように言った。本間と浜野は貝のごとく黙り込み、身じろぎもしない。

――妻ではない。何の約束もしてはいない。どうあっても結ばれようのない縁《えにし》なのだ。

今さら動揺などするな。胸の内で己にそう言い聞かせながらも、どんな言葉も凍りついた心の面を虚しく滑っていくのを感じていた。

もはや宗靖を誅殺する必要がなくなった浜野は、明日、本間と共に江戸上屋敷へ帰るという。

浜野に託す夕御前宛ての文と、青馬と真澄宛ての文を書こうと、夜の間に文机に向かった。夕御前に助力を感謝する文を丁寧に認《したた》め、本所に宛てた文に取りかかる。その途端に、まるでそれを拒絶するように手が動かなくなった。

目にやわらかな美濃紙の純白を見詰めたまま、筆が宙で震える。無理矢理に言葉を連ねようとすると、文字が乱れた。何を言ってやればいいのだ。何を約束してやればいいのだ。何を書いても、嘘ばかりだ。

きつく目を閉じると、宗靖の、痛ましげに久弥を見詰める双眸が瞼に浮かんだ。

宗靖が御殿に戻り、食事を共にできるようになったのが嬉しかった。

武家の作法では食事中は極力黙するものだが、宗靖は頓着しない性質で、好きなように喋っては久弥を笑わせようとする。しかし、食は進まなかった。元から味気なく感じる食事に食指が動かなかったが、ますます箸が進まなくなっていた。思い余った杉山が、城下一だという店の鰻を求めてきて膳に載せたが、一切れ口にするのが精一杯だった。

食べることがままならず、梅雨時の蒸し暑さがことさら身に応える。兄や近侍が気遣わしげに見守っているのをすまなく思いながらも、胃の腑《いふ》に石が詰まったかのように、どうしてもものを食する気が起きなかった。

「このまま借りをつくるのは我慢ならぬ。してほしいことがあったら申せ。気晴らしがしたかったら言え」

数日経ってとうとう宗靖が言った。伝法な口調ながら、目は深い懸念を浮かべて久弥の表情を探っている。

「……ありがとうございます。ですがご心配には及びませぬ。少々暑さが応えているだけで、何も障りはございませぬ」

微笑んで見せたが、兄は黙ってこちらに目を据えたまま、笑わなかった。

弱っている場合ではない、と己を叱咤《しった》し、焦燥に耐えるうちに一日が終わる、その繰り返しだった。

重い足を一歩、また一歩と踏み出すごとに、帰りたい場所からは離れていく。その矛盾が心を苛《さいな》んでいる。いったい何のために歩いているのかも、わからなくなりそうだ。

真澄と青馬の近くへ戻るために、ここまで来たのだろう。そう己を鼓舞しながらも、藩主として生きる道になんの希望も見出すことができずにいた。三味線を捨て、愛おしむ者から引き離され、歯向かう者を踏みつけながら、父の手駒として生きていく。後戻りのできぬ、暗く、寒く、険しい道を、独りで歩き続ける姿ばかりが目に浮かぶ。

黒々とした虚無に、足元から呑み込まれていくかのようだ。人気のない雁の間で、蝉の声を遠くに聞きながら、久弥は深い穴に引きずり込まれるような無力感と、独り戦っていた。


「遊びに付き合え」

と宗靖が言い出したのは、水無月も半ばのある日のことだった。

「贔屓の芸者に会わせてやる。茜《あかね》といってな、城下では知られた名妓だぞ」

滴るような緑の庭を眺めながら、雁の間を訪れていた兄はそう言った。長引いていた梅雨が明け、眩い晴天にかっと日輪が輝いている。午前の政務の後で短い休息を取っていた久弥は、呆気に取られて兄の白い顔を見詰めた。

「いえ、兄上。私はご遠慮申し上げ……」

「お主は根《こん》を詰めすぎるのだ。少しは遊べ。でないと、そのうち気力が尽きるぞ。世子になってもおらぬのに、ここで精魂尽き果ててなんの意味がある」

久弥は言葉もなく俯いた。宗靖は弟のことをひどく案じているのだ。その気持ちが痛いほどに伝わってくる。だが、芸者と遊んだところで気が晴れるわけもない。真澄を思い出して余計に辛いだけだ。

「茜を呼ぶ時に使う『丸尾《まるお》』という料理茶屋があってな。鯉が美味い」

「兄上、私は……」

「それはようございますな」

固辞しようとした途端、側に控えていた杉山が口を開いたので、久弥は目を丸くした。

「『丸尾』の鯉料理といえば絶品でございますよ。ぜひお出掛けになられませ」

などと言う。てっきり、

「そのような場所へ若君がお出《い》でになられるのは……」

と眉をひそめるかと思いきや、杉山は予想外の熱心さで宗靖の提案を後押しした。

「いや、しかし」

「城の爺《じじい》どもにはうまいこと申しておくゆえ案ずるな。行くのか行かぬのか」

兄がゆらゆらあおいでいた扇子をぴたりと突きつけてくるので、返事に窮する。

こちらを見ている兄の両目が、ふと細くなった。ひどく真剣な表情を浮かべているように思って、久弥は訝しんだ。どうしたというのか。

涼しげな双眸が、どうしても行け、と訴えている。ぎくりとするような切迫感を漲らせて、何かを教えようとしている。

「……承知いたしました」

気圧されながら、気づけばそう呟いていた。

城下の東側、脇街道へと合流する道に沿って宿や茶屋が立ち並ぶ繁華な一角に、船《ふな》渡町《とちょう》という舞田一の花街がある。川を渡った台地の裾にあって、かつては船着き場があったそうだ。台地の傾斜に沿って趣きのある料理茶屋がずらりと軒を並べており、そこから眺める城下の景色ときたら絶景であるという。

宗靖が贔屓にしている『丸尾』は、その一つであった。

老舗《しにせ》の料理茶屋らしく、堂々たる店構えには風格が漂う。玄関土間は広々とし、太い梁や屏風《びょうぶ》も贅を尽くしている。奥へと延びる長い廊下は、磨き込まれて黒光りしていた。だが客の姿は一切見えず、側で平伏している店主や女中らも影のように息を殺していて、店はしんと静まり返っている。怪訝に思いながら宗靖と共に玄関土間を上がった久弥は、次の瞬間顔色を変えた。

廊下の奥から、思わぬ男が歩み出てくる。

「若君……」

料理茶屋にはそぐわぬ旅装姿の側用人が、素早く膝を折って二人の前に平伏する。

「浜野ではないか。ここで何をしている？　江戸で何か出来したのか？」

鋭く問うた久弥には答えず、浜野は宗靖へちらと視線を向けた。

「――どこにおるのだ」

小声で兄が訊ねる。

「は。離れの部屋におられます」

「……だそうだ。余は茶でも喫《きっ》しておるから、そなた、行って参れ」

だそうだ、と言われても、何が何やらわからない。

「……兄上、仰せの意味が、よく……」

二人のやり取りについていけずに立ち竦んでいると、

「どうぞ、こちらへ」

と浜野が先に立って歩き出した。

「浜野、待て。これはいったい」

離れに芸者でもいるというのか。背後の杉山は狼狽するでもなく、黙したままだ。

「早う行け」

宗靖の切れ長の目が、先ほどの訴えかけるような表情を浮かべる。久弥は困惑に眉根を寄せたが、やがて疑問を呑み込み、小さく礼をして浜野の背中を追った。

静まり返った廊下を進み、いくつかの階段を上っては廊下を折れる。どうやら、山裾の勾配に沿って建物が階段状に持ち上がっているらしい。その一番奥に、中庭に面して建てられた数奇屋造りの離れがあった。

「――若君、こちらでございます」

唐紙の前で膝をつくと、浜野が口を開いた。

「ここが何なのだ。誰がいる？」

　側用人は初めて表情を動かし、何かを堪えるように唇を引き結んだ。

「青馬様が、おいでございます」

　一瞬の空白の後、殴られたような耳鳴りが襲った。息が止まり、心ノ臓までもが打つのを止めた気がした。

「……何……」

　細かく全身が震え出す。

「何と……今、何と言った？」

　張り裂けそうに両目を見開く久弥を見上げ、浜野は泣き笑うような顔をした。

「お眠りになっておられます。……お入りくださいませ」

　目の前の唐紙が音もなく開く。浅く息をしながら、そろそろと視線を部屋の内へ向ける。途端、視界が白く霞んだ気がした。

　十畳ほどの、障子に囲まれた明るい部屋だった。城下を見下ろす数奇《すき》を凝らした庭に面し、縁側の障子が数枚開いている。その開いた障子の近くに蒲団が延べられ、子供が一人眠っていた。

「昨夜、江戸から我らの後をついておいでになったようです。若君が憔悴なさっておられるとお耳になされ、ご心配を募らせておいでございましたが……思い余って、我らの船に密かにお乗りになられたようで」

「……青馬」

茫然として、呟いた。

子供のことでうまいこと荷に隠れ、水夫《かこ》や船番所の目も潜り抜けたらしい、と浜野が言う。

だが、早朝に船を降りて陸路を行く頃になると、青馬は大きな問題に突き当たった。小槇は独自の関所である番所を国境《くにざかい》の飯野宿に設けている。ここで山辺青馬と名乗れば、たちまち舞田と江戸表へ知らせが届き、連れ戻されてしまう。そもそも、子供が一人で番所を通れるわけもない。どうすべきか迷っているうちに頭がふらふらしてきた。江戸を出て以来、飲まず食わずだったうえ、長い距離を歩くことになど慣れていない。気力だけで歩いてきたが、とうとう暑気あたりを起こし、番所の手前で動けなくなってしまった。

「番所におりました我らの耳にも騒ぎが届き、どうも気になり戻ってみれば、青馬様がおられるのを見つけたという次第にございます」

浜野の遠い声を聞きながら、よろめくように畳を踏んだ。

蝉声《せんせい》が耳の中に鳴り響く。立ちこめる暑気を忘れるほど全身が熱い。蒲団の上で疲れ果てた様子で眠る少年の姿が、歪んでぼやけた。

つい幾月か前まで、店の外に出たことすらなかった子が。江戸の内もろくに知らず、船に乗ったことはおろか、蟹を見たことさえなかった子が。独りで、ここまで来た。……こんなところまで。

蒲団の側に、崩れるように膝を折る。手足を投げ出して眠る青馬の顔に、穴が開くほど見入った。夢でも見ているようで、泣きたいのか叫び出したいのかわからない。濡らした手ぬぐいを額に載せられ、無心に眠る青馬の、ふっくらとした頬の産毛が淡く光って見える。いとけない口元から、かすかな寝息が聞こえる。長い睫毛が、時折思い出したように朧《おぼろ》に揺れた。

頭の先から足の先まで視線を動かして、息を呑んだ。

小さな両足に晒《さらし》が巻いてある。その晒から覗く足の指やかかとが、赤味を帯びた、無数の細かな傷に埋め尽くされている。

気づけば、両目から溢れたものが頬を濡らしていた。

夏の日差しの照りつける街道を、懸命に歩く少年の姿が目に浮かぶ。旅装もなしに、足袋も草鞋《わらじ》もなしに。旅には向かない草履で、浜野たちの後を必死に追ったのだ。ただ、久弥に会いたいがために。

噛み締めた唇から血の味がした。蒲団に投げ出されているゆるく開いた小さな手を、震える手で掴む。後から後から頬を流れ落ちるものが、ぼたぼたと蒲団を叩く。己の乱れた呼吸が耳の奥で吹き荒れ、潮騒のような蝉声をかき消した。

「……畏れながら、若君。あまり時がございませぬ。青馬様のことが番所から江戸へ伝われば、御前のお耳に入らぬとも限りませぬ」

形式上は父子であっても、久弥に青馬は近づけさせない。それが養子とした条件であれば、青馬がのこのこ城まで会いにくるなどあってはならないのだ。彰久の勘気を被《こうむ》る前に、できるだけ速やかに、青馬を江戸へ送り返さねばならなかった。青馬の不在に気づき、真澄もどれほど案じていることか。

「すぐに江戸へお帰しすべきであるとは存じましたものの、どうしても若君にお目にかかりたいと仰せになられ……駕籠でお連れする間にお眠りになってしまわれました。青馬様にはお辛い旅となってしまい、まことに申し訳ございませぬ」

浜野が苦しげに囁いた。

「……いや。礼を言う。まさかここで会えるとは、夢にも思わなかった……」

鼻先からぽとりぽとりと涙が滴る。

労るように小さな頭を片手で撫でる。幾度も撫でる。それから手ぬぐいを取り、側の桶の水に浸して絞ると、額に載せてやった。もそり、と青馬が身じろぎする。薄い瞼が動いて、滑らかな黒い瞳が現れた。眠たげに揺れるその瞳が久弥を映し、つと焦点を結んだようだった。

「……ちちうえ」

久方ぶりに聞くあどけない声に、目の奥が熱くなった。

「……お帰りに、なったんですか？」

夢の続きを見ているような顔で訊く。

「いや……」

鼻の脇を滑り落ちる熱いものが、笑みを浮かべた唇を塩辛く濡らした。

「ここは、舞田だ。まだ、帰ることはできないんだ」

青馬が不思議そうに両目を瞠り、部屋の中に視線を巡らす。浜野や杉山の姿を見て、記憶を辿るように考え込んでいる。

「……浜野様の後を、追いかけてきました。申し訳ありません」

「知っている」

久弥は濡れた目元を緩めた。

「無茶をしたものだ」

青馬の眉が面目なさげに下がる。

「父上が病気だと聞いて、我慢ができませんでした。真澄さんが心配しているので、様子を見てきたら安心すると思って。相すみません……」

「そうか、心配かけたな」

切ないものが喉元に込み上げるのを呑み下し、やわらかく応じる。

「だがそんなに大袈裟なものじゃない。お前の顔を見たらすっかり良くなった」

「……本当ですか？」

にこりとして見せると、青馬は濃い疲労の浮かんだ両目でこちらを凝視し、それから安堵の笑みをこぼした。

「──あのう、父上」

うん、と顔を覗き込む。

「真澄さんに稽古してもらって、『鷺娘』を弾けるようになりました。それに……字も毎日練習しています。それから……湯屋も、もう平気です。お言いつけの通り、精進しています。ええと……それから……」

込み上げるもので喉が息苦しく塞がる。溶けてしまいそうに目が熱かった。

「そうか。……そうか、わかった。よくやっている」

俯いて褒めてやると、青馬は得意げに頬を火照らせはにかんだ。

「……あの、父上」

「なんだ」

「……いつ、江戸へお帰りになれますか」

「──もう少し、待っていてくれ」

青馬の瞳を見詰め、噛み締めるように言う。

「もう少ししたら、必ず帰る」

「……必ず、ですか」

嬉しそうに青馬が繰り返す。

「必ずだ」

深い声で返し、小さな手をぎゅっと握った。

――諦めることなどできない。

火のようなものが、ゆらりと胸の奥に灯っていた。これほどひたむきに、一途に己を信じる子を、絶望させることなどできようか。報いてやらずにいられようか。消すことのできぬ思いが、胸の内に灯っている。強く輝いている。

青馬が眠たげに瞬きをする。うまく力の入らない小さな手が、久弥の手を覚束なげに握り返してきた。

「疲れただろう。眠っていいぞ」

「……眠りたくありません」

腫れぼったい目を擦りながら、駄々をこねるように言う。

「ここにいるから、眠れ」

小声で促すと、青馬は瞬きもせずこちらを見上げ、やがて安心した様子で体の力を抜いた。

「……何か、唄ってやろうか」

「はい」

小さな弾んだ声が返ってきたので、胸の痛みを堪えながら笑みを深くする。

「打つや……太鼓の音も澄み渡り……」

黒々としたあどけない瞳が、満ち足りた表情を浮かべて久弥を見詰める。

「角兵衛角兵衛と招かれて……」

眠気に抗うように瞼を懸命に持ち上げ、唇を動かす。

居ながら見する石橋の、浮世を渡る風雅者、と一緒に唄っている。

名残惜しげに瞼が閉じる。小さな手から力が失せて、規則正しい寝息が唇から漏れはじめる。

「うたふも舞ふも囃すのも……一人旅寝の草枕……」

はじめる。急に声が詰まり、久弥は横を向いて拳を口に押し当てた。強く歯を立てた拳を、ぬるい涙が濡らしていく。束の間そうして浅い呼吸を繰り返すと、濡れた手で小さな手を握り直し、久弥はまた、囁くように唄い続けた。

『丸尾』の玄関先に立ち、眠っている青馬を乗せた駕籠が去っていくのを見送った。

同行する浜野が笠の縁を持って頭を下げ、供侍らと共に駕籠に寄り添うように歩いていく。宗靖が無言で隣に並ぶのを感じながら、久弥は遠ざかる一行の姿から目を逸らすことができなかった。

どこかの料理茶屋の二階から漏れる乾いた三味線の音が、閑散とした通りに侘しげに漂っている。

「……兄上、かたじけのうございます」

駕籠を目で追いながら言った。

密かに浜野からの知らせを受け取った宗靖は、うまいこと久弥を城外へ連れ出すと請け負った。城の重役衆に真相が漏れてはまずいから、杉山にも言い含めて花街へ引っ張り出す算段をつけたらしい。久弥の憔悴ぶりを気にかけていた重役衆は、偶《たま》には羽を伸ばしていただくのもよかろう、と見ないふりを決め込んだそうだ。

「……いい顔になった」

唇の端を持ち上げて兄が言った。

「折角だ。ゆっくり料理を味わって戻るとするか。そなたも付き合え」

踵を返し、暖簾を潜って店の中へ戻っていく。

強い日差しが降り注ぐ通りの角を折れて、一行が視界から消えた。

「――はい」

久弥はうなじを日に焦がしながら、静まり返った通りになおも佇んでいた。

離れから駕籠まで青馬を抱きかかえて運んだ感触が、腕に残っている。すうすうと穏やかな寝息を立てている子の小さな手を、最後に握り締めた時のやわらかさを思い出す。

この道を行く。

果てしのない、遠い道を見詰めながら思っていた。

青馬と真澄が望むのならば、力の限りにこの道を行こう。二度と交わらぬ道であっても、遠くを歩く二人と共に、きっと歩いてみせよう。

――待っていてくれ。

もう見えなくなった子に呼びかけた。

私は、諦めない。決して、諦めない。

さざ波のような蝉の声が、絶え間なく降り注いでいた。

十三

梅雨明けの夏空に、油が爆ぜるかのごとき蝉の声が響いている。

水無月も終わりにさしかかり、日差しはすでに盛夏の猛々《たけだけ》しさで地を灼いていた。彰久が国入りするまであと数日となり、城内の空気は緊張の度を増している。久弥は目に見えぬ鎧《よろい》のように、逃れられないものが全身を押し包もうとする息苦しさに耐えていた。

雁の間で政務にあたっていた午後、乱れた足音が近づいてくるのが耳に届いた。

「――申し上げます。江戸表より浜野様がお見えにございます。あ、浜野様、お待ちを……」

小姓が早口に言うのを畳廊下に聞いたと同時に、月下群雁《げっかぐんがん》が描かれた襖がさっと開いた。旅装姿の浜野が慌ただしく膝をつき、肩を喘がせている。執務を妨げた非礼を詫びる気配もない。優秀な側用人である浜野にしては珍しいことだった。

「浜野か、いかがした？　水を持たせるから少し待て」

「若君」

浜野が掠れた声を発した。

こめかみから汗を伝わせ、凍りついたように両目を見開いている異様な表情に、得体の知れない不安が久弥の体を捉える。

「若君……青馬様が。そ、青馬様が……」

目の奥に冷たい光が走った。

「青馬がいかがした⁉」

「三日前に、手傷を負われました。お背中を斬りつけられ、上屋敷の門前に倒れておられたところを辻番《つじばん》がお助けいたしました」

「——何だと……！」

音を立てて血の気が引く。路上に打ち捨てられた子供の姿が目の前に浮かぶ。抜き身で斬り合うよりも生々しい恐怖が全身を襲っていた。

若い側用人は震える唇を懸命に動かし、喘ぐように言う。

「ただちにお命にかかわる傷ではございませぬものの、高熱を発し昏睡《こんすい》しておられます。上屋敷の侍医が昼夜の別なくお手当て申し上げております」

ぐらりと視界が揺れる。激情に攫われそうになるのを、腹に力を入れて押しとどめた。それでも両手がわななき、耳の奥が嵐のように鳴っている。呼吸の仕方を忘れたかのごとく息をするのもままならない。

なぜ。なぜだ。つい先頃、顔を見たばかりではないか。悪い夢でも見ているのか。嘘だと言ってくれ、と喚きたかった。

「……襲った者はわかっておりまする。上屋敷の小納戸役《こなんどやく》が、屋敷内の蔵の裏手で腹を切って事切れておりました。書状を残しており、山辺家ご世子には宗靖様が立たれるが筋目であり、死して諫言申し上げると。元は青馬様を拐《かどわ》かし、畏れ多くも御前に翻意を迫るつもりであったものの、逃げられそうになり刀を振るったらしく……」

歯が鳴りそうになるのを噛み締め、呻きを呑み込む。男への烈火のごとき怒りと共に、自責の念が痛みとなって胸を貫いた。跡目争いに巻き込むことがないように家督相続から外したというのに、甘かったのだ。父子の縁を結んだばかりに、こうなった。

「三日前、真澄殿が門人に稽古をつけておられる間に、上屋敷の使いを名乗り青馬様を誘い出したようにございます。上屋敷近くまで行って斬りつけたうえ、人ごみに紛れて門前に青馬様を放置し、腹を切ったのでございましょう」

青馬は即座に上屋敷へ運び込まれ、本所の真澄の許へ使いが走ったという。

「真澄殿は、青馬様に付き添っておいでです。気丈に、過ごしておられます」

知らせを受けた真澄の衝撃の深さを思うと、頭を抱えたくなった。

上屋敷の使いと聞き、久弥のことを知らせてくれるのかと心を躍らせた青馬が、斬りつけられた瞬間に何を思ったのか。考えるだけで胸が裂けそうだ。

浜野が顔を歪め畳に額を擦り付ける。

「申し訳ございません。我らがついておりながらこのような仕儀となり、まことに、お詫びの申し上げようもございませぬ……！」

「……よさぬか。そなたたちの責ではない」

力なく言うと、久弥は気力をかき集めて顔を上げた。

「あれは、強い子だ。独りで大火も生き延びた。心配はいらぬ」

浜野が体を引き攣らせ、懸命に嗚咽を噛み殺すのがわかった。

頭に霞がかかり、足元が揺れている。人払いをして寝所に入るなり、ずるずると頽《くずお》れた。刹那、血にまみれた青馬が倒れている絵が目の前に浮かび、喉が締め上げられるように息が詰まる。

冷たい汗が全身に噴き出し、震えが止まらない。

どれほど痛かろう、苦しかろうか。代わってやれるものなら、喜んで斬られてやるものを。見守る真澄はどれほど恐怖し、打ちのめされていることだろうか。

「――青馬」

両目を覆い、呻いた。

子馬に似たやさしい目をした、ちっぽけな少年が目に浮かぶ。あんなに非力な子供を、よくも。身がよじれんばかりの憤怒と憎悪は、しかし巡り巡って己に襲いかかっていた。殺意や、刀傷などとは無縁の世界にいたものを。愚かな跡目争いのつけを、何の罪もない子に払わせてしまったのだ。

……すまない。すまない。

ただ、叫ぶように胸の内で詫びることしかできなかった。

それから二日の間をどう過ごしたのか、記憶が曖昧だった。指の間から砂がこぼれていくのをただ見詰めているような恐怖と無力感が交互に訪れ、身を苛む。時が凍りついたかのごとく、久弥の内で止まっていた。

江戸表から知らせが届いたと聞いた刹那、現《うつつ》に引き戻された。

青馬が意識を取り戻したという。

背中を右肩から袈裟懸けに斬られる深手《ふかで》だったが、熱も取れて傷も塞がってきているとあった。真澄の願いで、外科医として腕の立つ橋倉も治療に当たったそうだ。

真澄が目覚めた青馬を抱いて安堵の涙に暮れている間、青馬は自分はいったいどこにいるのかと不思議そうにしていたらしい。

小納戸役の男は、久弥が内密に上屋敷に戻っているので、少しの間会うことができると青馬に告げた。喜びに舞い上がった青馬は、真澄には後で迎えを寄越すと言う男を信じ、上屋敷までついていったのだ。

だが、人目を避けるような男の挙動の不審さと、殺気走った雰囲気に、何かがおかしいとやがて覚った。上屋敷の辻番所が目に入り、咄嗟にそこまで走ろうと身を翻したところで、背中に衝撃を受けて記憶が途切れた。

「……父上は、いないんですか？」

寝床で真澄と橋倉、侍医や諏訪らを大きな目で見回した青馬は、開口一番そう訊ねた。傷の痛みも斬られた恐怖も一言も訴えることなく、ただそれだけを知りたがったそうだ。

しかし、苦しげな沈黙だけが返ってくるのを察すると、青馬は少しの間茫然とした。それから初めて顔を歪め、声を殺していつまでも泣いたという。

耳をつんざく蝉の声が、鳴り響いている。

久弥は茜色に染まった御座の間に座し、膝に置いた三味線に目を落としていた。

何を為《な》すべきであるのか、考え続けた。無謀とも思える答えが、ひとつだけある。為せるかどうかすら心許ない。だが、この道しかないと確信していた。

――血で血を洗うこの争いを、終わらせるのだ。

己の人生を翻弄してきた醜い跡目争いを、青馬の代にまで引き継いではならない。

右手をそっと、愛おしむように三味線の上に滑らせる。静かに目を伏せたまま、久弥は耳の奥で鳴る三味線の音を聴いていた。

薄闇が漂う雁の間で久弥の言葉を聞いた饗庭は、顔を伏せたまま押し黙っていた。言葉を発しようとしては、幾度も呑み込み、喉で奇妙な唸り声を立てる。

「……長く筆頭家老を務めるそなたのことだ。私に見えることが見えておらぬわけがない。そうであろう」

平静な声に、饗庭が大きく息を吸って身構えた。

「私が世子となったとて、家中の争いは収まらぬ。違うか」

「……そのようなことはございませぬ。家中の者の多くが、若君をお慕い申し上げておりますれば……」

「まことにそう思うのか。父上の血を引くとはいえ、これまで存在すら聞かされておらなかった者が世子となることが最善であると、そう思うか？　家中の意向を無視し、下野守様の威光を笠に着て押し通せば、国元の家臣の反発は強まるばかりであろう」

澄んだ視線を投げると、饗庭の額に、暑さのせいではない汗が浮くのが見えた。

「もしも兄上が暗愚《あんぐ》でおられ、稀代の暗君となられるお方であれば、父上のご意思に従い、私はあえて争おう。それで家中が収まり、無為に血が流れることがなくなるのであれば、身命を賭して山辺宗家の血筋を守ろう。だが、兄上はご立派なお方だ。私と兄上、どちらを藩主に戴《いただ》くことが国のためになると思う、饗庭」

饗庭の額から滴った汗が、畳の上にぽとりと落ちる。

久弥ではなく、宗靖を世子とする。

家中の争いを収めるにはこれしかない。考え続けた末の、それが結論だった。

両手をついたまま震える家老を見下ろして、久弥は答えを待った。

とうとう顔を上げた饗庭が、ひび割れた声で言う。

「……しかし、若君。ご指名を辞退なされば、御前のお怒りを買いましょう」

藩主の意思に背き、あろうことか世子の指名を拒否するのだ。久弥の後ろ盾となっている青山下野守にも、後足《あとあし》で砂をかける所業に等しかった。激怒した彰久が、久弥に隠居や蟄居を申しつけてもおかしくはない。饗庭にとっても、筆頭家老の地位を追われるばかりか、家門を潰されかねない諫言となるだろう。

「――承知のうえだ。いかなる処罰もお受けいたそう」

苦悶に満ちた老家老の顔を清澄な眼差しで見詰め、久弥は躊躇《ためら》うことなく言った。

飆雲《いたちぐも》の湧き出す、目を刺すような青空が広がっていた。

藩主を乗せた乗物の一行が、二の丸の櫓門を潜って粛々と現れる。

照りつける日差しに晒された白亜の城壁と、黒紋付の羽織に野袴、笠を被って黙々と歩く徒者たちの姿とが鮮やかな対照を成《な》す。前を行く金紋先箱《きんもんさきばこ》と馬印、御手槍《おてやり》、御腰物筒《こしものづつ》の金具が燦然《さんぜん》ときらめき渡る。

二の丸御殿の前に列が止まる。豪奢な乗物が表玄関の車寄に着けられると、供番らが退いた。やがて、乗物から彰久の姿が現れ、一糸の乱れもない姿で式台に降り立つ。

久弥は宗靖や重臣らと共に遠侍に控えながら、己とよく似た背の高い男を、身じろぎもせずに見詰めていた。


黄金色の夕日に染まった畳の上に、己の黒い影が伸びている。

遠い蝉の声が、がらんとした牡丹の間に谺《こだま》する。

塑像《そぞう》のように座したまま、久弥は父を待っていた。

若君として御殿にて育つことを拒み、宗靖を討つことを拒み、今また世子となることを拒もうとしている。ことごとく父に背かねばならない業《ごう》の深さを思う。……だが、迷いはなかった。

襖の外に気配が立つ。平伏した久弥の耳に、上座からかすかな衣擦れの音が届いた。

「面を上げよ」

粛然とした声が、人払いした御座の間に響く。

久弥はそっと息を吸い、半ばほど身を起こした。

「お疲れと存じますところ、お目通りをお許しいただき、ありがたき幸せにございます」

彰久がかすかに頷く気配が伝わってくる。

「家中に世子決定の布令《ふれ》を出す前に申し上げたき儀があり、参上いたしました」

「……申してみよ」

呟きに似た声が返った。

「私は嗣子《しし》にはなれませぬ」

久弥は目を伏せたまま、平静な、しかし通った声で言う。

「世子となるべきは兄上にございます。どうか、お許しくださいませ」

障子越しに西日が差し込む座敷に、息詰まるような静けさが降りた。

「……先刻、饗庭も同じことを申した。そなたの企みか」

冷ややかな低い声に、久弥は深く叩頭する。

「僭越ながら、兄上は賢君の器にあらせられると拝察申し上げまする。奢《おご》らず、ご寛大で、ご聡明にあらせられます。私はあの方に、世子にお立ちいただきたいのです」

「……そなたの器を見込んだからこそ、世子に任ずるのだ。下野守様はじめご閣老方のご尽力を無にするつもりか」

重い声が、両肩を押さえつけるかのごとく落ちてきた。

「いかなる処罰も承《うけたまわ》る所存にございます。……しかし、私が世子に立てば、必ずや当家と政道を危うくいたします。それだけはどうか、お許しください」

彰久の視線が射るように注がれるのを感じる。座敷に漂う昼間の暑さの名残が、いっそう濃くなった気がした。

「……母を討たれたこと、恨んではおらぬのか」

「畏れながら、兄上には何の咎もおありでないことと存じます」

「だが宗靖が世子に立てば、家木の一派にとっては願望成就《じょうじゅ》となる。そなた、それでもよいと申すか？」

久弥はじっと己の影を見詰めた。

「――悲しみは、癒えることがございませぬ。しかし、私もまた大勢を殺めました。私のみが恨んでよい立場にあるわけではございません」

父のかすかな呼吸が、上座から届く。

「……宗靖が世継ぎとなれば、そなたは江戸には戻れぬぞ。あの二人に会えずともよいか」

大名家の正室と世継ぎは江戸に集住しなくてはならないが、側室や他の子女はそうではない。宗靖が世子となって江戸中屋敷に居を移せば、久弥は一人、この二の丸御殿に暮らすこととなる。

武家においては嫡男以外の子の権利は著《いちじる》しく制限される。大名家の子息であろうとも、部屋住みの立場は惨《みじ》めなものだ。仕官せぬのだから当然俸禄《ほうろく》はなく、わずかな捨《す》て扶持《ぶち》のみを与えられ、ただ飼い殺されるのみだ。さらに蟄居を命じられれば、父の怒りが解けるまで、押し込められる部屋から出ることすら叶わなくなる。

「……心残りは、すべて捨てて参りました。小槇にて生涯を過ごすことに、何の不満がございましょうか」

揺るぎのない声で応じると、彰久が束の間、沈黙した。

「――あの子供が熱を出しておる時に、枕元に見舞ったことがあった」

久弥は思わず顔色を変え、耳をそばだてる。

「目を開けて、余の顔を見てな、そなたのことを呼んでおった。熱が引いてから見舞ったら、そなただと思ったのだと申した」

頑是ない声が耳の奥に響き、胸が抉《えぐ》られるような痛みが走る。よく似た父子なのだ。久弥のやわらかい口元は母譲りだが、彫りの深い端整な目鼻立ち、輪郭、上背のある背格好、それに声までも、父に生き写しだった。四十九になっても彰久は若々しかったから、熱で朦朧《もうろう》とした青馬が見間違えても不思議はない。

「見舞うと、余の顔ばかり眺めていた。真澄という娘が、そなたがおるようで嬉しく思っておるのだろうと申した。余が話をすると、声がそなたとまるで同じだと、二人して驚いておったものだ」

　嗚咽が込み上げそうになり、歯を食い縛る。

　三味線を見事にかき鳴らす、臈たけた娘の姿が目に浮かぶ。幾度諦めようと心に決めただろうか。けれども、胸の奥底に沈めても沈めても思いは朽《く》ちてはくれず、気づけば心の表に浮かび上がってしまうのだ。

　そしてこれからも、未練だけを抱いて生きていくのだろう。

「あれは、健気な娘だな」

　彰久は独り言のように呟いた。

「そなたとの縁はもはやないが、あの子供を世話するのかと訊ねたら、そうだと申した。そなたが江戸におるのなら、それでいいのだとな」

　気丈なものだ、と父が言う。

　血が、流れるのを感じる。胸からとめどなく血が流れ出していく。愛おしむものを毟《むし》り取られてできた深い傷から、血が流れている。

「……だが、もう江戸に戻れずともよいのだな」

　胸の内でのたうつものを、渾身の力で押さえつけた。己で己の息の根を止めようとする苦痛に目が眩む。視線を上げると、こちらを見下ろす父の目と出合う。表情の読み取れぬ、瞬きもしない双眸が、小揺るぎもせずに子の断末魔を見詰めている。

久弥は寸の間、はげしい意思を漲らせた目で父を見上げた。体温の感じられぬ父の顔を、挑むようにまっすぐ見据えた。

下腹に力を込め、ゆっくりと拝跪して固く瞼を閉じる。

そして、瞼に浮かぶ二人の面影に、別れを告げた。

……終わらせるのだ。

「仰せの通りに、ございます」

蝉の声が遠くなり、御座の間がしんと静まり返った。

耳鳴りを覚えるほどの静寂が、永劫のように続く。首筋を、汗が一筋伝い落ちる。

やがて、あるかなきかの衣擦れの音が、緊張に強張った耳に届いた。

「――そなたも、そなたの母も、余の意に逆らう」

どこか遠い声で彰久が漏らす。怒りなのか、嘆きなのか判然としない嘆息を聞いた気がする。

「……忠諫《ちゅうかん》、大義である」

降りかかる乱れのない声は、どこまでも滑らかで、茫漠としていた。

「処遇は、追って沙汰する」

去っていく彰久の気配を聞きながら、久弥は闇が降りはじめた部屋に、じっと蹲《うずくま》っていた。

十四

翌日、彰久が宗靖を世子に指名することが、家中に下達された。正式な世子就任は大書院の大広間で宣言されるが、もはや決定は揺るぎないものだった。

家中の動揺は想像した通りであったが、目立った反発は起きていないようだ。いくら庶長子《しょちょうし》とはいえ、突如として現れた久弥を世子に戴くよりも、養子として長年山辺家で暮らしてきた宗靖の方がはるかに受け入れやすいのだろう。

しかし、近侍や久弥を慕う家臣にとっては、このような境遇の激変は受け入れがたいものだったらしい。いくらも経たぬうちに、馬廻り組頭の成瀬が目通りを願い出てきた。

「それがし、久弥様がご世子様としてお立ちになられるとばかり了見しておりました。よもや御前が、宗靖様をご指名になられようとは夢にも思わず……」

挨拶もそこそこに顔を引き攣らせて呻く姿を、久弥は静かに見下ろした。

「そなたにもわかるはずだ。私が世子に立ったとて、混乱は収まらぬ。兄上がどのようなお方であるか、私よりもよく知っておるだろう。あのお方は名君の器であられる。

私は三味線と剣は少々扱えても、藩主として立つ器量ははるかに及ばぬ」

「そのようなことはございませぬ。久弥様をお慕いする者は多くございます。従わぬ不埒者《ふらちもの》など、一掃すればよろしいではございませぬか」

むきになったように言い募る成瀬を、久弥は厳しく叱責した。

「これ以上、血を流してなんとする。家中がまとまらねば国が揺らぐぞ。己の復讐と引き換えに、国を危難に晒すのか？」

「若君……」

肩で喘ぎながら、成瀬が絞り出す。

「畏れながら、若君は刺客にお命を狙われ続け、お母上様も討たれておいでにございましょう。江戸の青馬様も逆臣に斬りつけられ、深手を負われたと伺いました。それがしも、同輩や上役の方々を幾人も陥れられ、討たれました」

「しかし、我らも大勢斬ったであろう。――もう、よせ」

目に涙が張るのを感じながら、久弥は成瀬に躙り寄り、腕を掴んで揺さぶった。

「もう、こんなことは終わりにするのだ！」

男が打たれたように目を見開く。呆然とこちらを見上げていたその体から、不意に力が抜けた。

がくりと顔を伏せた成瀬の低いすすり泣きが、いかつい背中をわななかせる。隆々とした肩が波打っている。その震えはがっしりと鍛え上げられた腕を伝わり、久弥の手にも、伝わってきた。


眩い晴天に、力強く湧き立つ巨大な雲がそびえている。

大書院の大広間へ向かって、障子の開け放たれた畳廊下を進む。近習小姓らの背中を見ながら歩を運んでいた久弥は、ふと足を止め空を仰いだ。目に痛いほどの青い空に、悠然と翼を広げた大きな白鷺の姿がある。鳥は久弥が見詰める前で城郭と天守の上を横切り、純白に輝きながら、どこまでも羽ばたいて消えていった。

上段之間に続く一之間、さらに二之間と三之間の襖を開け放った百畳を超える大広間を、整然と座した家臣団が見渡す限り埋め尽くしている。

華麗な二重折上天井《にじゅうおりあげてんじょう》と、老松と滝を豪壮に描いた床の間《とこのま》、竹虎図の障壁画が威風を放つ上段之間を向いて、二間ほど下がったところに宗靖が端座する。

宗靖から離れた広間の両脇に、四家老ら重役衆、分家当主、そして久弥とが同じく列座した。一同が拝跪すると、やがて露払いの小姓に先導された彰久が、太刀持ちの小姓を引き連れ上段之間に着座するかすかな音が聞こえてくる。

久弥は父の気配に耳を澄ませながら、昨日、血相を変えて雁の間を訪れた宗靖の姿を思い出していた。

「――馬鹿め」

居間に入った途端、棒立ちになった宗靖は、そう言ったきり久弥を睨んで沈黙した。

「これが本来の形であったのです。お目出度きことと、お慶《よろこ》び申し上げます」

久弥が落ち着いた表情で応じると、細面の白い顔が苦しげに歪む。

「馬鹿め。貧乏くじを引きおって……」

「私が望んだのです。すべてを曲げてくださるように、父上にお願い申し上げました」

「しかし、それでは……」

宗靖は言葉を呑み込むと、強い光を宿した久弥の双眸を凝然と見下ろした。

「……家督を継いだら、江戸に呼ぶゆえ待っておれ。必ず呼び戻すから、耐えろ」

やがて唸るようにそう絞り出した兄を、久弥はまじまじと見上げ、無言のまま微笑んだ。

痛みを堪えるように拳を固めて、宗靖は長い間その場に立ち竦んでいた。

今後の処遇については、明日にも沙汰が下るだろう。藩政に欠かせぬ饗庭への咎めはおそらく最小で済むと思われるが、久弥が桃憩御殿に押し込められることは免れないであろうと、昨夜、饗庭がやつれた顔で告げにきた。

「若君。御前は若君を疎んじておられるのではございません。決して、そのようなことはございませぬ。なれども……」

そう言いながら目の縁を赤くして、痩せた肩を落とす。

「わかっている。父上をお恨み申してなどおらぬ。長い間、私の我儘《わがまま》を許してくださった」

静かに言う久弥を見詰め、老爺は両目に涙を溜めて唇をわななかせた。


――大広間に饗庭の声が響き渡る。

「此度、御前がご上意により、当家若君宗靖様を、山辺家名跡《みょうせき》ならびに跡式《あとしき》の御相続人にご任命である」

大広間の空気が鋭く引き締まる。宗靖が父に向かい、凛と通った声を発する。

「謹んで、お受け申し上げまする」

彰久が頷く気配がし、饗庭家老が宗靖に向かって重々しく声を張り上げた。

「ご世子様ご就任、まことに目出度き儀と賀《が》し奉りまする。家中一同、お家の弥栄《いやさか》を衷心《ちゅうしん》よりご祈念し、不惜身命《ふしゃくしんみょう》にてお仕え申し奉りまする」

一同が一斉に叩頭する。大広間に満ちる緊張と熱気が頂点に達していた。

久弥もそれに倣い、袂に落とした千代紙の鶴を思って目を閉じる。心に浮かぶ二人に詫びつつ、幸せになれと、ただ祈る。

ふと、張り詰めた空気の中に、異物のような気配が動くのを感じた。

不審に思って目を上げた瞬間、居並ぶ家臣団の間に唐突な声が上がった。

「家督横領を企む謀反人めが！」

大音声が大広間に轟き、白刃を振りかざした男が家臣の間を突進してくる。刹那、久弥は畳を蹴って風のように走っていた。

宗靖が振り返りざま脇差の鯉口を切る。広間の脇から、浜野と成瀬が矢のごとく飛び出してくる。

久弥は二人より先に男の前に立ち塞がると、居合《いあい》の構えを取って体を沈めるなり、脇差を鞘ごと抜いて柄当《つかあ》てを放った。男の打刀に対し、久弥の得物《えもの》は脇差だ。間合いの差があるうえに、心労が体を衰弱させているのを感じる。

――斬られる。

そう覚りながら渾身の力で踏み出した。

柄頭で男の鳩尾《みぞおち》を打つのと、白刃が一閃するのがほぼ同時だった。

男が二間あまりも宙を飛んだかと思うと、はげしく落下して畳の上を滑る。

胸に衝撃を受けてよろめいた久弥は、辛うじてそれを見届け、崩れるように膝をついた。

　わっ、と大広間の静寂が破れた。

「おのれ、よくも！」

「饗庭の犬めが……！」

「静まれ！　若君をお守りせよ！」

　倒れた男を庇おうとする者や、宗靖を狙われたことに逆上する侍たちが、次々に脇差を抜き放つ音が響く。

　左肩口から袈裟懸けに斬り下げられ、久弥の袴を濡らして鮮血が溢れ出していた。息が詰まり、みるみる力が抜けていく。浜野や杉山が半狂乱で飛びついてきて背を支える。

「静まれ！　御前であるぞ。者ども静まらぬか！」

　傍らで兄が鋭く声を張り上げるのを聞いた。殺気立った喧騒が耳をつんざくように膨れ上がり、今にも弾けそうだ。

　久弥はぐいと背を起こすなり、力を振り絞って腹の底から怒鳴った。

「双方、刀を納めよ！」

　敵味方に分かれた侍たちが、同時にこちらを凝視する。

「危機は、去った。……争うな」

苦痛に苛まれながらそう言うと、久弥は兄を振り仰いだ。

「……兄上、ご温情を……あの男を、殺してはなりませぬ。どうか……」

「相わかった。わかったから黙らぬか。侍医を呼べ！　早うしろ！」

久弥の傍らに膝をつき、宗靖が目を吊り上げて吼える。途端にその姿が霞んでくる。己の血の匂いが鼻を突いた。何人もの手が必死に傷を押さえつけ、流れ出る血を止めようとしている。

おびただしい血が袴を赤黒く染め、手足を伝い、たちまち畳まで染みていくのを、よく見えぬ目でぼんやりと見下ろした。

「いかん。若君、若君！」

「若君！　侍医はまだか！」

体が痺れるように冷たかった。

成瀬や浜野、杉山が頭上で泣き喚く声が遠ざかり、滑り落ちるかのごとく意識が闇に沈んでいく。

「ご世子は、兄上である……ご上意、なれば……もう、争うな……」

最後まで言葉に出せたのか、わからなかった。

久弥、と呼ぶ父の声を、闇の向こうに聞いた気がした。

……妄執の雲晴れやらぬ朧夜の　恋に迷ひしわが心
忍山　口舌の種の恋風が　吹けども傘に雪もつて
積もる思ひは泡雪と　消えて果敢なき恋路とや……

深々と、鋭く胸に切りつける三味線の音が嫋々と響き渡る。

闇の中、吹雪の向こうに立つ娘がいる。黒々と濡れた双眸が、物問いたげに久弥を見詰める。

――真澄。

黒紋付の裾を引き、しんと佇む女の姿が、舞い散る雪を透かして浮かび上がっていた。

溢れるような思いを胸に湛えて、久弥は一心に女を見詰め返す。

真澄。

娘が踵を返し、音もなく去っていく。

追えないことは、わかっていた。

……真澄。

涙が、頬を伝っている。

名を声に出すこともなく、久弥はただ心の内で呼びかけながら、吹雪にかき消える後ろ姿を、いつまでも目で追っていた。


瞼を透かして、仄明《ほのあか》るい光が見える。

ひどく気怠《けだる》い。重石《おもし》でも載せられたように瞼が重かった。

おお、お気づきになられたか、と頭の近くで話し声がする。

もう、明け六ツを過ぎているのではないか。青馬に朝餉を拵えてやらねば。

そこまで考えて、久弥は、あ、と睫毛を震わせた。

青馬は、いないのだ。

――もう、いないのだ。

ちちうえ、と呼ぶあどけない声が耳の奥に谺《こだま》した。

「……若君。お目覚めであられましょうや」

低い声に身じろぎしてから、己が床にいることに気づく。

ゆっくりと記憶が戻ってきた。灼けつく痛みが胸に走っている。これは杉山だな、とぼんやり考えた。声がすっかり掠れている。久弥に呼びかけ続けたのだろう。

遠くから、大股に、流れるように廊下を歩く音が近づいてきた。

「……目覚めたか」

鋭く問う声に、侍医がぼそぼそと答えている。

空気が動き、誰かが蒲団の横に腰を下ろす気配があった。

「久弥、聞こえておるか？　三日も惰眠《だみん》を貪《むさぼ》りおって。お主はいいだろうが、お陰で余はろくに眠っておらぬのだ。さっさと起きよ。余は眠い」

ひどい見舞いもあったものだ。久弥は思わず、ふ、と唇に笑みを浮かべた。

頭上が急に騒がしくなった。

「若君、若君が！」

皆が興奮した声で口々に言い交わすのを聞きながら、久弥は苦労して鉛《なまり》のように重い右手を動かし、顔の横に差し上げる。

宗靖の乾いた力強い両手が、即座に、それをしっかりと握り締めるのを感じた。


幕閣である彰久は長く江戸を離れることが許されておらず、久弥が昏睡に陥っている間に、浜野らを伴い上屋敷へと発っていた。

家中の動揺と混乱は、ようやく収束の兆《きざ》しを見せはじめている。

宗靖を襲ったのは馬廻り組の若侍であったそうだ。久弥の懇願を聞いた宗靖の取りなしで、父は召し放しと追放のみで男を許したという。

「奴はそれがしもよく知る男にございます。それがしが、宗靖様ではなく、若君こそお世継ぎたるべきであると、常々語るのに感化されたのでありましょう。それがしの暗愚と浅慮《せんりょ》、痛恨の極みにございます。まことに、申し訳なく……」

寝所を訪れた成瀬はそう呻くと、崩れるように額《ぬか》づいた。

「……もう、よい」

久弥は仰臥《ぎょうが》したままやわらかく呟いた。

「兄上を、よく守ってくれた」

本心がどうであろうと、あの時、浜野と共に真っ先に飛び出してきてくれた。成瀬は真っ赤に潤んだ目でこちらを見詰め、伝い落ちた涙で濡れた唇を震わせると、

「……かたじけのうございます」

と軋んだ声を絞り出した。

久弥が宗靖の盾となったことに家臣団は深い衝撃を受けるとともに、久弥が本心から世子の座を譲ったと覚ったようだった。宗靖の世子就任に異議を唱える声はめっきり減ったという。

終わったのだ。まだ多少の波乱はあるだろうが、跡目争いの決着がようやくついたのだ。

宗靖は無事世子に立ち、まもなく江戸の中屋敷へ移る。世継ぎとして公方様《くぼう》にお目見えし、幕閣に挨拶を済ませた後、彰則の喪に服すこととなるだろう。

――青馬と真澄に、文を書かねばならない。

江戸に戻ることはもうない、もう待つな、と別れを伝えなくてはならない。

成瀬が去った仄暗い寝所で、久弥はゆっくりと瞼を閉じた。


深手《ふかで》で血を多く失ったのに加え、体が弱っていたせいで、回復に時がかかった。久弥が床で胸の傷の痛みに耐えていた、文月《ふみづき》を十日も過ぎた日の午後、駆け足の夕立《ゆうだち》が通り過ぎた。床の中で遠ざかる雷鳴に耳を澄ましていると、饗庭家老の来訪が告げられた。

「江戸表より御前の使いが参りました。御前は、若君が宗靖様をお守り申し上げられましたこと、大義であるとの仰せにございます」

床の側に平伏した家老が、声に労りを込めて言う。

「……左様か」

「また、向後のことにございますが……」

そこまで言って、家老が一瞬、口を噤んだ。

「二の丸よりお移りいただくことと相なりましてございます」

次の間で杉山や近侍らが鋭く息を呑み、堪えきれず絶望に呻くのが耳に届く。桃憩御殿に蟄居か。とうに覚悟していたとはいえ、体が床に沈み込むような重苦しさに襲われる。

口をきくのも億劫で、枕に頭を載せたまま黙って目で先を促した。と、伏せた饗庭の顔が、小さく緩んだ気がした。

「若君におかれましては、ご本復され次第、宗靖様と共に江戸へお戻りになられますように、とのお言葉にございます」

空白があった。

「……何？」

今、何と言った。聞き間違えたのか。戸惑う久弥に、家老が笑みを含んだ目を向けてくる。

「御自ら逆臣を討ち家中を平定し、さらに宗靖様をお守りした若君のお働きとお志《こころざし》を徳とされ、分家をお許しになられました。お旗本として知行《ちぎょう》三千石を新田分知《しんでんぶんち》し、下野守様のお力添えを賜り寄合席《よりあいせき》に列せられることとなります。ご家名も、山辺を名乗ることをお許しになるとの仰せにございます」

みるみる頬に血が上り、苦しいほどに胸が高鳴った。本当に父がそう言ったのか。新田分知により分家されれば、新たに立てた家の当主となる。そして、寄合に列せられれば江戸に集住するのだ。そんなことが己に許されるのかと、空恐《そらおそ》ろしくさえ思われる。

「……だが、しかし」

震える声で囁いた。

「若君。そのようなお計らいは身に余る。私は、父上にことごとく逆らって参ったのだ」

「若君。御前は、次代当主の弟君なれば浪人に戻すことは難しい、少々窮屈ではあろうが辛抱するように、と仰せになられました」

老家老がゆっくりと言うのを、信じがたい思いで聞く。

「実は過日、宗靖様は江戸にお入りになられ、下野守様に若君へのご宥恕《ゆうじょ》を訴えておられました」

「兄上が……？」

そっと息を呑む。久弥が昏睡から目覚めた後、宗靖が数日舞田を留守にしたことがあったが、そんな経緯は一言も聞いてはいなかった。

「宗靖様は、まことに知略縦横《ちりゃくじゅうおう》のお方であられますな」

と、饗庭が相好を崩した。

家中に混乱を招いた責任は、ひとえに自らの不徳と未熟にある。彰久へは蟄居を願い出ようと存ずるから、下野守から彰久へ、弟への処罰を寛恕してもらえるようお取りなしをお願い申し上げたい、と訴えたという。

そして、これから他のご閣老方へも言上《ごんじょう》に伺うつもりであり、ことによっては畏れ多くも公方様にお取りなしを願うことにしようと思う、と神妙に付け加えたそうだ。

「跡目争いが表沙汰になったら、困るのは伊豆守であろう。余と伊豆守を脅す気か？　小癪《こしゃく》な」

下野守はそう言ってにやりと笑ったらしい。家中の騒動が公儀に問題視されれば、失政の責任を問われた藩主が改易の憂き目に遭うことさえあり得るのだ。彰久が失脚すれば下野守も具合の悪いことになる。騒がれたくなければ手を貸せと、宗靖は温情を乞うどころか堂々と恫喝《どうかつ》しているのだった。

「脅すなぞ滅相もございませぬ。浮世の欲垢煩悩《よくあかぼんのう》にはほとほと疲れましてございます。蟄居の後は、弟と共に仏門に入ろうとも思料しておりますれば……」

「嘘をつけ。殊勝なことを虎のような目をして言いおる」

恐懼《きょうく》しつつ慇懃《いんぎん》に述べる宗靖に、ついに下野守は笑い出した。

そして捨て身の脅しをかけた宗靖をいたく気に入った様子で、彰久への取りなしを約束したのだという。

――兄上……。

なんという大胆な駆け引きをしたのかと身の竦む思いがする。そして、危険な賭けに出てまでも久弥を救おうとした宗靖の覚悟に、胸が熱くなった。

「しかし、若君。分家につきましては下野守様のご説得があったのではなく、御前が御自らお命じになられたそうにございます」

黙って見上げると、饗庭が目尻の皺を深くした。

「諏訪家老が知らせて参りましたのですが、舞田からお戻りになられた御前は、青馬様が上屋敷にてご静養の間、足繁くお御足を運ばれて見舞われていたそうにございます。お二人は、まことに仲睦まじいご様子であったとか」

初めはろくに言葉もかけなかった父は、次第に青馬と過ごす時が増えていったという。

「ある時など、物語をご所望になられた青馬様に、御前が『礼記《らいき》』をお教えになっておられたそうです」

彰久は絵草紙なぞ読んだことがないのだ。『ぶんぶく茶釜』などせがまれても知らぬから、

「子曰《しのたまわ》く、言《こと》、物《もの》有《あ》りて行い、格《のり》有り、是《ここ》を以《もっ》て生きては則《すなわ》ち志を奪ふ可《べ》からず……」

などと威儀を正して唱えはじめ、青馬はこぼれそうに目を見開いてぽかんと彰久を見上げていたらしい。

「余の孫となったのであれば、武家の子として四書五経を学ばねばならぬぞ」

と彰久が言って聞かせると、青馬は鬼灯《ほおずき》のように頬を赤らめ、世にも真剣な表情で、はい、と返事をしたそうだ。

彰久が枕元でゆっくりと四書五経を唱え、

「し、のたまわく……」

と床にいる青馬が一心に、たどたどしく唱和する。その様子を目にした諏訪は、亡き彰則君《ぎみ》のことが思い出され、涙を拭わずにはおられなかった、と饗庭に宛てたという。

「……僭越ながら、御前は彰則様と、若君のご幼少の頃も、思い出されておられたかもしれませぬな」

喉にせり上がるものを覚えながら、久弥は息を詰めて家老を凝視していた。

「その頃には、青馬様から若君を引き離すのは無情であると、お心深くでお考えであったかもしれませぬ」

目を閉じると、あたたかい涙が目尻を伝い落ちていった。次の間から、杉山のすすり泣きがかすかに聞こえてくる。

あるいは、とふと思った。久弥を許すことで、父は宗靖にも詫びているのだろうか。あの情《じょう》の強《こわ》いお方が面と向かって頭を下げるなどあり得ないが、長く苦しめた宗靖の心を汲むことで、それを示しているのだろうか……。

流された血はあまりにも多く、傷つき苦しんだ者の痛みは計り知れない。

けれども、すべては終わろうとしている。

痛みのような喜びが、胸の深いところを貫いた。船から見上げた遠ざかる本所の景色が、鮮やかに瞼に映る。もはや届かぬはずであった暮らしへ、戻れるのだ。永久に道を別れたと覚悟した人の許へ、再び帰ることができるのだ。

片腕で両目を被った。息を殺しながら目尻からこぼれ落ちるものでこめかみを濡らしていると、

「――本間、浜野。お連れ申せ」

饗庭が呼びかける声が耳に届く。側用人たちがいるのか。ぼんやり視線を上げた久弥に、家老が微笑した。と、襖の後ろに、かすかな足音が立つのを聞いた気がした。

まるで、子供の足音のような。

耳がじんと痺れ、すべての音がかき消えた。

――そんなはずはない。……だが。

久弥の後ろをついて歩く、子供の足音が耳の底に蘇った。瞬きするのも忘れていると、襖の陰から小さな人影が歩み出てきた。

青馬が、立っていた。

大きな、子馬を思わせるやさしげな両目が、見慣れぬ若君の姿で豪奢な床にいる男を覚束なげに見下ろしている。息を呑んだまま動けなくなった。言葉が喉に詰まり、胸が膨れ上がって張り裂けそうだった。

「……青馬」

喘ぐと同時に体が動いていた。勢いよく身を起こしかけ、眩暈《めまい》と苦痛にたちまち気が遠くなる。若君、という近侍たちの制止も耳に入らぬまま、震える手で夜着を撥ね除《の》ける。蒲団に爪を立てながら、必死に上体を持ち上げた。その姿を、青馬が凝然と見詰めている。

「青馬」

声を放った途端、青馬が縛《いまし》めを解かれたようにだっと走った。

小さな体が突進してくる。火の玉みたいに熱い子供を、痛みも忘れて無我夢中で受け止める。首にむしゃぶりついた青馬が、鋭く、長く尾を引く叫びを放って泣き出した。胸を抉るような、しかし、手放しで泣けることに安堵したかのような声だった。

呂律《ろれつ》の回らぬ声が、ちちうえ、と耳元で幾度も呼ぶ。うん、と応えるなり、熱い塊が喉に込み上げ、久弥は唇を噛み締めた。湧き上がった熱が目から溢れ、とめどなく頬を濡らす。青馬の嗚咽に合わせて揺れる視界に、泣き笑いながらこちらを見ている旅装姿の浜野や本間らの姿が映った。

「ち、父上。い、痛いですか」

相すみません、と青馬が我に返り、しゃくり上げながら腕を解こうとする。

「大したことはない。こんなものは、何でもない」

目を濡らして笑いながら、親鳥が翼で包むように袂に包む。がばとしがみついた青馬が、また幼子のごとく泣きじゃくる。あたたかな雨に似たものが首筋に降りかかり、久弥は目を閉じた。

「……よく来た」

波打つ小さな背中をしっかりと抱き締めると、溢れた涙が次々頬を伝い落ちた。

青馬の髪と旅装から、夕立と汗と土埃《つちぼこり》と、日向《ひなた》の匂いがする。

夏の終わりの、江戸の匂いだ、と思った。

本復するまでの間、青馬は久弥の枕元でほとんどの時を過ごした。小袖袴に小太刀《こだち》を差し、家臣に傅《かしず》かれて過ごすのは窮屈だろうと案じたが、看病するのだと張りきっている青馬には、そんなことは瑣末《さまつ》なことであるらしかった。

侍医が訪れれば側に張り付き、煮出した薬を久弥に手渡し、食事する様子を神妙な顔で見守り、あるいは手持ち無沙汰ではないかと折り紙を折ってくれたりする。そんな青馬と水入らずで過ごすうちに、久弥は侍医も驚くほどに目覚ましい回復を見せていった。

「お主はずっと寝所に籠もっているつもりか」

と呆れ顔の宗靖が青馬を表へ連れ出し、城内の馬場で馬に乗せたこともあった。

「伯父上《おじうえ》の馬は綺麗ですね。すごく大きくて速いし、伯父上の言うことをよく聞きます。乗せていただいたら背が高くて少し怖かったですが、楽しかったです」

戻ってきた青馬は興奮気味にそう語った。それから久弥の休息の邪魔をしてはいけないと書物を読みはじめたが、疲れたのかうつらうつらとしはじめ、とうとう蒲団の端っこで眠り込んでしまった。

静かな寝所に、子供の寝息が仄《ほの》かに響いている。枕に乗せた頭を横に向け、いとけない寝顔を見ていると、穏やかなものが胸に広がった。青馬が、ここにいる。自分の傍らで安らかに眠っている。夢見たことさえなかった景色が目の前にあることが、今でも信じがたかった。

安心しきった様子で眠る子の顔を飽かず眺め、久弥はゆっくりと微笑んだ。


傷が癒えた文月の終わり、江戸へと出立《しゅったつ》した。

まだ青い紗《しゃ》をかけたような薄闇が漂う早朝、二の丸御殿前の白洲《しらす》に、世子と若君とを運ぶ隊列が仕立てられていた。

丸に剣片喰紋の金紋先箱を担い、毛槍《けやり》を立てた奴《やっこ》ら、その後ろに弓組・鉄砲組の足軽、黒紋付の羽織に野袴、一文字笠を被った供侍たちが続き、屈強な陸尺に担がれた宗靖を乗せた乗物を、馬廻りが警護する。さらに後方に刀番や薙刀《なぎなた》持ちらが続く錚々たる様を、旅装に身を包んだ青馬が目を丸くして眺めている。

久弥と青馬の乗物も用意されたが、仰々しい乗物に青馬が心細げに狼狽《うろた》えるのを見て、一緒に歩くことにした。馬廻り組に囲まれて宗靖の乗物のすぐ後ろに並んで立つと、青馬は安堵したように久弥を見上げ、嬉しげに隊列を見回していた。

やがて先立ちに先導され、隊列が二の丸の櫓門を出発した。

奴や侍たちが石畳を踏む音が、青く澄んだ空気に滲む。重役衆と目付衆など主立《おもだ》った役人が列の両側に付き添い、虎口《こぐち》の大手門まで発駕《はつが》を見送りに供をする。三の丸の高麗門を出て堀の向こう側に目を遣ると、列を見送りに沿道に集まった人々の姿が淡い曙光に透かし見えた。

「見送り、大義である」

堀を渡ったところで隊列を止め、宗靖が涼やかな声を発した。深く腰を折って見送る者たちを残し、道の両側で膝をついた人々の間を歩きはじめる頃、朝日が輝きはじめた。

夜の名残を吹き払うように、明け六ツの時鐘が響き渡る。

歩き出す前に、久弥は背後を振り返った。空が青さを増していた。昇ってくる清々しい朝日が、舞田城の純白の城壁と天守を暁色《ぎょうしょく》に染めていく。雨と宵闇に紛れてあの大手門を潜った日を思い出す。三層三階の天守と白亜の城郭は、日の光の下ではことに壮麗に見えるのだと聞いたが、闇の中では見えるものなど何一つなかった。

不思議そうな青馬の隣で、久弥は束の間、朝焼けに浮かび上がる白い城郭を静かに見詰めていた。


蜩《ひぐらし》の声と草いきれに包まれながら、どこまでも広がる松林と、豊かに実りはじめた稲田を両手に見つつ脇街道を辿っていく。

青馬は乗物には滅多に乗らず、大方の道程を歩き通してしまった。宗靖もしばしば乗物を降り、談笑しつつ並んで歩いた。青馬は終始目を輝かせ、照りつける陽光の下でも疲れを見せることもなかった。浜野の後を追ってきて、番所で力尽きていたのが嘘のようだ。

江戸から四番目の宿場町である小金宿《こがねしゅく》で一日目の旅程を終え、本陣である大塚《おおつか》家にて一泊した。その翌朝、松戸宿《まつどじゅく》を抜けて江戸川を渡し船で越え、新宿《にいじゅく》と千住宿《せんじゅじゅく》を抜けた。千住大橋《せんじゅおおはし》を渡れば、もうそこは朱引《しゅびき》の内である。

大名小路の新たな山辺家上屋敷を訪れ、御殿にて彰久と夕御前に拝謁した。そして兄に暇を乞うと、そこで一行と別れた。

浜野と杉山、それに中間《ちゅうげん》らが供につき、本所までの道のりを青馬と歩く。

焼け野原に再建された真新しい神田と両国の町を通り抜け、両国橋を渡る。回向院の門前町を通り過ぎ、真昼の光を反射する竪川河岸を横手に見て相生町の表通りを進む頃になると、次第に息が浅くなるのを抑えられなくなった。

馴染みの煮売り屋、米屋、古着屋、蕎麦屋に鰻屋、顔を見知った棒手振りが通り過ぎる。松坂町に入ると、おや、という顔で振り向く人の姿も見えた。ふと視線を落とせば、隣を歩く青馬が、久弥を見上げては頰を上気させてにこりとする。

松坂町二丁目にさしかかった時、木斛の垣根の前に、一人佇む女の姿が見えた。顔も見分けられぬほど離れていても、その女が凝然と、まっすぐに久弥を見ているのがわかる。いつからそこに立っているのか、照りつける日の下に立ち尽くす娘に向かって、久弥は引き寄せられていた。

白い鉄線花《てっせんか》を散らした着物に、粋に締めた紫のしごきの帯がよく映える。滂沱《ぼうだ》の涙に濡れた白い頰が見えるにつれ、風を切って歩みが早まる。体中が燃えるように熱くなるのが、強い日差しのせいなのか、それとも胸の内に吹く火のごとく熱いもののせいなのか、判然としない。

帰ってきた。

一直線に、ただ娘を見詰めて土を蹴った。

喉にせり上がるもので声が詰まる。真澄、と唇を動かすと、娘の双眸に泣き笑いに似た笑みが浮かんだ。

「……お師匠」

懐かしい、耳にやわらかな声が久弥を呼ぶ。

糸をかき鳴らすように、胸が鳴っていた。

「真澄さん」

両手を差し伸べながら叫んだ刹那、身を抛《なげう》って胸に飛び込んできた娘を、久弥は折らんばかりにかき抱いた。

帰りたかった人の許に、帰ってきた。

指先さえ触れたことがなかった娘に、もう、触れてもいいのだ。もう二度と、放さなくていいのだ。

真澄のはげしく震える体を固く抱きながら、雲を払って眩い日差しが差すように、全身でそう覚っていた。

十五

鏡の間の揚幕《あげまく》を出て橋掛《はしがか》りを進むと、磨き抜かれた床板の上に、真っ赤な紅葉《もみじ》の葉が数枚、はらはらと舞い落ちた。

黒紋付の久弥と真澄の後ろをついてくる、三味線を抱えたやはり黒紋付の小さな演奏者の姿に、観客の間にあたたかな笑いが広がる。

金屏風《きんびょうぶ》の前に毛氈《もうせん》が敷き詰められた、本舞台の正先《しょうさき》で足を止めた。久弥が袴の裾を捌いて座るのを見て、左隣の青馬が真似をする。さらに隣に、真澄が優雅に座った。

膝の前に唄扇子《うたぜんす》を置き白洲を見渡すと、一陣の爽籟《そうらい》が顔を撫で、にここと青馬を見守る観衆に紅葉をふりかけていく。

青馬が緊張を面に浮かべながらも、凜々しく背筋を伸ばすのが横目に見える。

やがて青馬が集中したのを見計らい、久弥は小さく切れ味のいい掛け声を発した。

チンチンチン、トチチリチン、と二挺の三味線が小気味よくお囃子《はやし》を奏ではじめる。

青馬と真澄の連弾《つれびき》である。澄んでいながら迫力のある前弾が響くにつれ、観客の期待が否が応にも高まるのが感じられる。

久弥は扇子を取り上げた手を膝に置くと、連弾に負けぬ声量で唄い出した。

打つや太鼓の音も澄み渡り　角兵衛角兵衛と招かれて
居ながら見する石橋の　浮世を渡る風雅者
うたふも舞ふも囃すのも　一人旅寝の草枕……

久弥がたっぷりと情感を込めて響かせる唄と、真澄が奏でる端整で繊細な替手《かえて》に、青馬が楽しげに乗ってきた。真新しかった紫檀の棹もずいぶん弾き慣れ、芯がありながら気品のある、涼しげな音色をよく引き出している。

辛苦甚句もおけさ節
何たら愚痴だえ　牡丹は持たねど越後の獅子は
己が姿を花と見て　庭に咲いたり咲かせたり
そこのおけさに異なこと言はれ　ねまりねまらず待ち明かす
御座れ話しませうぞ　こん小松の蔭で
松の葉のようにこん細やかに　弾いて唄ふや獅子の曲

辛いことはおけさ節に紛らせてしまえ、たとえ大輪の牡丹にはなれずとも、愚痴は言わずに人生の花を咲かすのだ、と自らを鼓舞する唄は、悲哀を覗かせながらも、素朴でからりと力強い。

主旋律に青馬らしい素直さと、胸に刺さる情感が見え隠れし、聴衆を惹きつけていく。年齢にそぐわぬ無垢さと、大人びた情緒が同居する青馬の気質が、不思議な魅力のある表現をつくり出している。

桟敷席には、門人や旦那衆、同業の師匠たちに交じって、満面の笑みを浮かべて耳を傾ける橋倉一家と、近江屋の隠居らの姿も見える。

近江屋の隠居の屋敷の一隅《いちぐう》に設《しつら》えられた三間四方の能舞台は、白洲に囲まれ、鏡の間から続く橋掛りに、老松を描いた鏡板や格天井《ごうてんじょう》を備えた豪華な造りである。本所に戻った久弥に、青馬のお披露目会をぜひ主催させてほしい、と隠居が申し出てくれたのだった。

「春にはお師匠と真澄さんの祝言《しゅうげん》も控えておりますしね。ぜひまた華燭《かしょく》の典《てん》のお祝いに、ここで演奏なさってくださいよ」

文右衛門はそう言って、はにかむ久弥と真澄を目を細くして眺めた。

旗本寄合となった久弥には、まもなく北本所《きたほんじょ》に拝領屋敷が与えられることになっている。

真澄との婚儀にあたっては、諏訪家老が真澄を養女とすることを買って出ていた。武家の娘となったうえで、真澄は嫁いでくるのだ。

青馬が晒《さらし》の合方《あいかた》の難所を大らかに、息をするような滑らかさで鮮やかに奏でると、おっ、と観客が息を呑んだ。真澄が見事な替手で旋律に奥行きを与え、青馬の迸《ほとばし》らんばかりの幸福感に満ちた本手《ほんて》を引き立てている。

奏でるのが楽しくてたまらない。嬉しくてたまらない。今この刹那が幸福でたまらない、と青馬の三味線が叫んでいる。

舞台のぐるりを彩る紅葉の帳から、色とりどりの葉がどっと降る。その紅葉色の雨を浴びる観衆の中に、久弥はこちらを見上げて笑う母の姿を見た気がした。

三人の糸と唄とが響き合い、聴衆の熱気と掛け合いながら、瞬間の至上の美を紡ぎ出す。

華やかに、艶のある声で唄を締めくくると、観衆が秋空に漂う余韻を惜しむように、身じろぎもせず耳を澄ませるのが感じられた。

角兵衛が太鼓を鳴らして遠ざかる。祭り囃子の昂揚と、それが去った後の侘しさが、秋の空へと溶けていく。

――家へ帰るのだ。家族の待つ、懐かしい故郷へと。

ちらと隣を見ると、青馬はまだ角兵衛の軽業《かるわざ》を見ているかのごとく、楽しげな表情を横顔に漂わせていた。途端、わっと万雷の喝采が上がったので、びくりと肩を震わせる。

瞠目して盛大な歓声を送ってくる観客を見渡していた青馬は、久弥と真澄を交互に見ると、やがて満ち足りた表情で微笑んだ。

大きな両目に黄金色の光が躍る。

やわらかな風が吹き抜けていく。青馬への披露目の祝儀のように、燦然と輝く紅葉が、惜しげもなく秋風に舞った。

●参考文献

《書籍》

西園寺由利『三味線ザンス　遊里と芝居とそれ者たち』（小学館スクウェア）
群ようこ『三味線ざんまい』（KADOKAWA）

《論文》

菊岡栄一、岸辺成雄、吉川英史、小橋豊、小泉文夫「三絃師を囲んで」『東洋音楽研究』第14、15号（社団法人東洋音楽学会）
山田佳穂「「手」に注目した長唄三味線の伝統的な指導「勧進帳」の音楽の構成」『音楽教育実践ジャーナル』第16号（日本音楽教育学会）
玉村恭「長唄はどのような歌か：《勧進帳》の演奏比較を通じて　稽古の現象学Ⅲ」『上越教育大学研究紀要』第36巻第1号（上越教育大学）
宮崎まゆみ「地歌「黒髪」・長唄「黒髪」に関する一考察」『東洋音楽研究』第49号（社団法人　東洋音楽学会）

●付記

作中に登場する長唄は「国立音楽大学附属図書館 竹内道敬文庫の世界」（デジタルアーカイブ）を参照のうえ、翻案いたしました。

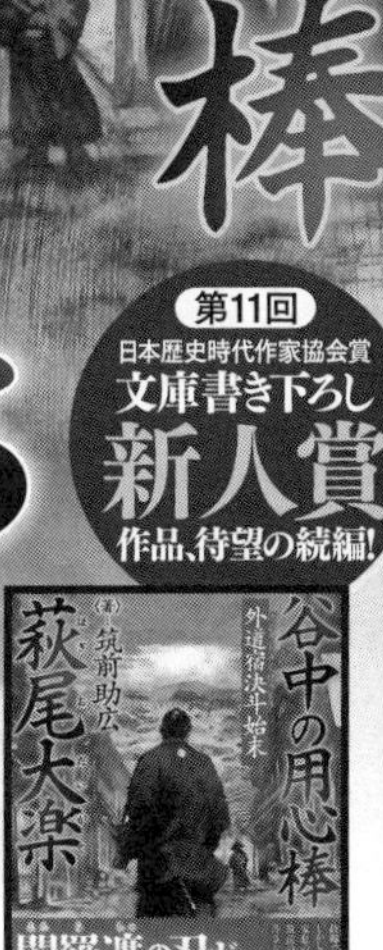

ご禁制品の抜け荷を行っていた組織・玄海党を潰した萩尾大楽は、故郷の斯摩藩姪浜で用心棒道場を開いていた。玄海党が潰れ平和になったかに見えた筑前の地だが、かの犯罪組織の後釜を狙う集団がいくつも現れたことで、治安が悪化していく。さらに大楽の命を狙い暗躍する者まで現れ、大楽は否応なしに危険な戦いへと身を投じることとなる——とある用心棒の生き様を描いた時代小説、第二弾!

◎定価:770円(10%税込み)　◎978-4-434-33506-8　◎illustration:松山ゆう

きよのお江戸料理日記
1~5
秋《あき》川《かわ》滝《たき》美《み》
「居酒屋ぼったくり」著者の新境地!!
身も心も癒される
絶品ご飯と人情物語
訳あって弟と共に江戸にやってきたきよ。父の知人が営む料理屋『千川』で、弟は配膳係として、きよは下働きとして働くことになったのだが、ひょんなことからきよが作った料理が店で出されることになって……
上方からやってきた訳あり姉弟が
江戸の料理に旋風を起こす!?
◎各定価:1~3巻737円 ・ 4巻759円 ・ 5巻814円(10%税込)
◎illustration:丹地陽子

あしでまとい
〈御城下《ごじょうか》の秘技《ひぎ》〉
井戸正善
アルファポリス
第7回
歴史・時代小説大賞
大賞受賞作
新進気鋭の作家が描く
剣と人情の感動譚!!
隠居武士、空閑政頼のもとに旧友が老中の暗殺を依頼しにきた。最初は断ろうとした政頼だが、空閑家を継いだ義息子の陽一郎が老中の護衛に抜擢されたと聞き、考えが変わる。陽一郎に遺す金を手に入れるために暗殺を成功させ、かつ護衛の陽一郎に手柄を立たせる。そんな無理難題をやり遂げるための策を講じた政頼は、陽一郎に自身が受け継いだ秘技『無明』を伝授することに決める。政頼の真意は——
あしでまとい
〈御城下の秘技〉
井戸正善
隠居し床に伏せる老武士、空閑政頼。家を継いだ義息子に秘技を伝授するが、その真意は——!?
新進気鋭の作家が描く
剣と人情の感動譚
大賞受賞作
時代小説
◎定価：737円（10%税込）
◎ISBN978-4-434-31004-1
◎illustration：浅野隆広

この作品に対する皆様のご意見・ご感想をお待ちしております。

おハガキ・お手紙は以下の宛先にお送りください。

【宛先】

〒150-6019 東京都渋谷区恵比寿 4-20-3 恵比寿ｶﾞｰﾃﾞﾝﾌﾟﾚｲｽﾀﾜｰ 19F
（株）アルファポリス　書籍感想係

メールフォームでのご意見・ご感想は右のＱＲコードから、
あるいは以下のワードで検索をかけてください。

アルファポリス　書籍の感想　検索

ご感想はこちらから

アルファポリス文庫

独《ひと》り剣客《けんかく》　山辺久弥《やまべひさや》　おやこ見習《みなら》い帖《ちょう》

笹目《ささめ》いく子《こ》

2024年 5月31日初版発行

編集－勝又琴音・今井太一・宮田可南子
編集長－太田鉄平
発行者－梶本雄介
発行所－株式会社アルファポリス
〒150-6019 東京都渋谷区恵比寿4-20-3恵比寿ｶﾞｰﾃﾞﾝﾌﾟﾚｲｽﾀﾜｰ19F
TEL 03-6277-1601（営業） 03-6277-1602（編集）
URL https://www.alphapolis.co.jp/
発売元－株式会社星雲社（共同出版社・流通責任出版社）
〒112-0005 東京都文京区水道1-3-30
TEL 03-3868-3275
装丁イラスト－立原圭子
装丁デザイン－AFTERGLOW
印刷－中央精版印刷株式会社

価格はカバーに表示されてあります。

落丁乱丁の場合はアルファポリスまでご連絡ください。

送料は小社負担でお取り替えします。


ISBN978-4-434-33759-8 C0193